우한용(禹漢鎔, 아호 于空)

작가 : 『월간문학』에 「고사목지대」가 당선되어 소설가로 데뷔한 이후 『불바람』, 『귀무덤』, 『양들은 걸어서 하늘로 간다』, 『멜랑꼴리아』, 『초연기—파초의 사랑』 등 소설집 출간, 장편소설 『생명의 노래』(1, 2), 『시칠리아의 도마뱀』을 냈으며, 시집 『청명시집』, 『낙타의 길』을 상재하였다.

학자 : 서울대 사대를 졸업하고, 서울대 대학원에서 석사학위와 박사학위를 받았다. 박사학위논문 「채만식소설의 담론특성에 대한 연구」, 전북대 사대 교수를 역임하고, 서울대학교에서 교수로 근무했다. 국어국문학회 회장, 한국현대소설학회회장, 한국작가교수회회장, 한국학술단체총연합회 이사장 등을 역임했으며, '독서르네상스운동' 공동대표, 『한국소설』 편집위원 등 일을 하고 있다.

저서 : 『한국근대작가연구』(공저), 『문학교육론』(공저), 『한국현대장편소설구조연구』, 『채만식소설담론의 시학』, 『한국현대소설담론연구』, 『문학교육과 문화론』, 『문학교육원론』(공저), 『소설장르의 역동학』, 『한국 근대문학교육사 연구』, 『우한용 교수의 창작교육론』 등을 발간했다.

소설가로 활동하면서 소설론 연구, 문학교육 연구, 창작론 연구 등 분야에 활동하는 중에 문학의 장르 확대에 진력하고 있다. 소설의 창작과 그 교육에 관심을 집중하고 있다.

"소설은 인류 역사의 통합성을 일구어낸 불후의 서사다.

보통 인간 혹은 그 이하의 인간 삶 속에서 삶의 진실을 캐내는 작업이 소설이다."

이메일 : wookong@snu.ac.kr   핸드폰 : 010-3209-4764

초연기
─ 파초의 사랑

우한용 소설

초연기 — 파초의 사랑

1쇄 발행 · 2015년 4월 19일
2쇄 발행 · 2015년 12월 5일

지은이 · 우한용
펴낸이 · 한봉숙
펴낸곳 · 푸른사상사

주간 · 맹문재 | 편집 · 지순이, 김선도 | 교정 · 김수란
등록 · 1999년 7월 8일 제2-2876호
주소 · 서울시 중구 충무로 29(초동) 아시아미디어타워 502호
대표전화 · 02) 2268-8706(7) | 팩시밀리 · 02) 2268-8708
이메일 · prun21c@hanmail.net / prunsasang@naver.com
홈페이지 · http://www.prun21c.com

ISBN 979-11-308-0396-8 03810
값 15,700원

초연기

─ 파초의 사랑

우한용 소설

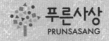
푸른사상
PRUNSASANG

흙장난하는 사람들에 대하여

언젠가 그런 이야기를 한 적이 있다. 인간의 장난 가운데 불장난, 물장난, 흙장난이 매우 위험하다는 것. 불장난은, 인간에게 불을 훔쳐다 주었다고 코카서스 산 바위 위에 붙들어매고 간을 독수리에게 쪼이게 했다는 프로메테우스가 그 벌을 받고 있는 중이다. 물장난은 노아의 방주가 그게 얼마나 위험한 일인가를 상징적으로 보여준다. 흙장난은 신이 흙으로 인간을 빚어서 숨을 불어넣어 살게 했다는 창조신화와 연관된다. 흙장난은 신의 장난이면서 동시에 인간의 무모한 도모를 포괄해 보여준다. 내가 나를 가지고 장난하는 게 흙장난인지도 모르겠다.

가끔 이런 난처한 질문을 받는다.

"요즈음도 소설 팔려요?"

나는 한참 멈칫거리다가 대답이라고 한다는 꼴이 이렇다.

"여전히, 소설밭이나 갈아엎는다오."

내게 소설밭을 갈아엎는다는 것은 이중적 의미이다. 하나는 말밭[語田]을 매만지는 일이고, 다른 하나는 사람들 살아가는 세상을 들춰보는 일이다. 소설밭을 갈아엎는다는 것은, 대개 글쓰기가 그렇듯, 손으로 하는 일이기 때문에 한가하게 손을 놀게 놔두어선 안된다. 내 손에는 가끔 흙이 묻어 있었고, 손마디는 나뭇가지처럼 굵직굵직하게 부풀어 올랐다. 손바닥에는 군살이 박혀 딱딱하다. 이런 질문이 이어진다.

"소설을 써서 도무지 무얼 얻소?"

나는 잠시 고개를 갸웃하고 난감해한다. 소설밭은 말밭은 그것도 말밭인지라, 그걸 갈아엎기 위해서는 농장기가 필요하다. 그래서 학교라는 데를 다녔다. 학교는 말을 살리기도 하고 말을 질식하게 하기도 했다. 신선한 언어를 위해서는 학교보다는 들로 나가야 했다. 그러나 들판은 거친 바람이 날뛰고 눈비가 지쳐 지나갔다. 허나 그러나 그 들판 말고는 더 이상 발을 내어 디딜 데가 바이 없었다. 나는 결국 말의 농사꾼이었다. 말을 다루는 것도 결국 밭일 즉 흙장난인 셈이다.

밭을 깊이 갈아야 곡식이 잘 자라고 과수가 실하게 가지를 뻗었다. 때로는 바람이 불어 자라던 곡식을 짓이겨놓고 나뭇가지를 꺾었다. 가지 꺾인 나무가 새 잎을 내는 동안 나는 들들 앓았다. 앓다가 털고 일어나 돌아다니고, 그러다가 다시 주저앉아 깨지고 터지고 하는 중에, 제법 밭일에 익숙해졌다는 오기가 생길 무렵, 사람들은 제법 달콤한 말로 나를 잘한다고 부추기기도 했다. 나는 등골이 오싹해서 온몸을 사시나무 떨듯 떨었다. 그런 인사는 귀신이나 받는 것이 아니던가.

나는 귀신이 되어 인사받기가 싫어 밖으로 나갔다. 바람이 세차게 불어 풀이 눕고는 일어나지 못하는 강언덕에 알몸으로 서 있곤 했다. 살점이 거위 깃털처럼 피어서 날아갔다. 그리고는 하얀 뼈만 앙상하게 남았다. 나는 앙상한 뼈를 이끌고 강물로 들어가 몸을 눕혔다. 하늘이 슬금슬금 내려와 몸이 파랗게 물이 들고, 잎이 나기 시작했다. 나는 어느 사이 한 그루 나무가 되어 강언덕을 기어 올라갔다.

살진 암소가 지나가다가 입을 벌리고 나뭇가지를 휘어 잎을 뜯어먹기 시작했다. 나는 몸이 간지러워 강언덕에서 겅중겅중 뛰었다. 가지에서 꽃이 벌고 열매가 열리는 소리도 들렸다. 나는 어느 사이에 한 그루 나무가 되어가는 중이었다. 그것은 육신의 몸으로 부딪쳐가며 아우성대는 훤잡(喧雜)의 골짜기를 떠나는 일이었다. 육신을 지닌 내가 나무가 된다는 것은 은유의 세계에 들어섰다는 뜻이었다. 은유는 내게 유령의 모습으로 다가왔다. 그래서 나는 시(詩)를 무서워한다.

관념의 쇳덩어리가 머리를 짓누를 때면 나는 밖으로 나돈다. 밖에서 보는 사람들은 풋풋했고, 또 싱그러웠다. 그리고 이따금 그들은 어떤 장난들을 하며 살았을까 하는 의문이 머리를 들기도 했다. 그러나 그런 질문은 그 땅에서 불을 지펴보아야 하고, 물을 다뤄보아야 조그만 꼬투리를 잡아낼 수 있는 것이었

흙장난하는 사람들에 대하여

다. 그러면 다시 안으로, 내 땅으로 돌아와 다른 흙장난을 시작한다.

여기 『초연기—파초의 사랑』에 모은 작품들은 내가 손에 흙 묻히면서 살아가는 가운데 얻은 것들이다. 흙을 딛고 서서 바람이 불어오는 쪽으로 얼굴을 돌렸을 때, 꽃향기가 햇살을 받아 남실거리는 강물로 배어드는 이야기들이다.

소설이라고 이름을 달기는 했지만, 이거 아무개 이야기 아닌가 하는 의심으로 고개를 갸웃할 구석도 없지 않을 듯하다. 그러나 오해 없으시길 바란다. 지어낸 이야기가 내 이야기처럼 실감이 난다면 작가는 감복할 뿐이다.

2015년 봄, 개구리 눈뜰 무렵

우한용(禹漢鎔)

차례

고라니 발자국

근년 몇 해 동안, 그는 연말이 되면 며칠을 불안하게 지내곤 했다. 새벽에 철문을 열고 아파트 복도로 나가면서, 조간신문 첫 면에 어떤 대형 참사가 보도될 것을 은근히 기대하지는 않는가 자신을 의심하기도 했다. 대형 참사가 보도되면, 국내외를 막론하고 이제 지상에 종말이 왔다는 예고를 들기라도 한 것처럼 무너져 내려앉은 가슴을 달래야 했다. 그러면서도 내일은 해가 뜬다는 식으로, 새해 설계를 한답시고 캘린더를 넘기고 수첩을 정리하곤 했다.

이번 연말은 철도 노조가 20여 일 동안 파업을 하는 바람에 그렇긴 했지만, 그런대로 넘어간 편이다. 헌데 그것도 잠시 생각일 뿐이었다. 며칠 전에 이북의 김정은이 자기 고모부 장성택을 기관총 총살형으로 처형해서 정치권력을 공고히 하겠다고 검은 발톱을 드러냈던 것이다. 하기사 조카를 생죽음 당하게 해놓고 자기가 왕 노릇 한, 세조의 왕위 찬탈이라는 역사도 엄존하던 터였다. 따지자면 어찌 그뿐이겠는가. 문제는 세상을 뒤집어엎는 사건도 금방 잊어버리고 마는 일종의 망각 불감증으로 도피해서, 위험하기 짝이 없는 틈바구니를 빠져가며 어쭙잖은 생을 도모해왔노라고 이실직고를 해야 하는 데 있는 듯싶기도 했다.

아무튼 기상캐스터가 엄살을 떨었던지, 일기예보와 달리 날이 푹했다. 나들이하기 꼭 좋은 날씨였다. 날은 포근하고 하늘의 햇살은 아늑하게 살랑거렸다. 그는 아내를 슬그머니 떠봤다. 마침 손주 생일이 1월 1일이고 하니 데리고 시골에 가서 며칠 지내다 오면 어떠냐는 제안이었다. 그의 아내 또한, 그렇지 않아도 그럴 생각이었다고 동의하고 나왔다.

손주의 애비, 그의 아들은 겨울만 되면 해외로 장기 출장을 가곤 했다. 손주 애의 생일을 못 보는 것은 물론, 12월 중순에 들어 있는 제 아내의 생일도 챙겨주지 못했다. 애들이 산타 할아버지 선물을 기다리는 것을 대비해서 출장을 떠나기 전에 선물을 준비해놓고 가곤 했다. 그러다 보니, 연말을 가족과 함께 보내라고 방송에서 광고를 해대지 않아도, 그는 자연스럽게, 혹은 억지춘향 격으로 굽어 들어와 손주들 재롱을 핑계삼아 집 안에 머물러야 했다. 그리고 그렇게 시간을 보내는 가운데, 가족이며, 인간 생명을 이어가는 일이며, 살림을 한다는 게 무엇인지 그런 생각을 하곤 했다. 그동안 그는 아무런 생산물을 남기지 못하고 시간을 보내는 적이 별로 없었다. 그런데 손주가 울면 안아주어 달래고, 팔이 아파 쩔쩔매는 아내가 안타까워 설거지통에 손을 담그기도 하면서 시간이 뭉청뭉청 달아나곤 했다. 결국 집 안에서 가족과 함께 보내는 시간의 의미를 다시금 경험하는 셈이었다. 그것은 자신의 생산물 남기기를 포기해야 한다는 전제를 수용하는 일이었다. 애들은 시간을 먹고 자라고 살림은 시간의 먼지를 털어내야 빛났다.

그는 시골에다 마련한 별채에 상림원(桑林園)이라고 이름을 붙였다. 해가 떠오르는 부상의 뽕나무니, 유비의 고향에 몇백 년 묵은 뽕나무가 있어서 누상촌(樓桑村)이라는 이름이 생겼다든지, 뽕나무는 뿌리부터 줄기, 잎, 열매 쓸데없는 구석이 하나도 없다는 실용성 등을 따지지는 않았다. 그저 뽕나무가 몇 그루 있어 다른 집과 구별되고, 상림이라는 말의 음상이 살가워 그렇게 이름을 붙였을 뿐이다.

마을에서는 한 마장 정도 비탈길을 올라가 언덕에 집을 앉혔다. 집 뒤로는 곧바로 참나무가 울창한 산자락이 이어지기 때문에 남의 눈치 안 보고 지낼 수 있어서, 모처럼 그가 좋아하는 라흐마니노프도 맘껏 크게 틀어놓을 수 있고, 아이들이 오면 아래위층 신경쓰지 않고 뛰어다닐 수 있어서 마음이 놓였다. 그리고 자그마한 벽난로를 설치해서 불을 피울 수 있었는데, 손주 아이가 타오르는 불을 보고, 꽃 같다든지, 분수 같다든지 하면서 시적 비유를 뽑아낼 때, 그는 겉으로 내색을 하지는 않았지만 내심 흐뭇해서, 자기가 못 쓴 시를 손주가 이어서 쓰겠다는 희망을 가져보기도 했다.

그의 아내는 며느리와 조근조근 상의하고 해서 손주의 생일상을 차렸다. 수수팥떡을 해서 커다란 접시에 소담하게 담아 상 가운데 놓았다. 새로 짠 참기름을 넣어 무친 잡채가 달콤하고 구수한 냄새를 솔솔 피워냈다. 소고기를 담숙담숙 썰어 넣고 끓인 미역국은 김이 가볍게 올라갔다. 거기다가 케이크를 준비해서 초를 다섯 자루 꼽아놓고 불을 당겼다. 〈생일 축하합니다〉 노래를 합창하고 나서, 손주가 꽃잎 같은 입술을 오무려 촛불을 불어서 껐다. 식구들이 참새 지저귀는 소리를 내면서 손뼉을 쳤다.

그는 이날을 그대로 보내지 말고 무언가 적어두고, 한 해 전개될 일들을 정리해 기록해두어야 한다고 가방을 뒤졌다. 그러나 새해에 쓰겠다고 준비한 두툼한 기록장을 서울 집에 그대로 두고 왔다는 것을 그제사 알았다. 대수롭지 않은 일이었으나 그로서는 좀 난감한 사태나 다름이 없었다. 그에게 기록이 없는 시간이란 삶의 탕진이나 마찬가지였기 때문이다.

그사이 햇살이 벌어 유리창으로 환하게 비쳐들었다. 거실 북쪽에 설치한 싱크대에 햇살 한 자락이 넘실거렸다. 햇살이 비쳐들면 보일러를 돌리지 않아도 실내 온도가 20도 가까이 올라갔다. 그런 햇살 때문에 그가 워드 작업을 하기 불편하기도 했지만, 그의 아내는 너무 좋다는 말을 거듭하곤 했다. 아내의 그런

초연기 - 파초의 사랑

탄복하는 말을 들으면서, 그는 시간과 더불어 가슴에 따뜻한 물줄기가 흘러드는 것을 느끼곤 했다. 손주의 생일날 유리창으로 비쳐드는 햇살은 어린애에 대한 축복이었다. 태양으로부터 지상으로 내리는 은혜였다. 아이들은 식물과 같아 햇살을 받아 자라는 법이다.

그는 아침을 먹으면서 와인병을 기울여 짙은 포도주 한 잔을 따라 놓았다. 새콤하고 묵중한 향이 잔 가장자리에 번졌다. 마치 검은 바다의 수평선처럼 둥그렇게 그려지는 활개를 한참 바라보았다. 그의 아내는 아침부터 뭔 술이냐는 이야기를 하려다가 참는 눈치였다. 명절에도 차례를 올리고 음복을 하는 일로 한 해가 시작되지 않던가 하는 생각이 들었다. 와인잔 안에 손주의 까만 눈동자가 이슬 머금은 포도알처럼 빛났다.

그는 아침상을 물리고는 밖으로 나왔다. 건너편으로 국망봉이 눈을 허옇게 들러쓰고 버티고 선 자세가 위엄이 넘쳤다. 밭에는 수숫대에 붙은 수수잎이 가볍게 마른 바람을 탔다. 수수이삭을 잘라내고 겨울에 바람 소리를 듣겠다고 그대로 둔 수숫대였다. 밭에는 겨울을 견디는 풀들이 파랗게 살아나 눈을 녹여낸 것처럼 보이기도 했다. 집 뒤꼍을 돌아 아래밭으로 난 언덕길을 내려갔다. 언덕 옆에는 개나리가 길을 넘게 자라 올라갔다. 헐벗은 언덕을 가릴 겸해서 심은 것인데, 몇 년 사이 어른의 키를 훌쩍 넘을 만큼 자라 어우러졌다. 그 밑으로는 그늘이 져서 눈이 녹지 않고 어석어석하게 쇠눈이 져 있었다.

언덕 밑에 심은 잣나무가 언덕을 치올라갈 정도로 훌쩍 자랐다. 겨울에도 청청한 잎을 보기 위해 심은 잣나무인데, 기왕 심을 바에는 잣을 딸 수 있도록 하자고, 가평이 고향인 박 선생에게 특별히 부탁을 해서 가평 잣나무를 심었다. 그 잣나무를 심어주러 왔던 박 선생과는 시를 이야기했다. 그리고 신라 향가 「찬기파랑가(讚耆婆郎歌)」에 잣나무가 등장한다는 이야기도 했다. 기파랑의 모습을 '잣나무 가지가 높아 서리조차 치지 못하는 화랑'으로 묘사한 것이 오래 기억에 남는다는 이야기를 했던 게 떠올랐다. 그도 자신의 생애가 한 그루 푸르게 자라나는 잣나무가 되기를 꿈꾸며 살았다. 그가 쌓아올린 시간의 탑들이었다.

그는 언덕과 밭에다 심은 나무들에 대개 상징적인 의미를 부여해놓곤 했다. 상림원이란 이름이 그렇듯이, 겉으로 표나게 드러내놓지는 않았다. 그러나 봄에 일찍 꽃이 피는 산수유며, 생강나무, 히어리 같은 것들은 영춘화(迎春花), 즉 봄맞이 꽃이라는 의미를 지닌 것이었다. 복숭아나무가 고사하는 대로 보목 삼아 심은 매화는 옛 선인들이 칭송해 마지않던 꽃이었다. 그리고 그의 아내가 좋아하는 나무라는 핑계로 여기저기 어지러울 정도로 심어놓은 배롱나무는 기실 그에게는 자미화(紫微花)였다. 흔히 목백일홍이라고도 하는 배롱나무는 옥황상제가 기거하는 자미궁(紫微宮)에 심는 나무라 해서 자미화라 불리는 것이고, 그는 상림원을 자미궁쯤으로 여기는 터이기도 했다. 평생을 경영해서 장만한 시간의 수확이었다.

그가 생각하는 나무들은 어찌 보면 관념의 나무들이었다. 그 가운데 하나가 오죽(烏竹)이었다. 율곡 선생의 어머니 신사임당이 기거했던 강릉의 오죽헌(烏竹軒)을 생각한 것은 물론, 시인 신석정이 들었던 대숲을 스치는 바람 소리를 사모한 것도 사실이었다. 현관 옆 창가에 오죽을 심어 몇 해를 기른 게 창을 가리는 바람에 쳐내서 정리해주고, 겨울이면 사람을 사서 비닐로 씌워주는 수고를 아끼지 않은 것이다. 그러면서 중간중간 쳐낸 대나무를 손질하면서 대나무의 마디며, 잎이며, 뿌리를 칭송해 글로 적어놓기도 했던 터였다.

그런 관념의 나무로는 그가 근무하던 한국대학교 동산에서 옮겨와 심은 일본 목련과 시누대가 있다. 일본 목련은 그가 본 이 나라 나무 가운데 잎이 가장 넓은 나무였다. 가을에 단풍져 떨어진 잎을 주워서 거기다가 편지를 써서 딸에게 보낼 정도로 그 넓은 잎을 살뜰하게 아꼈다. 시누대는, 한국대학교 북쪽 동산에 우거진 것을 봄에 뿌리를 몇 가닥 옮겨 심은 것인데, 이제 뿌리가 잡혀 제법 모양 좋게 자라났다. 그가 시누대를 특별히 기억하는 것은 지리산을 드나들 때마다 울창한 수림 아래 산자락을 덮은 시누대, 다른 말로 산죽이라고 하는 대나무의 강인한 인상 때문이었다. 빨치산을 토벌한다고 산자락에 불을 질러 태운 뒤에도 퍼렇게 살아나는 산죽은 차라리 역사의 피를 먹고 자라는 식물이었다. 관념 또한 시간과 더불어 형성되는 정신의 맥락이었다.

　그는 나무들을 바라보고 서 있다가 문득 눈길을 밟아보고 싶다는 생각을 했다. 언덕 밑으로 눈이 녹지 않아 손주를 데리고 와서 눈썰매를 태워주면 제격이었다. 지난해 막내가 사놓은 눈썰매가 창고에 그대로 먼지를 쓰고 처박혀 있다는 생각이 떠올랐다. 눈길을 돌아보고 올라가서 눈썰매를 꺼내 손주를 데리고 내려와서 태워줄 작정이었다.

　언덕에 올렸던 돌들이 굴러 내려와 눈길에 박힌 게 여기저기 보였다. 그는 돌을 집어 올려놓으면서 쇠눈 진 길을 밟아 내려갔다. 작은 짐승들이 오르내린 발자국이 오종오종 찍혀 있었다. 동네 개들이 다닌 것 같지는 않았다. 개들이 다닌 발자국보다는 다소 작은 모양이었다. 그렇다고 산돼지가 치달린 것은 더욱 아니었다. 산돼지는 워낙 몸집이 크고 세차게 달리기 때문에 발자국 끝에 끌린 자리가 남게 마련인데, 그런 끌린 흔적은 안 보였다. 어떤 짐승이 낸 발자국인지 금방 기억이 떠오르지 않았다. 노루? 사슴? 그런 짐승은 이 동네에 그다지 많지 않았다.

　아무튼 아래 연못까지 짐승의 발자국을 따라, 나란히 발자국을 내면서 걸어가는 동안, 인간이 발자국을 남기는 일이 무엇인지를 곰곰 생각했다. 이브 몽탕이 살갗에 스미는 목소리로 노래하는 한 구절, '사랑을 맺지 못한 연인들이 모래밭에 남긴 발자국을 파도가 지워가듯' 인간의 발자국은 그렇게 지워지기 마련이다. 어떤 기념물에는 인간의 발자국을 청동으로 새겨두기도 하지만, 결국은 시간과 더불어 마모될 발자국이 아닌가, 더구나 눈 위에 찍힌 발자국이야 날이 풀리면 눈과 함께 녹아서 땅으로 스미고 말 것이었다. 그는 평생 쌓은 업적이 눈밭의 발자국처럼 녹아 스러지는 것은 아니라고 여기며 지냈다.

그는 목으로 파고드는 가벼운 바람 끝을 느끼면서 하늘을 올려다보았다. 어느 사이 구름이 떠서 서서히 동쪽으로 흘러가고 있었다. 동쪽 끝은 새하얀 뭉게구름인데, 서쪽으로부터 따라오는 꼬리 부분은 짙은 회색으로 무게가 잡혀 보였다. 구름이 지나면서 햇살이 반짝 빛살을 쏘았고, 그는 눈이 부셔 고개를 떨궜다. 눈에 눈물이 고인 게 한 줄기 볼로 타고 내렸다. 그때 짐승의 발자국이 고라니 발자국이라는 생각이 머리를 스쳤다. 반가웠다. 눈이 하얗게 내린 날 아침 고라니가 집 근처로 돌아다닌다는 게 예사로운 일이 아니기 때문이었다.

그는 내려온 길을 되짚어 올라갔다. 여전히 고라니 발자국을 따라가는 길이었다. 전에 멧돼지가 고구마밭을 파헤쳐 고구마를 짓씹어놓았던 적이 있었다. 포수를 불러 멧돼지를 잡아 달랄 수도 없고, 덫을 놓을 수도 없는 형편이라 꼼짝없이 당하고 마는, 말 그대로 손방이었다. 거기다가 고라니도 한몫을 했다. 고구마 싹이 자라 올라오는 대로 깨끗이 잘라 먹은 것이었다. 고추싹도 잘라 먹어 피롱을 했다. 심지어는 수련잎을 잘라먹는 바람에 꽃을 겨우 두어 송이던가 보고 말았다. 사랑스런, 원수놈의 짐승들이었다.

멧돼지와 고라니가 작물을 다 뜯어먹고 파헤치는 통에 아무 것도 못 하겠다고 푸념을 늘어놓았을 때, 그의 동생이 그물망을 차에 실어주면서 파이프로 기둥을 박고 망을 치라고 일러주었다. 그렇지 않으면 고구마는 고사하고 고구마 줄거리 한 줌도 못 먹는다는 것이었다. 그는 집으로 올라오면서 자두나무 아래 펴런 그물망이 방치되어 있는 것을 한참 멍하니 바라보았다. 까짓거, 포크레인 하루 불러 쓰라는 것이었다. 하루 50만 원이면 떡을 치는데, 그렇게 망설이고 있다가 짐승한테 보시나 하지 농사가 될 거 같으냐는 게 그의 동생의 충고였다. 말인즉 옳았다. 그러나 그가 망설이는 데는 다른 까닭이 있었다. 밭에 돌아다니며 뛰노는 고라니를 보고, 꿩이 푸드득 푸드득 날아가는 걸 보면서 생의 의욕을 지펴 올리자는 속셈이었다. 그런 맥으로 본다면 멧돼지가 밭에 내려와 질탕을 치는 것도 삶의 저 돌적(豬突的) 충동의 상징으로 받아들일 만하다는 양해사항이 되는 셈이었다.

며칠 전에도, 그의 동생이 전화를 해서, 형님 댁 밭에 망을 쳐주러 가야 할 텐데 날을 잡아 연락을 해달라고 정성스럽게 이야길 했다. 그는 어물쩍하니, 그래, 시간을 잡아보도록 하지, 그렇게 넘어가고 말았다. 밭에 귀여운 고라니가 눈을 반짝이며 뛰어다니는 모습을 그려보면서, 그 귀여운 것들을 몰아내다니, 그렇게 중얼거렸다.

그가 현관문을 열고 들어섰을 때, 그의 아내와 며느리는 목욕 갈 준비를 하고 있었다. 그의 아내는 목욕 가방을 챙겨 들고, 며느리는 작은애를 배에다가 걸빵으로 짊어졌다. 손주 아이가 머리에 리본을 나풀거리며 제 엄마 손을 잡고 뱅뱅 돌면서 어서 가지고 졸랐다. 다섯 살로 접어들면서 키가 훌쩍 자랐다.

그는 무슨 핑계를 만들어 집에 남아서 글이나 쓸까, 잠시 궁리를 했다. 그 궁리는 동네 삶의 여건에 비한다면 꽤 궁상맞기도 했다. 이 동네는 먹거리와 위락시설이 잘 갖추어진 게 매력이었다. 차로 한 10분 정도 나가면 한우단지가 자리잡고 있다. 남들은 전문 정육점에서 입맛에 따라 고기를 골라서 사 먹는 호사를 누리곤 한다. 고기를 사가지고 식당에 가서 상 차리는 비용만 내면 참숯에 구워서 포식하며 즐길 수 있다. 싼 값으로 육질 좋은 고기를 먹을 수 있는 게 미식가들을 유혹한다. 한우단지 옆에 거창한 능암온천이라는 온천타운이 들어섰다. 온천탕에 몸을 녹이고, 한우로 육식을 즐기는 여유는 다른 데서 찾기 어려운, 이 동네의 땅값 보장하는 매력이었다.

탄산수가 나오는 지역이라 탄산수를 이용한 미네랄 온천이 따로 설치되었다. 그는 이따금 그 탄산온천에 들르곤 했다. 물론 아내의 요청에 이끌려 가는 길이 대부분이었다. 아무튼 이런 시설을 제대로 이용해야 이 동네 사는 본전을 뽑는다는 게 그의 아내의 주장이었고, 그는 방에 들어앉아 햇살 받으며 글을 쓰는 게 거기 사는 보람이라고 여기는 편이었다.

신년에 가족들을 위해 두어 시간, 시간을 내는 걸 마다 한다면, 스스로 생각해도 너무 야박한 짓이었다. 결국 목욕에 동행하기로 했다. 그는 입욕권을 사서 넘겨주면서 한 시간 안으로 목욕을 마치고 나오라고 일렀다. 그 시간을 못 맞출 걸 뻔히 알면서도 그런 이야기를 안 하고는 못 배기는 버릇은, 야박함을 들키기로 작정한 실책이나 다름이 없었다. 야박하지만, 시간을 잘라먹는 것은 죄악이라는 생각이 그의 머리를 옥죄었다. 인생의 성패가 시테크, 즉 시간관리 성공 여부에 달려 있다는 고착을 지니고 살아온 결과였는지도 모를 일이었다.

하기는 지난밤에도 시간에 쫓기는 꿈에 시달렸다. 회의가 있으니 꼭 참석하라는 학교 당국의 통보를 받았다. 시간에 대자면 버스를 타야 하는데 그가 정류장에 도착했을 때, 기사가 창으로 손을 내어 저으면서 버스는 출발했다. 택시를 타자면 아래 마을까지 걸어가야 한다고 했다. 시계를 보면서 택시가 돌아오기를 목 빼고 기다렸다. 택시가 왔다. 그는 후유 하면서 택시에 올랐다. 운전사는 미터기가 고장나서 현금을 내야 한다고 했다. 지갑에는 카드만 들어 있었다. 그는 택시에서 내려 농협으로 달려갔다. 현금지급기에 문자판이 사라지고, 아무리 카드를 밀어넣어도 기계가 안 움직였다. 가까스로 카드를 받아들인 기계는, '카드 사용 불가' 표시를 벌건 문자로 보여줄 뿐이었다. 그때 경찰이 들이닥쳐 그를 끌고 갔다. 시간 대어 회의에 참석해야 한다, 각서를 쓸 테니 보내달라고 애원했다. 경찰은 그를 돌아

초연기 - 파초의 사랑

볼 생각이 없는 듯, 짜장면을 게걸스럽게 입에 걸어넣었다. 땀을 흘리며 뛰어서 회의장에 도착했을 때, 총장이라는 사람이 시간을 못 지키는 사람은 감시탑 아래 감방에 가두어야 한다고 다그쳤다. 이른바 판옵티콘이었다. 얼마 전에 읽은 푸코의 『감시와 처벌』에 나오는 관리형 감옥이었다. 평생을 시간의 감옥에 갇혀 산 결과인지도 몰랐다.

양력으로 초하루도 명절은 명절이라 그런지 목욕탕은 비교적 한산했다. 샤워기 앞에 서서 비누거품이 부글거리는 수건을 엑스자로 해서 등을 문지르는 젊은이와 머리를 감는 늙은이, 그리고 탄산수 원탕이라는 플라스틱 팻말이 달린 욕탕에 대여섯 사람이 둘러앉아 이야기를 나누는 게 손님 모두였다. 그는 샤워 수건으로 샅을 가리고 욕탕 주변을 어슬어슬 돌았다. 비집고 들어갈 만한 구석이 냉큼 날 것 같지를 않았다. 냉탕과 열탕을 번갈아 드나들다가, 사우나에도 들어가보았다. 건식 사우나는 불기운이 그대로 몸에 다가오는 게 숨이 턱턱 막혔다. 나무 의자에 요가승처럼 앉아 땀을 흘리는 사내를, 참 인내심이 보통이 아니다 하는 심정으로 바라보다가 밖으로 나오고 말았다. 습식 사우나는 땀에 쩐 냄새가 가득해서 울컥 구역질이 올라왔다. 사우나에서 나와 욕탕 쪽으로 다가갈 때, 입을 헤벌리고 이야기를 듣고 있던 젊은이가 탕 밖으로 나왔다.

그는 슬그머니 젊은이가 앉았던 자리로 다리를 들여놓고 물이 출렁거려 다른 사람들이 눈총을 하지 않게 욕탕 안으로 몸을

밀어 넣었다. 바닥에 엉덩이를 붙이고 앉았다. 따뜻한 물이 목
과 턱 사이에 찰랑거리며 간지러움을 피웠다. 탕 안에 먼저 들
어와 있던 이들은 잠시 그에게 눈길을 주다가는, 하던 이야기를
계속했다. 그는 이 동네 늙은이들은 어떤 이야기를 하는지 궁금
하기도 하고, 들어두면 언젠가는 쓸 구석이 있을 거란 생각으로
눈을 감고 귀를 기울였다.

"거시기, 목욕탕이라는 게 원탕이라야 살이 팅팅 불어 때가
훌훌 벗게지구, 뼈속꺼정 시원하니 제맛이 나는 법인데 말요,
요새는 설라무니, 모두 나무를 때서 물을 데워 쓰기 때메루 그
저 미적지근한 게 어디 옛날 탕만 하던감요?"

"나무도 워낙 비싸노니께 공사장 폐자재를 걷어다가 처때구,
그러다가 단속반에 걸리면 벌금은 엄청 물어야 헌다던디, 그게
다덜 짜구설랑 하는 일이라 걸릴 놈두 읎는 몬양이더라구요."

"그래두 우리처럼 거리가 거시기허니께 자주 드나들지, 목욕
값이 슬그머니 구렝이 담 넘어가듯 올라가지구설랑, 팔천 원씩
하는 게 말이 돼유, 그렇지유?"

"팔천 원이면 싼 거유. 아 집에 불 때가지구 목간할래봐유, 그
게 말이나 되겠나."

"집에서 목욕하먼사, 마누라한테 등도 밀러 달라구 하구, 늙
었지만 마누라 젖가슴두 주물러보구 좋지 않겠유?"

"형씨는 아직두 마누라 젖가슴 만지구 그라유?"

"젖가슴뿐이유, 옥문도 살살 구슬러보구, 한 코를 얼러두 보

구 그러지유. 그게 사는 재미 아니것남유?"

"좋겠시다, 그런디 나는 그노무 전립선인가 지랄인가가 고장이 나설랑 말썽을 부리는 바람에 병원에 갔더니, 의사가 뭔놈의 처방을 잘못했는지 전에는 돛대질을 잘두 해더댄 그노무 새끼가 당최 감감 무소식이지 뭐유."

"새벽에두유?"

"새벽에 그거 안 서는 놈한테는 돈두 꿔주지 말랬다던데, 내가 그짝이 났지 뭐유."

"그래서 각방 써유?"

"각방 쓴 지 십 년은 되는가 보우."

"그놈 그 성미가 그런 거 몰랐구먼유? 그놈은 아무턴 정기적으루다가, 그 따끈따끈한 옥문에 담궈줘야 제 노릇을 하지, 청처짐허니 그대루 방치허면 완전 멍청이가 된다니까, 뭐랄까 용불용설이라던가, 전립선인가 뭔가두 그게, 오래 안 쓰면 오는 모양입디다."

"용불용설이구 뭐구 암튼, 난 이제 글러버린 모양요."

그는 용불용설이라는 말을 듣고 눈을 번쩍 떴다. 학술용어에 대한 그의 무의식적인 반응인 셈이었다.

전립선 타령을 하던, 머리가 훤칠하게 벗어진 늙은이가, 그렇게 말하고는 입맛을 쩍쩍 다시면서 욕탕을 나갔다. 그 바람에 물이 출렁해서 그의 입으로 물결이 지쳤다. 초면에 실례 많았습니다, 하는 게 머리 벗어진 사람의 인사였다. 초면에 저렇게 이야기 트는 것도 살아가는 실력인데, 그런 생각이 들었다.

용불용설인가를 이야기하던 이도 따라 나서는 듯하다가는, 그를 바라보고, 히죽히죽 웃어가면서 욕탕 가름대에 다리를 개고 앉아서는 수작을 걸어왔다.

"저어, 선생님, 전에 어디서 본 것도 같고, 아는 양반 같기도 하고, 뭘 하는 분이시우?"

"그래요? 사장님 보기로는 뭘 하는 사람 같습니까?"

그는 상대방의 물건을 쳐다보면서, 건성으로 되물었다. 체수에 비해, 그리고 늙은이라고 하지만, 물건이 유별나게 작아 쪼글쪼글한 가죽 속에 들어 있고, 끄트머리는 원숭이 그것을 연상하게 할 만큼 빨갛게 물이 들어 있었다. 말이 많아 정기가 몽땅 입으로 올라가버리고, 물건이 저렇게 쪼그라붙은 건가 하는 생각을 하고 있는데, 상대방은 제법 근엄한 얼굴을 하고는 대답을 했다.

"농사꾼은 아닌 것 같소만, 예술을 하는 양반? 시를 쓰거나 뭘 쓰는 일, 아니면 그림을 그리는 화가라든지? 음악은 들어줄 대중이 있어야 하니까 음악가는 촌에 살기 불편할 것이고, 암튼 예술가 양반 같소. 그런데 어디 사슈?"

자기 마음대로, 그를 예술가로 지목해놓고는, 그런 거야 아무래도 상관이 없다는 듯, 어디 사느냐는 데로 물음이 건너갔다.

"앙성, 갈치라고 아시우?"

"아, 거기 무슨 에스핀가 하는 커다란 공장건물 건너편, 거기

대강 알지유. 그런데 거기서 뭘 하슈?"

그는 상대방의 물건에 신경이 가서 대답이 얼른 나와주지를
않았다. 그걸 알았는지 상대방은 자기 물건을 내려다보더니 혼
자 낄낄낄 웃었다.

"형씨도 잘 알잖습니까? 기럭지나 굵기가 문제가 아니라 팽
창지수와 지속기간이 이 물건을 평가하는 데 결정적 요인이라
는 것 말요. 아 요새도 마누라랑 주중 행사로 일을 치를 정도는
됩니다."

그는 물속에서 슬그머니 사타구니에 손을 대보았다. 아내와
방사를 치른 것이 언제였던가 기억이 묘연했다. 밤늦게까지 책
상 앞에 엎드려 궁싯거리다가 안방으로 들어가면, 그의 아내는
코를 골면서 단잠에 떨어져 있곤 했다.

"그런데, 예술가 양반은 거기 갈치마을에서 뭐를 재배하시
우?"

그는, 본래 잘나가는 복숭아 과수원이었는데 관리를 할 수
없어서 남 주었다가 요새는 손이 덜 가는 매실을 심어놓았다는
이야기를 했다.

"그래유? 나도 공직에 삼십 년 넘게 근무하다가, 가지고 있던
땅 삼만 평 착실히 되는 거 다 팔아버리고, 지금은 삼천 평만 가
꾸고 살아요. 땅 욕심이 사람을 일하는 노예로 만들더라구요.
농사일 하다 보면 몸 성한 데가 없지 않던가요?"

그는 상대방의 무릎에 수술한 자국이 선명하게 박혀 있는 것

을 아까부터 쳐다보고 있던 참이었다. 그는 밭에서 일을 조금 무리하게 하면 무릎이 쑤시고 아파서, 언젠가는 슬관절을 수술해야 할지도 모른다는 걱정을 하며 지냈다. 같은 시간만큼 몸을 움직여도, 운동은 몸을 활성화하고 노동은 몸에 상처와 통증을 남겼다.

공직에 근무했고, 땅을 삼만 평이나 가지고 있었다면, 토호라고 해도 별반 착오가 없을 듯했다. 그는 상대방이 어떤 공직에서 일을 했는지 하는 게 궁금해졌다. 인상으로는 그렇게 보이지 않지만, 같은 직종에 근무했다면 서로 화제가 공통되어 좀 더 밀착된 인간관계를 만들 수 있을 듯해서였다.

"어떤 공직이었는지, 실례가 안 된다면?"

"체신부에 삼십오 년 근무하고 정년을 했습니다. 까짓거 돈은 아껴서 뭐합니까? 저승갈 때 지고 갑니까, 안고 갑니까? 살아 있는 동안 다 쓰겠다는 철학으루다가 땅 처분해서 애들 나누어 줄 만큼 나누어주고, 요새는 내외가 조금만, 힘 자라는 만큼만 땅을 부쳐 먹습니다. 그래두, 시골서 살아두 차는 두 대 굴립니다. 도회 사람 부러울 거 하나 없어요."

그는 체신부 어느 부서에 근무했는지 물어보려다가 입을 닫았다. 대신 지금 어디 사는가를 물어 보았다.

"지금 사시는 데가 앙성입니까?"

"아뇨, 앙성은 땅이 토박해서 살기 뭣하고, 조 너머 부론이라고 아시나 모르겠습니다만, 거기 삽니다."

"그렇습니까? 부론이라면, 저의 선배 한 분이 살았는데, 유경환 씨라고 시인이고……"

"얼굴 훤하고 후리후리한 분인데, 학교 교장을 했지요? 돌아가신 지 두어 해 됩니다. 지금은 사모님 혼자 사시는데……."

살아 계실 때 연락하고 만나야지, 만나야지 하다가 그렇게 되고 말았던 게 마음을 찔러왔다. 오롯한 시간의 실감은 사람이 시간을 내어 만나야만 얻을 수 있는 법이다. 사람살이라는 게, 시간을 같이 한다는 것 말고 뭐가 달리 있을까 싶지를 않았다.

"전국적으로 유명한 시인은 아니었는데, 어떻게 그렇게 잘 아십니까?"

"아 그거, 집배원으로 한 삼십 년 일하다 보니 동네나 면이나 손금 보듯 훤하지요."

그렇구나 속으로 감탄을 하면서, 체신부와 집배원의 무게를 가늠해보았다. 그는 대단하다는 칭송을 한참 늘어놓았다. 한 직종에서 그렇게 평생을 일한 분들이 국가의 지원으로 노후가 행복해야 한다는 이야기도 했다.

그런 이야기 끝에 불시에, 자신이 연금 수혜자라는 생각이 밀려왔다. 생각해보면, 연금을 받을 나이가 되도록 이룩한 것이 무엇인가 아스라할 뿐이었다. 뭔가 이루겠다고 아등바등하던 몇몇 얼굴들이 피끗피끗 눈앞을 스쳤다. 지난 시월에 급작스럽게 세상을 뜬 문인 친구며, 어느 대학의 열정 넘치는 교수의 급작스런 죽음, 그리고 지금 암으로 통증에 시달리고 있는 사촌, 얼마 전에 암 수술을 받은 당숙, 거기다가 전립선에 이상이 생겨 병원을 드나든다면서 그게 사람 잡을 일이라고 전화에 대고 하소연을 하던 남 선생, 그런 얼굴들이 어지럽게 떠올랐다가 가라앉았다.

그는 잠시 생각을 가다듬고, 상대방 체전부(遞傳夫)를 최전부라고 속으로 명명해놓았다. 체나 최나 거기가 거기고, 그리스 신화에서는 왈, 헤르메스 아니던가. 그런데 헤르메스가 이룩한 것이 무엇인가? 길 위의 신, 과정의 신, 장사꾼의 신이 이룰 수 있는 것은 아무것도 없는 거나 마찬가지일 터였다. 교감과 송신, 통신과 소통의 부가가치는 현장에서 실현되었다가 증기처럼 사라지는 법이다. 전쟁을 위해 성을 쌓는 것도 아니고, 단란한 가족을 위해 집을 짓는 것도 아니다. 자식을 두는 데도 열을 올리지 않는다. 걷는 것 그 자체가, 움직이는 일 그게 헤르메스 삶의 본질인지도 모를 일이었다. 집배원, 체전부, 헤르메스, 그리고 선생이라는 직업이 무엇이던가 하는 생각이 그의 머리를 어지럽혔다. 글을 쓴다고 써도 소통이 안 되는 글이란 또 무엇인가 하는 생각이 머리 한 구석에 수숫대를 스치는 바람처럼 지나갔다.

그는 최전부 씨에게 부론이라는 데에 대해 자기가 아는 이야기를 잠시 늘어놓았다. 남한강 다리를 건너가서 좌회전을 하면 바로 부론면사무소가 나오고, 그 면사무소 마당에 느티나무가 우람한 세월을 거느리고 서 있어서 보기 좋다는 이야기를 했다. 거기서 조금 더 나가 왼편 골목으로 들어가면 삼화식당이던가 하는 집이 민물매운탕을 잘하더란 이야기도 했다. 강물에 씻겨내린 유기물이 모인 땅이라 그런지, 마가 잘되는 걸 보았다고도 했다.

최전부 씨는 식당 대신에 부론에 민물고기 취급하는 가게가 있다고 소개했다. 거기 가서 한 이만 원 어치 물고기를 사면 네 식구 한 가족이 실컷 먹는데 매운탕집에 갈 게 뭐냐면서, 음식점 찾아다니며 맛있는 거 먹어봐야 화학조미료나 잔뜩 먹지 별볼일 있느냐는 투였다. 그가 꺼낸 마 이야기를 이어서 마에 대한 설명을 한참 이어갔다. 마에는 두 종류가 있는데, 하나는 둥그런 덩어리에 털이 난 것과 다른 하나는 팔뚝처럼 굵고 밋밋한 게 있다고 했다. 그러면서 마가 건강식품으로는 최고라고 추켜올렸다. 이어서 마를 재배하는 방법으로 설명이 이어졌다. 그는 그렇지요, 맞는 말씀입니다, 그렇게 추임새를 넣으면서 최전부 씨의 이야기를 들었다. 아무튼, 나는 내가 사는 일은 내가 하면서 지냅니다, 자식들한테 남길 거 하나 없어도 행복하다는 게 최전부 씨의 결론인 셈이었다.

최전부 씨는 앙성에 나가는 길에 그의 집에 꼭 한 번 들르겠다는 이야기를, 못을 박듯이 거듭했다. 그는 건성으로 그렇게 하라고 하며, 눈가에 웃음이 살살 기는 최전부 씨의 얼굴을 바라보며, 친절해서 좋다, 소문만복래(笑門萬福來)라 했다며, 덕담을 덧붙였다. 한편으로는 저 양반이 집에 오면 어떤 잔주를 절절이 늘어놓을 것인가 미리부터 부담이 되기도 했다. 그렇게 이야기 잘 늘어놓는 사람은 한번 만나는 걸로 충분한 게 아닌가 싶어서였다. 그런데 탈의실에서 최전부 씨를 또 만났다. 살살 웃음이 기는 얼굴을 하고 다가와서는 다시 말을 걸었다.

"전화번호나 하나 따두어야 하겠네요."

그는 자기 전화번호를 불러주고 최전부 씨는 그가 부르는 대로 전화기에 입력을 했다. 입력이 잘 되었는지 보라면서 전화기를 그의 코앞에 들이댔다. 틀림이 없었다. 그는 이름을 알려줄 터이니 적어 놓으라고 했다. 최전부 씨는 머리를 흔들었다. 앙성 아저씨라고 적어두면 된다는 것이었다. 그러면서 자기는 체신부에 근무한 덕에 길을 찾는 데는 도사가 되었다며 그의 집을 눈앞에 뻔히 보는 듯한 표정을 지었다. 그리고는 머리에 빗질을 하고는 썩썩 걸어서 탈의실을 빠져나갔다.

전화번호는 적어두는데 당신 이름을 구태여 알고 싶지 않다는 태도는 석연치 않은 구석이었다. 자기 이름을 밝히고 싶지 않다는 뜻인지도 모를 일이었다. 그저 오다가다 만난 사람이라는 정도로 거리를 유지하자는 것일까. 어쩌면 집배원의 윤리일지도 모른다. 집배원이 동네 소문을 물어내면 남사스런 꼴을 당하기 십상일 것 같았다. 그리고 남의 애경사며, 애정 갈등, 속 타는 일들에 모두 끼어들다가 자신을 망실하지 않겠다는 자세가 그렇게 겉으로 드러나는 것은 아닐까 하는 생각을 하기도 했

초연기 — 파초의 사랑

다. 집착 없이 적절히 거리를 유지하며 살아온 사람의 행동 패턴이 저럴 것 같다는 생각이 들었다.

그는 아차 싶어 탈의실 벽에 걸린 시계를 쳐다봤다. 아내와 약속한 시각에서 한 시간이나 지난 다음이었다. 옷을 챙겨 입고 주차장으로 나왔다. 그사이 눈이 내려 세상이 온통 환하게 정화된 풍경으로 바뀌어 있었다. 자동차 위에도 눈이 덮여 남의 차같이 보였다. 그는 차 문을 열고 엔진 시동을 걸었다. 아내와 아이들이 나오면 추워할까 해서 히터를 틀어 온도를 높였다.

"늦었는데 화도 안 내네."

"내가 언제, 무작정 화나 내는 사람인 줄 아시나."

"얘, 큰애기야, 너의 아버지 시간에 너그러워진 것 같지?"

며느리가 품에 안았던 아이를 추스르며 하얀 이를 드러내고 웃었다. 손주가 얼른 집에 가서 눈사람을 만들자고 재촉이었다. 그러나 점심을 먹어야 할 시간이었다. 한우단지에 가서 채끝살과 치마살, 그리고 등심을 사가지고 가끔 들렀던 노루목 식당으로 가 자리를 잡았다. 고기를 굽고, 잔치국수로 배가 그득하게 점심을 먹었다.

집으로 올라가는 언덕길이며 길 좌우로 펼쳐진 과수원이 온통 눈밭이었다. 손주는 차에서 내려 눈을 밟고 가겠다며 어서 내려달라고 졸랐다. 눈이 그렇게 깊지는 않았다. 이런 순백의 눈을 밟아보는 것도 좋은 기억으로 남을 것이라는 생각으로, 그

고라니 발자국

렇게 하라고 했다. 손주는 양편으로 저의 할머니와 엄마 손을 잡고 눈길을 걸어 올라갔다. 어른들 발자국 사이에 앙증맞은 손주의 발자국이 콕콕 암팡지게 찍히는 것이, 발을 들었다 놓을 때마다 마치 소담한 꽃송이가 퍽퍽 터지며 피어나는 것 같았다.

어깨를 들썩이며 춤추듯 눈길을 올라가던 손주가 발을 멈추고 외쳤다.

"할아버지, 고라니다!"

길 왼편으로 장이장네 과수원 사과나무 밭에서, 고라니 두 마리가 서로 쫓아다니며 길길이 뛰어 치달았다. 그는 차를 멈추고 엔진을 껐다. 고라니들이 더 뛰어다니게 하기 위해서였다. 고라니들은 그의 배려를 알기라도 하는 듯이 한참을 뛰어다니다가, 언덕 너머로 사라졌다. 과수원 하얀 눈밭에 고라니 발자국이 어지럽게 찍혀 새로운 풍경을 자아냈다.

"할아버지, 고라니가 왜 뛰어다녀?"

"둘이 사랑하느라고 그런단다."

"왜 사랑하는데?"

"그래야 발자국이 생기지?"

"왜 발자국이 생겨야 하는데?"

"그건 말이다, 말하자면, 뭐랄까……."

"뭐랄까가 뭐야?"

"뭐랄까, 그건 풀이고, 꽃이고, 나무란다."

"왜?"

그는, 전에 장 이장이 하던 이야기가 떠올랐다. 새로 심어놓은 사과나무 묘목을 갉아먹는 고라니를 총으로 쏘아 잡든지 해야지 과수원이 남아나질 않는다는 것이었다. 분노에 찬 음성이었다. 그는 달리 설명할 방법을 찾느라고 잠시 멈칫거렸다. 손주를 불렀다. 그리고는 '뭐랄까, 말이다'를 시작으로 다소 얼버무리는 이야기를 했다.

고라니가 밭에서 뛰어다니면 발자국이 생기지? 봄이 되면 고라니가 찍어놓은 그 발자국마다 풀이 파랗게 자라난단다. 그리고 그 풀은 예쁜 꽃을 피우는 거야. 그러면 과수원이랑 밭이 아주 화사한 꽃밭이 되지. 과수원이 꽃밭이 되었을 때, 고라니는 자기가 길러놓은 꽃밭이니까 산에서 내려와서 풀잎을 따먹고 춤추다가 산으로 올라간단다.

"내 발자국에도 풀도 나고, 꽃이 펴?"

"물론 그렇지!"

손주 아이는 그의 앞에서 폴짝폴짝 뛰면서 눈꽃을 피워내고 돌아갔다. 할머니와 애엄마가, 그러다가 넘어지면 다친다고 소리를 질렀다. 그러나 손주 아이는 막무가내로 뛰면서 치달렸다.

언덕 너머로 사라졌던 고라니가, 언제 돌아왔는지 언덕 위로 고개를 내밀고 이쪽을 바라보고 있었다. 그는 길 가운데에다 차를 세워둔 채, 손주 아이 손을 잡고 고라니 발자국 같은 손주 발자국과 나란히 발자국을 남기며 상림원 언덕을 올라갔다. *

방아깨비 산조(散調)

건넛산 언덕 휘굽은 노송 가지 위로 하늘이 청남색 휘장처럼 높직이 드리웠다. 벼가 녹황색으로 익어가는 들판을 건너오는 바람에 서늘한 간기가 느껴졌다. 따끈한 햇살이 살랑거리며 부서져내려, 누른 기운을 띠기 시작하는 잔디가 간지럼을 타듯 일렁였다. 손민서 씨는 팔을 들어 심호흡을 하고는 창고로 내려가 예초기를 들고 나왔다.

주말에 딸이 외손녀 은나래를 데리고 오겠다고 연락을 해왔다. 내년 초등학교에 들어가기 전까지는 유치원에 보낸다고 했다. 외손녀가 제 어미와 손을 잡고 걸어다니게 하려면 잔디를 곱게 손질해두어야 하지 않겠느냐고, 그의 아내는 슬그머니 정원 손질을 채근했다. 그런데 예초기를 돌리자면 악을 쓰듯 돌아가는 기계음을 들어야 하고, 매연을 마시게 되어 여간 불편한 게 아니었다. 외손녀를 생각해서는 그런 불편쯤이야 감수해야 할 것 같지만.

외손녀 은나래는, 눈에 넣어도 아프지 않다는 말을 떠올리게
할 정도로 사랑스러웠다. 거기다가 말을 배우기 시작한 이래 질
문이 그렇게 많았다. 잔디를 자르면 왜 피가 안 나와? 구름 궁
전 안에는 누가 살아? 그런 질문뿐만 아니라 대답하기 곤란한
문제를 내기도 했다. 고추잠자리는 고추가 어디 달렸어? 손민
서 씨는 대답을 하지 못한 채, 저게 시인이지, 하며 웃고 넘어갔
다. 저렇게 호기심 가득한 애가 시인으로 자라면, 평생 맑은 눈
을 깜박이며 경이감 가득하게 살아갈 것이 눈물겹게 흐뭇했다.
맑고 영롱한 눈은 호수 물바닥에 햇살이 떨어져 내리는 모습 그
대로였다. 그의 아내는 아이가 너무 영특해서 불안하다는 눈치
를 내보일 정도였다.

외손녀의 맑은 눈 감빡이는 모습이 스쳐가자, 지난 봄에 있었
던 사마귀 사건이 떠올랐다. 그때도 손민서 씨는 외손녀가 풀에
걸려 넘어지면 안 된다고 잔디를 손질하는 중이었다. 일요일에
오겠다던 딸이, 연락도 없이 토요일에 들이닥쳤다. 외손녀 은
나래가 치맛자락을 팔랑팔랑 날리면서 달려와 외할아버지 품
에 안겼다. 손민서 씨는 외손녀를 안고 등을 토닥여주었다. 물
오르는 풋밤을 씹는 듯한 살냄새가 흥감하게 다가와 코를 스쳤
다. 애가 할미 제쳐놓고 할아버지한테 매달리네, 그의 아내는
외손녀 손을 잡아끌면서 남편을 쳐다보고 가볍게 눈을 흘겼다.

정원 가에 백당나무 꽃이 하얗게 피어 어우러졌다. 나비 떼

가 원무를 추다가 한순간 동작을 멈춘 모양이었다. 백당나무 잎에 커다란 사마귀가 고개를 기우뚱거리면서 경계하는 자세로 앉아 있었다. 손민서 씨는 나래의 엄지손가락에 난 무사마귀를 떼어줄 요량으로, 백당나무 잎에 앉아 있는 왕사마귀를 잡았다. 나래는 외할아버지 손에 들린 사마귀를 쳐다보며, 호기심을 발동하기 시작했다. 애 이름이 왜 사마귀야? 사마귀를 뜯어먹으니까. 웃긴다, 사마귀를 사마귀가 뜯어먹어? 저러다가 사람이 사람을 뜯어먹는가 물으면 뭐라고 대답하나 하고 있을 때였다. 내 사마귀를 네가 먹는다구? 나래는 무사마귀난 엄지손가락을 왕사마귀 입에 갖다 댔다. 그 순간 왕사마귀가 가시 달린 앞발로 나래의 손등과 손바닥을 거머쥐고 억세게 매달렸다. 나래가 질겁을 하면서 손을 흔들어 제쳐도 왕사마귀는 악다구니처럼 버텼다. 가만 있어! 손민서 씨는 나래의 손을 틀어쥔 사마귀 다리를 잡고 힘을 주어 벌렸다. 그 바람에 왕사마귀 다리가 하나 떨어져나갔다. 나래가 손등에서 흐르는 피를 보고 엉엉 울기 시작했다. 잠시 울음을 그쳤다가는, 풀밭에 떨어진 사마귀 다리를 집어들고는, 쟤는 다리도 없이 어떻게 살아? 나래는 다시 울음을 터뜨렸다. 아이 울음을 달래느라고 손민서 씨는 땀을 뺐다. 제 손에 피나는 것은 잊어버리고, 사마귀 다리 떨어져나간 것이 안타까워 우는 게, 저게 아이들이려니 했다. 어른들은 까만 세월 저쪽에 잃어버린 감각이었다. 나래가 왕사마귀한테 물려 운다는 것을 안 손민서 씨의 아내는, 당신 미친 거야? 소리를 지르면서 나래를 안고 들어가 상처에 소독을 하고 밴드를 붙여주었다. 애들은 그렇게 크는 것이련만, 손민서 씨는 과잉보호라고 혀를 찼다.

예초기를 돌려 정원의 잡초를 베다가, 집으로 들어오는 길의 잔디를 깎았다. 예초기는 살갑게 돌아갔다. 잡초가 섞여 자라는 잔디는 예초기 날이 지나가면서 가지런히 누웠다가 메뚜기 떼처럼 후두두둑 흩어졌다. 등에 땀이 배었다. 그런데 출입로 가운데쯤에서 예초기 날에 돌이 걸렸다. 예초기 손잡이가 덜컥 하고 튀어올랐다. 팔뚝으로 찌릿하니 전류가 지나갔다. 그리고는 엔진이 푸들거리다가 스르륵 꺼졌다. 기계를 벗어놓고 다시 시동을 걸기 위해 손잡이를 당겼으나 예초기는 살아날 기미를 안 보였다. 그러기를 몇 차례 거듭하는 사이에 몸은 땀투성이가 되었다.

멈춘 예초기가 잠시 쉴 짬을 만들어준 셈이었다. 전에 아내가 만들어주던 시원한 화채 생각이 났다. 손민서 씨는 손질하던 예초기를 잔디 위에 놓아둔 채 먼 하늘을 멍하니 바라보았다. 산 너머 저쪽에서 목화송이처럼 하얀 뭉게구름이 떠올라오고 있었다. 일하다 말고 먼산바라기만 하네요, 손민서 씨의 아내가 오미자 화채를 쟁반에 받쳐 들고 나와, 남편에게 건네며 하는 말이었다. 애들은 저런 구름을 보고 자라야 꿈을 꿀 줄 아는데, 아내의 말이었다. 외손녀 얼굴이 떠올랐다가 구름 속으로 사라졌다.

구름 빛깔이 꼭 해사한 소녀의 얼굴을 닮아 보였다. 구름 속에서 개구리가 울면 비가 오는 거야, 할아버지? 글쎄, 개구리가 어떻게 구름 속으로 올라갈 수 있을까? 구름 왕국에 개구리 왕자가 하늘만큼 많은 군사를 거느리고 살거든. 그래? 손민서 씨는 외손녀에게, 그것도 모르는 할아버지 바보, 소리를 들었다. 그래, 어른이 된다는 것이 상상력이 결핍되어 결국 바보가 된다는 뜻인지도 모른다면서, 혼자 헛기침을 커커 돋구었다. 그날 구름 구경을 한다고 밭둑으로 논둑으로 데리고 다니는 바람에 고단했던지, 나래는 밤에 오줌을 쌌다.

화채 그릇을 들여놓아 주겠다고, 잔디밭을 밟아 집으로 들어가던 중이었다. 무언가 발에 툭 채이는 느낌이었다. 발아래를 내려다보았다. 이제 자랄 대로 다 자라 쥐뼘 한 뼘은 되는 방아깨비가 균형을 잃고 몸을 뒤뚱거리면서 물러나는 판이었다. 허리를 굽혀 방아깨비를 자세히 살펴보았다. 앞다리가 하나밖에 없었다. 그래서 걸음이 뒤뚱거렸던 모양이었다. 손민서 씨는 문득 떠오르는 기억으로 눈앞이 아득해지는 느낌이었다.

지난 달에 잔디를 깎을 때였다. 예초기가 날이 무디어졌는지, 아니면 손이 말을 잘 안 듣는 것인지, 예초기 날이 손잡이의 통제를 벗어나 휘익 하고 땅을 후벼들어 뽀얀 먼지를 일으키곤 했다. 그 바람에 잔디 뿌리가 허옇게 드러나버렸다. 회전속도가 낮아 그런 모양이다 싶어 속도 레버를 좀 과하다 싶을 정도로 올렸다. 손쓸 수 없게 기울어지던 예초기 날이 조금은 균형을 잡는 듯했다. 잔디를 차곡차곡 깎아 나가기 시작했다.

발로 두어 폭 되는 거리를 풀을 밀어내고 있는데, 등에가 위

잉 날아들어 목으로 들어갔다. 겨드랑이까지 내려간 등에는 어깨로 올려붙어 끝내 어깨를 호되게 쏘았다. 등에는 가슴으로 해서 허리춤에 갇혀 있었다. 예초기 작동 중지 버튼을 눌러 꺼놓고는 옷을 벗고 등에를 쫓았다. 어깨는 쓰리고 가슴은 가려워 견딜 수가 없었다. 나래에게 등에를 비롯해서 어떤 물것들이 사람을 쏘는지 알려줄까 하는 생각도 했던 터였다. 아내는 질색을 할 것이 뻔했다.

딸아이가 외손녀를 데리고 온다고 해서 풀을 깎던 중이라서, 등에에 물렸다고 일을 그만둘 수도 없었다. 예초기를 다시 작동시켜 잔디를 깎기 시작했다. 쓰라림과 가려움증 때문에 발이 헛놓이고 팔이 제대로 움직이지를 않았다. 무리를 해서 잔디를 깎는 중에 예초기 속도가 점점 높아져 발악을 하듯이 카랑거렸다.

그때였다. 무엇인가 예초기 날에 툭 걸리는 것 같았는데, 개구리가 칼날에 맞아 배가 터지고 허연 살을 드러낸 채 나자빠져 다리를 버둥거렸다. 손민서 씨는 혀를 클클 차고는 예초기 엔진을 껐다. 사지가 일그러진 개구리를 집어서 화단 안쪽 백당나무 아래 놓고는 칸나 잎을 따서 덮어주었다.

다시 예초기 시동을 거는데 예초기 날 앞에 다리 하나가 부러진 방아깨비가 몸의 균형을 잡지 못하고, 괴로운 듯 날개를 부르르 떨면서 다가왔다. 뾰족한 머리에 달린 더듬이가 파르르 떨렸다. 더듬이 아래에서 눈이 불안하게 굴렀다. 곤충의 눈이 구를 까닭이 없는데 그렇게 보였다. 보기가 안쓰러워 옆으로 제쳐 주려고 손을 내밀자 방아깨비는 혼신의 힘을 다해 미색 속날개를 타르르 털면서 날아올라 달아났다.

그날 다릴 잘린 채 달아났던 그 방아깨비가 살아 있었던 모양이었다. 알이 배어 배가 제법 통통했다. 다리 하나를 잘린 임산부를 생각하게 했다. 어떻게든지 살아서 알을 낳고서야 죽겠다는 의지로 버티는, 모성적 본능으로 살아 있는 게 틀림없었다. 그 방아깨비가 두렵다는 생각이 들었다.

전에 언제던가 나래에게 방아깨비를 잡아주었던 적이 있었다. 그건 이렇게 놀리는 거란다, 아내가 아이에게 방아깨비를 가지고 노는 법을 일러주었다. 아침거리 콩콩, 저녁거리 콩콩, 하면서 뒷다리를 붙들고 있노라면 방아깨비는 몸을 끄덕끄덕하면서 방아 찧는 시늉을 했다. 방아를 너무 많이 찧으면 지쳐서 죽을 거야. 애가 어쩜 그렇게 잔망스런 소릴 하냐. 손민서 씨의 아내는 나래의 손에서 방아깨비를 채뜨려 풀밭으로 날려보냈다.

창밖을 내다봤다. 건너편 과수원 둑에 코스모스가 피어 흐드러졌다. 봄에 과수원 주인의 어머니가 심은 것이었다. 늙은 과수나무 가지처럼 허리가 구부러진 노인이었다. 손민서 씨가 힘들지 않으냐고 물었을 때, 늙을수록 꽃이 좋아진다우, 그렇게 대답하던 얼굴에 주름살 사이로 웃음이 내비쳤다. 저 꽃이 이울면 꽃씨를 받으러 올라오겠지, 그런 생각이 들었다. 하기는 자신도 전에 그리 탐탁해하지 않던 풀꽃들이 눈에 밟히곤 했다.

꽃이라면 자다가도 놀라 깨는 아내도, 저렇게 허리가 휠 것인가 아내의 얼굴이 다시 쳐다보였다.

잔디를 마저 깎고 점심을 먹을 양으로, 손민서 씨는 밖으로 나갔다. 그런데 아까 보았던 그 방아깨비가 예초기 칼날 앞에서 이쪽을 노려보고 앉아 있는 게 아닌가. 손민서 씨는 자신도 모르게 팔에 소름이 돋아 침을 삼켰다. 뭉게구름처럼 환하게 웃는 외손녀의 얼굴이 방아깨비 위에 겹쳐졌다. 그러고는 자기 사는 게 낯설어졌다. 밭을 일구고 집을 관리하는 일은 물론 잔디를 다듬어준다는 게 과연 잘하는 일인가, 오랜만에 의문이 떠올랐다. 동네에서 과일이 잘 열려 누구나 탐내는 과수원이었다. 사과나무와 복숭아나무를 잘라내고 집을 짓고, 기왕 정원도 만들자고 해서 정원을 조성하고 집으로 들어오는 길에는 잔디를 깔았다. 평생을 경영해서 얻어 가진 땅이고 집이었다.

그런데 집을 짓고 잔디를 가꾸는 데는 많은 것을 희생해야 했다. 그 희생물 가운데, 손민서 씨의 가슴을 아리게 하는 일들이 생겨나곤 했다. 눈에 잘 안 띄기 때문에 모르고 지나가서 그렇지, 예초기를 돌리는 동안 얼마나 많은 개구리, 곤충이며 버러지 같은 생명체들이 그 칼날에 감겨 죽었을까, 누구에게랄 것도 없이 송구스럽고 마음이 짜안했다. 좀 웃자란 잔디를 그대로 밟고 다녀도 발에 아무 탈이 날 일이 없는데, 그걸 구태여 손질한다는 게 어쭙잖은 호사 같았다. 송충이는 솔잎 먹어야 산다는 이야기를 귀가 아프게 틀어대면서, 근검절약을 강조하던 어른의 모습이 아물거리는 눈앞에 떠올랐다. 방아깨비는 햇살을 받아 날카롭게 번쩍이는 예초기 날 앞에 미동도 없이 버티고 앉아 있었다.

손민서 씨는 방아깨비를 손으로 감싸 집어 들어올려 보았다. 다리 하나가 떨어져 나간 게 아니라 손톱 하나만큼 남고 다리 가운데서 잘려나갔다. 그 상처 부위가 체액이 응고되어 굳어 붙어 있었다. 잘려나간 다리 조각은 어디로 갔을까? 아마 예초기 날에 부서졌거나 아니면 풀밭에 묻혀 썩었을 터였다. 손으로 짜르르 미세한 전류가 흐르는 것을 감지했다. 방아깨비를 정원 쪽으로 날려보냈다. 산봉우리 위에 흰 구름이 걸려 조용히 흩어지는 모습이 보였다.

잔디를 절반만 손질한 채 나머지는 꺼벙한 채로 두기는 마음이 께름칙했다. 예초기를 돌려 한참 잔디를 밀어냈다. 땅개비들이 때까때까 소리를 내며 날아서 달아났다. 할아버지, 할아버지는 지구 이발사야, 하면서 깔깔 웃던 외손녀 얼굴은 발갛게 달아올라 보였다. 핏줄이 뭔지를 생각했다.

언제 나갔었는지, 아내가 반실반실한 알밤을 운동모자에다가 굴썩하게 주워가지고 왔다. 밤나무 심은 지가 겨우 삼 년인데, 작년부터 밤이 열리기 시작하더니 올해는 가지가 아래로 축축 늘어질 정도로 밤송이가 달렸다. 손민서 씨는 자기 손으로 심은 밤나무에서 밤이 열리는 것이 신통하기도 하고, 애들 교육하는데 참 긴요할 거란 생각이 들었다. 그런데 아내의 얼굴이 핼쓱

하니 무언가 심상찮은 일이 있었던 것 같았다. 밤나무 아래 웬 뱀이 있어요, 밤나무 밑에 뱀구멍투성이예요. 그런 거 봤으면 막아주고 와야지. 내가 왜 그런 걸 해요, 남편도 없는 여자처럼. 손민서 씨의 아내는 샐쭉한 얼굴로 남편을 흘겨보았다. 손민서 씨의 어머니도 가끔, 서방 없는 년처럼 하는 푸념을 뱉아내곤 했다. 부엌칼을 손수 숫돌에 갈 때마다 손방으로 앉아 있는 남편을 탓하는 푸념이었다.

손민서 씨의 아내는 밤나무 밑에 풀이 우거졌더라면서 거기도 풀을 베주어야지, 애들 오면 알밤도 못 줍게 생겼더라고 작업을 재촉했다. 산비둘기들이 날아와 수수 모가지 위에 앉아 수수알을 파먹었다. 양파 망 씌우자니까 무슨 고집으로 그냥 둔대요? 새들 먹고 남는 거 우리가 먹어요. 참 한가한 양반이네. 그러면서 농사지어 멧돼지한테, 고라니한테, 새한테 바치고는 빈손 탈탈 털고 돌아서는 꼴이, 도무지 뭐냐고 남편을 나무랐다.

손민서 씨는 아내에게 대답할 말이 없었다. 목이 말랐다. 안으로 들어가 국화차를 우려서 들고 나왔다. 산 너머로 구름이 서서히 일기 시작했다. 나래는 하늘나라 이야기를 잘도 했다. 세상에서 착한 일을 많이 한 사람이 죽으면 구름 궁전에 가서 살게 된다고 했다. 하늘나라에도 뱀이 있는가 묻기도 했다. 그런데 왜 사람들은 뱀을 무서워하는지 물었다. 뱀 가운데는 독을 가진 놈들이 있어서 그렇다고 대답을 해주었다. 뱀독은 뱀한테는 독이 안 되는가 물었다. 역시 대답을 제대로 하지 못했다.

외손녀가 오기 전에 밤나무 아래 풀을 제쳐주어야겠다고 예초기 시동을 걸어보았다. 시동이 도무지 안 걸렸다. 목으로 땀이 흘렀다. 술 마시고 예초기 돌리다가 다리 잘린 사람 있다던데, 예초기가 알아서 그러는 모양이라고, 들어와 쉬라고 아내는 닦달이었다.

손민서 씨는 예초기를 들고 창고 앞으로 내려갔다. 예초기 날에 무슨 벌건 게 묻어 있는 게 보였다. 자기도 모르는 사이 뱀이나 개구리 같은 것을 친 모양이었다. 뱀이라면 약이 한참 올랐을 때이고, 개구리는 이제 어미가 되어 뒤룩거리며 돌아다닐 때였다. 예초기를 쓴다는 것 자체가 동물들에게 못할 짓을 하는 셈이었다.

안으로 들어갔다. 실내공기가 서늘했다. 그만큼 날이 이울어 가을로 접어든 징표였다. 목이 칼칼해서 냉장고로 다가갔다. 아내는 벌써 술 시작하는 거냐고, 알밤처럼 윤기가 흐르는 눈을 곱게 흘겼다.

냉장고 방열판 옆에 아내가 붙여놓은 외손녀 사진이 보였다. 외손녀는 뽀얀 얼굴에 보조개를 지으며 뭉게구름처럼 환한 얼굴로 웃었다. 손민서 씨의 딸, 손예지는 예쁜 딸을 낳아 기르는 게 소원이었다. 예쁜 딸 꼭 셋을 낳아 기르겠다고 했다. 걔들이 각각 커서 시집가가지고 다시 딸을 셋씩 낳으면, 자기를 포함해서 여자 열셋이 될 것이고, 여자들의 왕국을 꾸밀 거라고 동화 같은 꿈을 꾸었다. 지금의 딸 은나래를 워낙 난산으로 낳는 바람에, 아이를 더 낳으면 산모가 위험하다는 의사 이야기를 듣고 나서, 한동안 실심해져 지내던 딸이 억하심정처럼 하는 이야기였다. 손민서 씨는 자손을 그렇게 억하심정으로 두면 못쓴다고 타일렀다. 지독한 난산이었지만, 소원대로 첫 딸을 낳았고 아무런 병 없이 잘 자랐다. 친갓집이나 외갓집이나 웃음꽃이 피어나게 하는 재롱이로 커갔다.

손민서 씨는 딸이 결혼하겠다는 집안 내력을 자세히 알아보았다. 건강진단서를 떼어 오라는 이야기는 하지 않았지만, 사위의 건강상태며 집안의 병력에 마음을 썼다. 사돈의 여자관계 같은 것에 이르기까지 조사해본 결과 아무런 흠결이 없는 집안이었다. 흠결은 고사하고 도덕적 우월성이 돋보이는 집안이었다. 그만하면 됐다, 하는 선언을 하기까지 집안 아무에게도 내색을 하지 않았다. 그런데 외손녀가 아무 내력이 없이 다리를 조금 저는 것 같아 마음이 쓰였다.

결혼식 날 주례는 그런 이야기를 했다. 아이를 낳는 것은 존재의 연장이라고. 우리들 유한한 인생의 뒤끝에 우리들 유전자를 짊어지고 살아갈 그 존재가 자손들이라는 것이었다. 그러나 자식은 나를 통해 생명을 받고 나온 것일 뿐 독립된 개체이기 때문에 그 생명에 간섭을 하면 안 된다고 했다. 팔다리가 성하지 못해도 생명의 독립성을 위해서는 간섭을 하지 말아야 한다고 강조했다. 손민서 씨는 웨딩드레스를 입은 딸의 눈부신 얼굴을 쳐다보다가 눈자위가 젖어와 고개를 돌렸다.

맥주가 몇 캔 남아 있을 터인데, 아내가 어디 숨겼는지 냉장고 구석까지 살폈지만 눈에 안 띄었다. 대신에 몽골에 여행 갔다가 사온 보드카가 한 병 남아 있었다. 손민서 씨는 보드카 병을 집어 들었다가 슬그머니 그 자리에 놓았다. 외손녀가 오면 코 빨간 중이라고 놀릴 것 같았다. 애들이 울면서 엄마를 찾으면, 어른들은 종애 골리느라고, 느네 엄마 코 빨간 중이 업어갔다고 했고, 아이는 더욱 자지러지곤 했었다. 코 빨간 중 이야기를 외손녀한테 해주었다. 그 이야길 기억하고 술 마시는 할애비를 코 빨간 중이라고 놀렸다. 그런데 냉장실에 들어 있는 토닉워터를 보는 순간 간단히 한잔하자는 쪽으로 생각이 기울었다. 외손녀는 할아버지 술쟁이라며, 콧등에 주름을 잡고 웃곤 했다.

토닉워터를 타서 마시는 보드카는 밍밍하고 들큰해서 제맛이 아니었다. 소주잔을 찾아 보드카를 강짜로 마셨다. 결국 낮술이 과하게 되었다. 얼굴이 확확 달아오르고 가슴이 울렁거렸다. 전에 없던 일이었다. 술병을 냉장고에 챙겨 넣었다. 외손녀는 여전히 환하게 웃었다. 어디서부터 솟아오르는 것인지 모르지만 부끄러운 생각이 들었다.

침대에 누워 멍하니 천장을 올려다보았다. 원목 천장이 건강에 좋다고 하는 통에 삼나무 판자를 구해다가 썼다. 판자 여기저기 옹이가 박혀 형상이 그려지지 않는 무늬를 만들어놓았다.

옹이들은 나무가 자라면서 가지를 잘라낸 흔적이다. 어릴 때 가지가 잘려나가지 않고 그대로 붙어 있으면 나무가 미끈하게 자랄 수 없다. 결국 스스로 절지(折枝)를 할 줄 알아야 나무다운 나무가 된다. 물론 독일가문비 나무처럼 어려서부터 옆으로 뻗은 가지를 수명이 끝날 때까지 유지하는 경우가 없지는 않다. 그러나 일반적으로 나무들은 스스로 가지를 쳐내면서 살아간다. 손민서 씨 자신도 아내와 세속적 욕망을 적절히 절지하면서 살아온 인생이었다.

옹이가 짙은 밤색을 띠는 것은 거기에 송진이 엉겨붙기 때문이다. 옹이에 송진이 엉겨붙지 않으면 다른 부분보다 먼저 썩게 마련이다. 나무 전체의 부식을 막고 튼튼하게 자라 올라가기 위해서 옹이를 만들면서 사는 것이다. 꼭 그런 비유를 할 것은 아니지만, 아이들은 인생에서 부모에게 옹이 같은 존재가 되기도 했다. 삼남매 두었다가 둘을 잃고 옹이처럼 하나 남은 게 딸이었다. 딸의 생애에 아이를 하나밖에 못 둔 것이 옹이가 되어 박히지 않아야 할 터인데, 눈이 알알 아파왔다.

눈이 감기고 다리 마디가 쑤시기 시작했다. 다리 사이에 아내의 베개를 괴어 넣고 풋잠이 들었다. 어디선가 예초기 돌리는 소리가 단속적으로 들려왔다. 예초기를 휘두르는 대로 처르륵처르륵 풀이 넘어졌다. 풀밭이 아득하게 펼쳐진 들판이었다. 메뚜기들이 하늘 가득 날고, 논에는 벼가 누렇게 익어 황금빛으로 펼쳐졌다. 하아, 감탄을 하는 사이 논물 괴는 시큼하고 향긋

한 냄새가 논두렁을 넘어왔다. 논두렁에 다리 하나 잘린 방아깨비가 뒤뚱거리면서 손민서 자기를 따라오고 있었다. 날개를 파드득파드득 떨어 경고음을 내면서였다. 방아깨비는 어느새 외손녀 은나래가 되어 있었다. 사위는 성씨가 흔치 않은 은씨였다. 첫딸을 낳았을 때, 첫딸은 집안 살림밑천이란다, 하면서 싫은 내색을 하지 않던 사돈들이었다. 은빛 날개를 저으며 푸른하늘로 날아오르라고, 사돈양반이 지어준 이름이 은나래였다.

애 맡길려고 그렇게 바지런을 떨었단 말이지? 이런 기회 다시없어요. 해외여행이잖아? 우리도 존졸이 사느라고 언제 해외 나가본 적 없잖아요. 비행기가 은빛 날개를 빛내며 하늘로 솟아올라 구름 속으로 묻히는 중이었다. 문득 눈을 떴다. 딸이 외손녀 나래를 데리고 와서 제 어미와 하는 이야기였다.

손민서 씨는 실내 화장실에 들어가 물로 얼굴을 적시고는 수건으로 훔치면서 거실로 나왔다. 저의 엄마와 할머니 사이에서 삶은 밤을 까먹고 있던 나래가 발딱 일어나 손민서 씨에게 달려와 안겼다. 그래 잘 왔다. 손민서 씨는 외손녀를 안고 볼에 입을 맞춰주었다. 나래는 알아버지 술쟁이, 라면서 얼굴을 밀어제치며 버팅겼다. 조금만 참는 것인데, 고개를 돌려 숨을 후유 내뱉었다. 테이블로 돌아가는 나래가 약간 자우뚱거리면서 오른편 다리를 저는 모양이 눈에 들어왔다. 손민서 씨는, 앉았다가 갑자기 일어나서 그렇겠거니 하면서, 범연히 넘어가면서 다른 내색을 하지 않았다.

풋밤을 먹어보겠다고 칼로 껍질을 벗기던 딸이 자지러지는 소리를 지르면서 칼을 바닥으로 동댕이쳤다. 밤알이 마룻바닥 위로 굴러갔다. 그게 다 살기 위해 그런 거다, 손민서 씨는 칼을 집어 탁자에 올려놓으면서 조용히 말했다. 에미가 그렇게 호들 갑을 떨면 아이가 과학자 되기 어렵다는 이야기도 덧붙였다. 나래는 자기도 밤에 들어있는 벌레 보겠다고 나섰다. 쟁반에 남았던 밤 몇 개와 밤 껍질을 이미 쓰레기통에 버린 뒤였다. 나래는 하품을 하면서, 아, 심심하다, 온몸을 뒤틀었다.

손민서 씨는 외손녀 나래에게 알밤을 주우러 가자고 손을 이끌었다. 풀이 많이 자랐을 거니까 할머니 장화 신고 가자. 그렇게 해서 외손녀 꽃잎처럼 보들거리는 손을 잡고 밤나무 밭으로 내려갔다.

손민서 씨는 아내가 뱀을 봤다던 게 좀 맘에 걸렸다. 숲 속에 뱀이 있을지도 모른다는 이야기를 할까 하다가 아이가 지레 겁을 먹을까 봐, 그리고 장화를 신었으니까 하면서 그대로 내려갔다. 밤나무 위에는 아람이 벌어 알밤을 쏟아놓은 밤송이가 배를 허옇게 드러내고 가지에 매달려 있었다. 알밤이 제법 쏟아졌을 터인데 풀섶에 숨어서 그런지 눈에 잘 안 띄었다. 나래가 먼저 밤알을 발견하고는, 와아, 알밤 친구들이야! 하면서 소리를 질렀다. 그러고는 쪼그리고 앉아 밤을 줍기 시작했다.

그때, 나래 바로 앞에 뱀이 고개를 들고 이쪽을 노려보고 있는 게 눈에 들어왔다. 나래야, 조심해, 움직이지 말고. 손민서

초연기 - 파초의 사랑

씨는 검지를 입에 대고 조용히 하라고 일렀다. 뱀은 귀가 어디 있어, 할아버지? 눈 보이지? 눈 뒤쪽으로 조그만 구멍이 있는데, 그게 귀야, 잘 봐라. 그럼 내 말도 알아듣겠네. 그렇지. 뱀아, 너 집이 어디야? 나래가 뱀과 눈을 맞추고 이야기를 하고 있을 때, 뒤에서 발소리가 들리는 듯하더니, 찢어지는 듯한 비명이 이어졌다. 손민서 씨는 외손녀 나래를 품으로 감쌌다. 이쪽을 바라보고 있던 뱀이 쉬익 소리를 내면서 달려들었다. 뱀은 나래의 손등을 스치고 풀밭으로 숨어들어 달아나버렸다. 나래는 몸을 옹송그리고 떨면서 울기 시작했다.

아무리 애가 호기심으로 가득하다고 해도 그렇지, 애를 뱀과 마주보게 하고 앉아 있으면 뱀한테 애 물어라, 그렇게 부추기는 것과 뭐가 다르냐, 나래가 못된 할아버지 만나 얼마나 놀랐느냐면서 모녀가 손민서 씨를 힐책했다. 뱀이 달려드는 바람에 놀란 나머지 흐느끼면서 울던 나래가 울음을 그쳤다. 그리고 눈물로 얼룩진 얼굴에 뽀얀 웃음을 떠올리면서, 뱀은 다리도 없는데 어떻게 그렇게 빨리 움직이느냐고 물었다. 할아버지는 너 이담에 과학자 되겠다며 추어올렸고, 할머니는 딱하다는 듯 혀를 찼다. 손민서 씨는 외손녀를 데리고 욕실로 들어가 아이의 얼굴을 씻겨주었다. 나래는 비밀 이야기를 하겠다면서 할아버지 목을 끌어당겨 귀에다 대고 속삭였다. 저기 있지, 집에 들어오다가 내가 뱀을 봤걸랑. 빨간 열매 달린 꽃나무 밑에서 개구리를 먹고 있었다. 목이 뽈록해서 끼룩거렸다. 그러면 엄마한테 말

해야지. 그럼 엄마가 소리 지를 건데. 그 뱀이, 밤나무 아래까지 자기를 쫓아왔다는 것이었다. 밤중에 또 오면, 미안하다고 해야 돼? 손민서 씨는, 집안에는 뱀이 들어올 틈이 없으니 걱정하지 말라고 아이를 안출러 주었다.

저녁까지 잘 먹은 나래가, 어른들이 여행 이야기를 하는 동안 화장실을 두어 차례 드나들었다. 엄마, 나 토 나와. 나래는 입에 손을 대고 욱욱거렸다. 손민서 씨의 아내는, 그거 봐라, 내 그럴 줄 알았다, 세상에 어떻게 애를 뱀하고 마주 앉혀놓는다니, 딱하다 딱해, 무차별로 쏟아부었다. 하긴 그랬다. 할 말이 없었다. 뱀의 귀니 뱀의 다리 그런, 아이의 호기심이 열나고 토하는 아이의 증세를 무마해줄 수 없는 일이었다. 이런 애 그냥 뒀다가는 큰일 당할라, 당장 서울 병원으로 가보자, 그렇게 서둘러서 딸과 외손녀를 휘몰아 나갔다. 남편에게는 당신은 술 먹었으니 그대로 집에 있으라면서, 요새 도둑 심하다는데 집 잘 지키라고 준절히 타이르듯 날선 언성이었다.

한바탕 광풍이 몰고 간 뒤처럼 사방이 휘휘하고 허적거렸다. 소파에 등을 기대고 앉아 눈을 감았다. 애들 크면서 다 그렇지, 원 호들갑도. 설핏 잠이 쏟아졌다. 나래가 외할아버지를 찾아왔다. 찾아온 게 아니라 병원이었다. 어느 대학병원이라 하는데, 뜰에 은행나무가 하늘을 찌르고 올라가 짙은 그늘을 만들었다. 어디선가 늦매미가 짜아 하는 금속성을 내며 울었다. 나래는 환하게 웃는 얼굴에 눈물을 흘렸다. 홍조 띤 볼이 눈물로 번

들거렸다. 할아버지, 내가 하늘나라 가면, 거기서 매미가 된대. 무슨 소리냐? 하늘나라 가기 전에는 오래오래 땅속에서 어둠을 이기며 살아야 한대. 어둠을 버텨내야 날개가 돋는대. 넌 이미, 이름이 나래잖아, 그것도 은빛 날개. 나래는 빙긋이 웃으면서 볼로 흘러내리는 눈물을 손등으로 씻었다.

몸이 바람을 타고 공중으로 부양되는 중이었다. 속이 아리고 울렁거렸다. 머리에는 강한 바람을 가르고 나가는 항공기 소음이 가득히 차올랐다. 하얀 가운을 입은 의사가 이쪽으로 걸어왔다. 나래는 두려움에 지질려 의사를 쳐다보다가 고개를 푹 꺾었다. 눈물방울이 타일 바닥으로 떨어져 얼룩을 만들었다. 의사는 녹색 수술복으로 갈아입었다. 커다란 가방에다가 수술용 메스며, 톱, 집게 그런 수술도구를 가득 담아가지고 병원 문을 나갔다. 앰뷸런스가 대기하고 있었다. 나래는 눈물로 얼룩진 얼굴을 들고 하늘을 쳐다보고 있었다. 나래의 얼굴 위로 커다란 잠자리가 날아가며 음영을 드리웠다 사라졌다.

공원 가운데 있는 작은 도서관이었다. 손민서 씨는 도서관 수위가 되어 수위실에 앉아 앞마당을 바라보고 있었다. 외손녀 나래가 앰뷸런스에 실려와 도착했다. 손민서 씨는 자리에서 일어나야 한다고, 그래서 달려가 외손녀를 안고 등을 토닥여주어야 한다고 안달을 했다. 그런데 이상하게도 손민서 씨는 철제 의자에 전깃줄로 묶여 있었다. 나래가 다리를 절며 앰뷸런스에서 내렸다. 얼굴에는 웃음이 흘렀다. 나래는 다리를 절며 다가와 할

방아깨비 산조(散調)

아버지 옆에 섰다. 환하게 웃는 얼굴에 눈물이 지질거렸다. 발이 없으면 발레도 못 하는데. 손민서 씨는 가슴이 쿵 하고 울리는 소리를 들었다. 발이 없다는 얘기가 무슨 뜻인지 금방 이해가 안 갔다. 할아버지, 내 다리가 암에 걸렸대. 손민서 씨는 자기 귀에 코고는 소리가 들리는 것을 감지했으나, 눈이 안 떠졌다.

손민서 씨는 나래가 다리를 저는 듯 걷던 모습이 떠올라 불길한 생각이 들었다. 다리에 암이 걸리다니, 그럴 턱이 없었다. 손민서 씨는 얼굴에 땀이 배는 것을 훔쳐내면서 핸드폰에서 아내의 번호 자판을 눌렀다. 아내가 한참 만에 받았다. 아이가 점심 먹은 게 체했단다고 했다. 다리는 어떠냐고 물으려다가 말았다. 꿈에서 본 대로 아이가 다리에 이상이 있다는 이야기를 듣는 것은 끔찍한 일이었다. 아내는 딸네 집에 가서 자고 올 터이니, 뱀 들어오지 않게 문단속 잘 하고 자라고 일렀다. 이야기가 덜 끝난 듯 멈칫하다가는, 딸네 내외가 여행을 간다는데, 아무래도 아이를 집에 데리고 와서 며칠 봐주어야 할 정황이라는 설명이 이어졌다. 여행 가는데, 애 데리고 가면 안 된답디까? 우리도 그만 때는 그랬잖우. 베개 끌어안고 울지 말고 잘 자요. 아내의 끼르르 웃는 소리를 감아돌면서 전화가 끊겼다.

손민서 씨는 아침 햇살이 살랑살랑 빛가닥이 되어 부서지는 잔디밭을 쳐다봤다. 한참을 그러고 서 있었다. 아무래도 덜 깎은 잔디를 손질해주어야 하겠다 싶었다. 잔디 사이에 난 지랑풀이 발에 걸려 넘어지기 꼭 좋게 우거져 있었다. 그리고 밤나무 아래 풀도 정리해주어야 했다. 어제 창고 앞에 세워두었던 예초기를 들고 나와 시동을 걸었다. 가볍게 시동이 걸린 기계는 파란 연기를 내며 스르르 돌아갔다. 짙은 석유 냄새가 코로 들어왔다. 그런데 이번에는 방아깨비가 안 보였다. 정원 안으로 날려보내서 잔디밭으로 못 나온 모양이었다. 손민서 씨는 후유 하고 숨을 내쉬었다.

밤나무 아래 웃자란 풀을 예초기로 깔끔하게 정리했다. 풀 사이에 박혀 있던 알밤이 모습을 드러내기도 하고, 어떤 알밤은 예초기 날에 걸려 잘려나가기도 했다. 따가운 햇살에 익은 밤송이가 툭툭 떨어졌다. 손민서 씨의 어깨 위로도 밤송이가 떨어졌다. 전날 등에한테 물린 데를 밤송이가 아프게 찔렀다. 침을 맞았거니 하면서 쓰린 어깨를 쓰다듬었다.

점심 무렵이 다 되어서야 손민서 씨는 아픈 허리를 주먹으로 치면서, 저 아래 마을에서 올라오는 길을 바라보았다. 아내와 딸이 가운데 선 나래의 손을 잡고 언덕을 올라오고 있었다.

나래는 할아버지를 보고도 뜨악하니 서서 다가들지를 않았다. 뒤춤으로 돌렸던 손을 앞으로 내면서, 방아깨비 잡았다, 그런데 다리가 하나야. 나처럼 무릎이 아파서 잘랐나 봐. 그게 무슨 소리야? 방아깨비 다리는 어디서 팔지, 할아버지? 손민서 씨는 생각은 신통한데 도와줄 방법이 없어 안타까웠다. 이제까지도 견뎠으니까 다리 하나로 잘 살 거라면서, 방아깨비를 놓아주자고 외손녀를 구슬렸다.

방아깨비를 날려보내고 알밤 주우러 가자고 나래의 손을 끌었
다. 나래가 방아깨비를 날려주었다. 방아깨비가 타르르 날개를
떨면서 날아오르고, 그 날갯짓을 따라 햇살이 금가루처럼 부서
졌다. 손녀를 데리고 안으로 들어온 손민서 씨는 손녀의 무릎을
살펴보았다. 무릎 아프지? 아니. 그럼 다리를 왜 절어? 아닌데.
어디 보자. 손녀 나래의 말대로 무릎은 아무 이상이 없어 보였다.

손민서 씨는 장난감을 담아두었던 바구니를 찾아 들고, 손녀를
불렀다. 알밤을 주우러 가자고 했다. 그의 아내가 뱀구멍은 다 막
았는지 물었다. 외손녀 나래의 손을 잡고 뜰로 나서던 손민서 씨
는 흠칫 발을 멈췄다. 다리 하나를 잃은 방아깨비가 계단 바로 아
래에서, 작은 다리로 몸을 지탱하고는, 한 다리로 땅을 헤집고 있
었다. 거기다가 꼬리를 박아넣고 알을 낳으려는 모양이었다. 손
민서 씨는 자기 딸이 왜 예쁜 딸을 낳아 기르고 싶다고 했는지,
어렴풋이 짐작해보았다.

나래가 한쪽 다리로 흙을 파내고 있던 방아깨비를 발견하고
는 그 앞에 쪼그리고 앉았다. 손민서 씨가 어렸을 때, 외할아버
지는 어린 민서를 번쩍 들어올려 안고는 그런 이야기를 하곤 했
다. 외손자를 귀여워하느니 방아깨비를 귀여워하랬단다. 외손
녀, 세속의 이해득실을 떠나면 가을 햇살처럼 아주 가벼운 핏줄
일 뿐이었다. 그러나 그것은 자신의 존재가 연장되어 나가는 금
빛 햇살이기도 했다.

흙을 파던 방아깨비가, 흙구멍에다가 꼬리를 처박고 산란을

시작하는 중이었다. 다리 하나 없는 방아깨비 애기도 다리가 하나야? 가을 햇살이 떨어져 내려 살갑게 부서지는 얼굴을 반짝 들고, 나래가 할아버지한테 물었다. 사고를 당한 상처는 유전되지 않는다는 말을 하기는 염치가 없어서, 하늘을 쳐다보던 손민서 씨는 재채기를 시원하게 쏟아냈다. *

수수밭 지나는 바람

등기우편으로 보내온 봉투에는 발신자가 『K-픽션』 편집부로만 되어 있었다. 그런 잡지사가 있던가 할 정도로 생소한 이름이었다. '등단 50년 작가 특집' 원고 청탁서가 들어 있었다. 원고 청탁서를 받아보기는 참으로 오랜만이었다. 그것도 스마트폰이나 이메일이 아니고 등기우편으로 발송되어 온 데다가, 수신인 이름이 푸른색 잉크로 정갈하게 쓰여 있었다.

이름조차 아슴아슴한 문인들이 자기 글이 실린 잡지를 보내오곤 하지만, 신통한 글이 별반 없었다. 황혼이혼, 요양원에 감금 당하는 노인, 죽기 전에 재산 나누어달라는 자식들에 대한 분개, 늙은이 바람나는 이야기 등, 그런 지지부진한 글들을 대할 때마다, 그렇게 펄펄 나대더니 이 양반도 세월 앞에는 무릎을 꿇는구나 하는 생각과 함께, 작품을 안 쓰고 지내는 내가 그런 불평을 늘어놓을 자격이 있는가 하는 자괴감이 밀실의 독가스처럼 스멀거리며 피어오르곤 했다.

원고 청탁서를 책상 한 구석에 밀쳐두고 미적미적 지내는데 『K-픽션』 편집장 백이백이라는 이가 전화를 해왔다. 등단 당시의 작품도 좋고, 그 후 언제 썼는지는 상관없으니 꼭 보내달라고 목을 매다시피 했다. 생각해보마, 부탁한다, 그러고는 전화가 끊겼다. 문득 내가 쓴 작품을 책상 서랍에 처박아두는 것은 내 글에 대한 멸시와 모독이 아닐까 하는 생각에 나는 이마를 쳤다. 서랍 맨 밑바닥에 깔려 있는 원고지 뭉텅이를 꺼냈다. 안경을 바꿔 쓰고 컴퓨터 앞에 앉아 입력을 시작했다. 서쪽 창으로 내다보이는 밭에 수숫대가 노을 아래 억센 바람을 타고 서걱거렸다.

*　　*　　*

하늘이 깨어질 듯 개어 올라가고 삽상한 바람이 팔뚝에 난 솜털을 간질이며 지나갔다. 순영이 창호 앞에서 처음 옷을 벗어 알몸을 보여주던 날도 그랬다. 수수잎이 서걱거리며 바람을 연주했고, 수수이삭은 통통 영근 알맹이를 비집어내면서 여유롭게 흔들렸다.

창호는 뒤에서 팔을 벌려 순영의 상체를 끌어안았다. 창호의 손은 순영의 가슴을 더듬고 있었다. 순영이 읽은 소설에서도 남자들은 여자를 뒤에서 끌어안고 가슴을 더듬었다. 이러지 말고 우리 벗고 놀자, 창호는 모든 결심이 섰다는 듯 다부진 목소리로 말했다.

"알이 통통 뱄어."

창호는 순영을 끌어안았던 팔을 풀고, 순영을 한 바퀴 돌려세워 옷을 벗기면서 하는 말이었다. 하기는 그렇기도 했다. 알을 실느라고 버둥치는 풀무치처럼, 몸 안에서 열에 단 피톨이 핏줄을 타고 스멀거리며 돌아다녔다. 잘 영근 수수알처럼 순영의 몸은 알이 통통 배어 손톱으로 누르면 뽀얀 물이 흘러나올 것 같았다.

"알을 실었으면 낳아야지, 모름지기."

어리빵해 있는 순영을 창호가 이끌어 바닥에 눕혔다. 창호는 자기가 씨를 뿌려주마 서둘렀다. 때가 아니라고 순영이 창호의 알몸을 밀어제쳤을 때, 이런 일은 계산을 넘어서는 거라면서 뜨겁게 덮쳐왔다. 요 위에 깔았던 수건이 맨드라미 빛깔로 젖어 있는 것을 바라보던 창호가 흐흐흐 흐뭇한 웃음을 흘렸다. 고등학교 내내, 대학에 가서 문학을 공부하자던 꿈은 그렇게 변색되기 시작했다.

창호나 순영이나 양쪽 집안이 하나같이, 서 발 막대 사방으로 휘둘러도 걸릴 것 하나 없는 적빈이었다. 거기다가 창호 이야기를 했을 때 순영의 아버지는, 너는 내가 낳은 자식 아니다, 그렇게 의절을 선언하고 돌아앉아버렸다. 처녀는 탐나는데 혼인 준비가 아무것도 안 되었다고 창호네 어른들이 이야기했을 때, 둘이 입을 맞추기라도 한 것처럼 혼인신고만 하고 집을 얻어 나가겠다고 했다. 둘이 호랑이 띠, 스물한 살 동갑이었다.

서울로는 못 들어오고, 시흥 광명리에다가 월세방을 얻어 신혼살림을 차렸다. 알이 통통 밴 아내와 수수깡처럼 딴딴하게 깡마른 남편이 일자리를 찾아 헤매는 세월을 신혼이라 하기는 말과 현실이 너무 멀리 각놀았다. 동거하는 대학생의 자유로운 성을 다룬 「아름다운 반란」이란 소설은 소설일 뿐, 현실은 이들의 삶에 대해 참혹한 반란을 계속하고 있었다.

"월남에 가면 돈이 잡힌다데."

"사람 죽이고 죽어야 하는 전장에, 자기가 왜 가?"

"어차피 사는 게 전쟁인걸."

"첫아이나 낳걸랑."

창호는 끄응 앓는 소리를 내며 벽을 향해 돌아누웠다. 냉큼 없던 일이었다. 불러오르는 배를 쓰다듬어주다가 손이 풀려 바닥으로 툭 내려지면 잠에 빠져드는 게 습관이었다. 순영은 남편의 손을 방바닥에 펴주고는 까만 어둠이 눌어붙은 천정을 쳐다보며, 꿈을 꾸다가 창자가 등에 맞붙는 것 같은 허기와 함께 새벽을 맞는 날이 많았다.

어디로 가서 무슨 짓을 하고 돌아다니는지, 남편은 자주 집을 비웠다. 눈치로 봐서는 험한 일을 하는 것은 아닌 듯했다. 어느 날은 주머니에서 구겨진 만 원짜리 지폐가 불거져 나오기도 했다. 순영은 그 출처를 묻지 않고, 잔뜩 불러오는 배를 안고 일자리 구하러 다니는 차비로 썼다. 장군의 사모님, 그런 이야기를 하는 걸로 봐서는 어떤 군인 가족을 돕는 일을 하는 것 같기도 했다. 창호 입에서 군대 이야기가 자주 나왔다. 월남도 그 이야기 가닥에 고리를 대고 있었다.

월남에 가려면 강원도 어딘가 가서 고된 훈련을 받아야 한다고 했다. 어디서 구한 것인지 돈 30만 원을 내놓았다. 월남 가서 매달 돈을 부칠 터이니 그걸로 아이 기르며 기다리라는 이야기가 출국 인사인 셈이었다. 늦은 봄이라 산천이 녹음으로 뒤덮이고, 송홧가루가 뽀얗게 산자락을 덮으며 쓸어갈 무렵이었다.

월남에서 돈이 오기 시작하던 그달, 사내아이를 낳았다. 남편의 의견을 따라 이름을 당철이라고 지었다. 무슨 뜻인지는 아무 언질이 없었다. 당당하고 철저한 인간이 되라는 뜻쯤으로 짐작했다. 순영이 뒤에 생각한 것이지만, 자기가 일을 저질러놓고도 살아가는 방법에 자신이 없었던 모양이었다.

아이가 배 안에 있을 때는 식당에 가서 심부름도 해주고, 옆집 혼자 사는 노인 수발도 거들면서 세 끼니 밥을 해결할 수 있었다. 그래서 남편이 보내는 피 묻은 돈을 새마을금고에 차곡차곡 쌓아놓고 이자 늘어나는 데 재미를 붙여 지냈다. 아이가 돌이 되었을 때는 시댁 어른들이 수수팥단지도 해 와서 나누어 먹었다. 아이가 발을 떼기 시작하면서부터는 아무 짓도 할 수가 없었다. 종일 아이와 씨름을 해야 했다.

다른 손 다 놓고 아이에게 매달려 지내기가 두 해가 되었다.

남편이 돌아오기로 작정한 기한도 찼다. 월세 면하고 전세를 얻어 들어가든지 웬만하면 내 집을 하나 마련할 수도 있을 만큼 돈이 모였다. 남편이 부쳐오는 돈을 허실 없이 차곡차곡 모았고, 남편이 여가시간에 주워 모았다는 탄피니 낡은 군복이니 하는 것은 고물로 팔아 돈을 보태기도 했다.

그런데 순영이 읽은 어떤 소설의 플롯처럼 일이 꼬여 돌아가기 시작했다. 술로 세월을 보내던 시아버지가 간염에 걸렸다가 간암으로 발전하는 바람에 장기간 입원을 해야 했고, 시어머니는 시아버지 수발을 하느라고 영일이 없었다. 내외가 하루도 빠지지 않고 입씨름으로 날을 보내다가 혈압이 올라 못살겠다고 하더니 결국 시어머니가 뇌졸중으로 넘어졌다.

"애 하나밖에 없는 네가 집에 와 있어야겠다."

시어머니의 날선 목소리에 주눅이 들어 두 살 된 아들 당철을 둘러업고 시댁을 찾아갔다. 진작에 왔어야지, 아무리 가시 같은 시집이지만 에미 애비 죽어간다는데 마빡도 안 내미는 게 사람의 할 노릇이냐는 시어머니의 나무람을 들으면서, 눈에 물기가 잡히곤 했다. 눈물을 훔치면서 대문을 나섰을 때, 텃밭에 익을 대로 익어 축축 늘어진 수수 모가지 위로 가을바람이 쌀랑하게 지나갔다. 수수이삭은 알이 통통 영글어 손으로 건드리면 오로로 쏟아질 것 같았다. 순영은 수수 모가지를 쳐다보다가 손으로 젖가슴을 더듬어보았다. 아이 젖을 떼고 나서 젖가슴이 가뭇없이 주저앉았다. 둘째를 낳아 젖을 물릴 때가 되면 또다시 통통하게 부풀어 오르겠거니 했다. 알이 통통 영글었다며 가슴을 더듬어오던 남편 창호의 손길이 떠올라, 허전한 젖가슴을 다시 추슬러 안아보았다. 앙가슴으로 서늘한 바람 한 오리가 빠져나 갔다.

환자는 몸으로만 돌보는 게 아니었다. 병원비를 내야 하는 때 가 되기만 하면, 시어머니는 창호한테 돈 온 거 있지이? 하면서 눈꼬리를 치켜올리곤 했다. 그렇게 쏠락쏠락 들어가는 돈이 통 장 잔고를 얀정없이 잘라먹었다. 순영은 자기가 집에 와서 어른 들 돌보고 있다는 내용을 편지에 써서 보냈다. 답장은 기대 밖 이었다. 월남에 장기복무 신청을 해야겠다는 것이었다.

그 뒤로 보내오는 돈이 자꾸 줄었다. 이러다가는 남편의 피 묻은 돈을 몽땅 까발리고 말겠다 싶어 가슴이 알알해질 무렵이 었다. 남편에게서 편지가 왔다. 남편의 글씨가 아니었다. 남편 창호는 달필이었는데, 초등학교 학생이 쓴 것 같은 필체로 대필 한 편지였다. 월남 다녀온 남정네들이 '꽁까이' 이야기를 하면 서 낄낄대던 장면이 떠올랐다.

사랑하는 아내에게, 내가 눈 부상을 당해서 나를 살려준 후웅 시엔이 대신 씁니다, 그렇게 시작한 편지는 남편이 고엽제를 둘 러쓰고 실명하게 되었다는 절망적 내용을 전했다. 눈앞이 깜깜 했고 몸이 무너져내려, 현기증과 함께 아이 위로 엎어졌다. 아 이가 악을 쓰며 자지러지게 울었다. 대갈빡 피도 안 걷힌 놈이 할애비, 할미 죽으라고 통곡을 하느냐면서 시어머니는 이를 갈

수수밭 지나는 바람

았다. 이미 제정신이 아닌 노인들이었다.

"우리들 내외가 장만한 집이니, 그거 처분해서 병원비 써라."

입만 살아 있는 시어머니는 남편을 가리키며, 저 불쌍한 늙은이가 살면 얼마나 살겠느냐면서 눈물을 지릴거렸다. 아들이 어떻게 되었다는 이야기는 털어놓을 수가 없었다. 집을 처분했다. 빚을 청산하고 나니 달랑 삼백만 원이 손에 들어왔다. 그거면 오류동 전철역 앞에다가 포장마차 하나는 차릴 수 있겠다 싶었다.

순영이 읽은 못된 소설 꼭 그 모양이었다. 한 달을 사이에 두고 시아버지와 시어머니가 차례로 죽었다. 이 늙은이들이 어떻게 산 것인지, 남편은 또 어떻게 산 것인지 장례식장에 머리를 들이미는 인간은 그림자조차 어른거리지 않았다. 파월장병 상조회라는 데서 조화를 보내왔다. 자전거에다가 조화를 싣고 온 중늙은이가 빈소를 둘러보고는 혀를 찼다. 조문객이 아무도 없다는 게 안쓰러웠던 모양이었다.

"돈이라고 생각 마시우."

꽃배달을 왔던 중늙은이는 순영의 손에 봉투를 쥐어주고는 곧장 돌아서서 빈소를 나갔다. 봉투를 급히 장만한 것처럼, 봉투 뒷면에 상호와 연락처가 적혀 있었다.

절해고도에 알몸으로 던져진 신세가 되었다. 시어머니 장례가 끝난 날이 순영이 아들 당철을 안고 길바닥으로 나앉아야 하는 날이었다.

그래도 부모라고, 친정 생각을 했다. 순영은 아이를 업었다 걸렸다 하면서, 친정집이 있는 삼양동 가는 버스를 탔다가 내려서 돌아오고 말았다. 아버지를 만날 것이 두려웠다. 순영의 아버지는 말이 곧 행동이었다. 한다면 하는 단호한 성격으로 풍진 세상을 버텨나가는 옹고집이었다. 앞날을 내다보는 형안도 없지 않았다. 너는 소설 읽다가 망할 거라던 대로, 고등학교 내내 소설만 읽다가 온데간데 없이 영락한 신세가 되어버렸다. 미국 놈들 전쟁놀음에 놀아나는 얼빠진 작자들이라고, 맹호부대 월남파병을 두고 날을 세웠다. 리어카를 끌고 고물이나 모아 파는 신세에 비하면, 교양이 과도하게 높았다. 남편이 월남에 간다고 했을 때, 말리지 않은 것은 아버지에 대한 보복심리 때문인지도 몰랐다.

남편에게서는 소식이 없었다. 남편이 아이 봐주고 자기는 떡볶이 장사를 하더라도 세 식구 사는 것은 너끈히 감당할 수 있다는 각오도 다졌다. 순영은 우선 짐을 꾸렸다. 앨범이니 책 나부랭이 같은 것은 휩쓸어서 고물장사한테 주어버렸다. 언제 누가 보던 것인지 『사상계(思想界)』라는 잡지가 불거져 나왔다. 아버지 생각이 났다. 아버지가 가끔 고물 속에 처박혀 있던 책을 추려내다가 읽으면서, 세상 돌아가는 꼴하고는, 하면서 혀를 차곤 했던 기억이 떠올랐다. 아이 옷가지와 담요 한 장을 달랑 꾸려가지고 길바닥으로 나섰다.

말로야 발길 닿는 대로라 하지만, 세상에 그렇게 편하게 갈

데는 아무데도 없었다. 작정이 없으니 발길을 어디로 돌려야 할지 막막하기만 했다. 배고프다고 울어대는 아이를 데리고 집 근처를 어슬렁거리다가 하루가 갔다. 아파트 노인정에 가서 관리인에게 하루 저녁 머물 수 있도록 해달라고 사정해서, 길을 나선 첫날 겨우 이슬을 피했다. 내일은 틀림없이 다른 데로 나가야 한다는 조건이었다.

초코우유와 단팥빵을 하나 사서 먹인 아이는 배가 허전한지 자꾸 무슨 이야기를 만들어 종알댔다. 놀러 왔느냐는 질문에 그렇다고 대답할 수는 없었다. 아이는, 왜 집에 안 가느냐고 물었다. 더 좋은 집 찾아가서 살 거라고만 했다.

"아빠 있는 나라 가는 거야?"

이제까지 한 번도 아빠란 말을 않던 아이가 아빠를 찾는 게 불길한 느낌마저 들었다. 저게 저렇게 아빠를 찾기 시작하면, 그러다가 딴길로 빠지면 앞길이 난감해질 거 같아 겁이 나기도 했다. 살붙이를 잊지 않고 찾는 것은 다행이지만 그 살붙이는 이국만리 월남에서 눈이 먼 채, 아오자이 자락에 머릴 기대고 순영의 꿈과는 영판 다른 꿈을 꾸고 있을 터였다.

코를 색색 골며 곤히 자는 애를 깨웠다. 새벽에 종소리를 들었다. 성당에서 울린 종소리 같았다. 아이가 아빠 아빠 하면서 잠꼬대를 했다. 아이에게 아빠가 있어야 한다는 생각이 머리를 비집고 들었다. 시어머니는 그래도 자기 핏줄이라고 당철이한테는 유별나게 고운 손길을 내밀곤 했다. 애비 없는 불쌍한 내

새끼라며 볼에 입을 맞췄다. 아빠라니, 얼토당토않은 소리였다. 아이를 위해서 주소가 필요했고, 창호에게서 오는 우편물을 받자 해도 주소는 있어야 했다. 그 때 생각난 것이 꽃배달을 왔던 중늙은이였다.

"당철아, 말이다, 오늘 아빠 찾으러 가자."

"월남으로?"

"아니, 아빠가 돌아오면 찾아올 수 있는 집으로."

"우리도 아빠랑 하늘나라 가는 거야?"

망할 녀석, 에미가 죽고 싶다는 생각을 하는 걸 어떻게 알아서 저런 소리를 하냐 싶었다. 아이를 후려치려고 들었던 순영의 손이 저절로 터억 내려졌다. 아이를 데리고 전철을 탔다. 의자에 무릎을 꿇고 차창 밖을 내다보던 아이는, 이 기차가 하늘나라 가는 거냐고 물었다. 섬찟한 생각이 들었다. 아이의 말이 꼭, 엄마랑 나랑 죽으러 가는 거냐고 묻는 것 같아서였다.

"당철이 너한테 말야, 엄마가 예쁜 꽃이 가득 핀 꽃밭을 보여주려고 가는 거야."

"하늘나라에 꽃 피는 정원도 있어?"

"그럼 있고말고,"

"하늘나라 애들도 아빠가 월남 갔어?"

순영은 아이 머리를 힘껏 쥐어박았다. 아이가 씨이, 찢어진 눈으로 순영을 올려다보았다. 제 아비 창호의 눈을 빼닮은 눈맵시였다. 할아버지는 아이가 조조의 눈을 빼박았다고 하며, 장군감이라고 아이를 부추겼다.

　어디든지 남편의 편지를 받을 수 있는 주소는 마련해두어야 했다. 문득 상가에 꽃배달을 왔던 중늙은이 생각이 떠올랐고, 거기로 밭길이 쏠렸다. 쌩똥 맞았지만 그나마 다행이었다. 소래포구에 가서 한 나절을 돌아다녔다. 꽃집을 다짜고짜 찾아가기는 마음에 께름칙한 구석이 있었다.

　송도 방향으로 걸어 나왔다. 아이를 걸리다가 업다가 하는 통에 시간이 꽤 걸렸다. 화훼단지는 그리 큰 규모는 아니었다. 하나하나 놓치지 않고 꽃집을 더터갔다. 꽃집 여자들은 하나같이 꽃을 닮아 예뻤다. 그리고 상냥하고 친절했다. 헌데 자기 주소를 얹어달라고 부탁할 만한 구석은 아무 데도 없었다. 문 앞에 '공작동산'이란 간판이 걸린 꽃집에서였다.

　"말씀 물어봐요. 근처에 자전거로 꽃배달하는 집 있어요?"

　"아가씨, 그러지 말고 우리집에서……."

　곱게 늙은 얼굴에 화장을 옅게 한 안주인이 순영을 쳐다보다가는 하던 말을 접어버렸다. 불러놓고 보니 아가씨가 아니라는 데 놀란 모양이었다.

　"사실은……."

　"사실은 뭡니까?"

　정확한 표준어 발음인데 좀 비아냥거리는 투였다. 자전거로 꽃배달하는 집을 찾는다면서 몸은 호리호리하고 얼굴이 둥글넙적한 모양이라고 설명을 달았다. 주인댁은 공작새 날개 같은 치맛자락을 여미면서, 길 건너편 끝집을 손가락으로 가리켰다.

상록수화원이라는 간판이 가슴을 울렁거리게 했다. 분갈이를 하던 남자가 이쪽을 흘금 쳐다보고는 다시 자기 하던 일을 계속했다. 꽃집 안에는 열대성 식물들이 무성하게 자라 자욱한 연무가 낀 것처럼 보였다. 남편이 사진을 찍어 보낸 그 바나나 나무에는 바나나가 조롱조롱 열려 있기도 했다. 월남은 상하(常夏)의 나라라고 하던 창호의 편지 구절이 떠올랐다. 일 년 내내 숲이 푸르고 꽃이 피고, 열매가 맺는 낙원이라는 것이었다. 오갈 데 없는 신세가 낙원으로 진입하는 것인가 하는 생각을 하면서, 주인에게 말을 붙였다. 전에 상가에 꽃을 싣고 와서 조의금 봉투를 내밀던 그 사람이 틀림없었다.

"저어, 어르신네."

"고놈 참말 잘 생겼다."

순영은 자기 형편을 다 털어놓았다. 주인은 투두럭거리는 볼을 쓸면서 듣고 있기만 했다. 주인은 무관심인지 달관인지 알 수 없는 무표정한 얼굴로 순영을 건너다보곤 했다. 아이는 꽃이 정리되어 있는 화분과 화분 사이를 헤집고 돌아다니면서, 꽃을 따 던지고 난리판을 쳤다. 순영이 날카로운 목소리로 아이를 불렀다. 주인은, 애들 다 그렇게 크는 게요, 순영을 정면으로 바라보았다. 눈가에 잔주름을 접으면서 웃음을 짓는 얼굴이 창호를 빼닮아 보였다.

"편지 받을 주소라?"

"예, 그렇습니다."

"그리고 잠자리만 달라고?"

"그렇습니다."

"밥은 어떻게 하고?"

"밥이랑 빨래는 제가 해드릴 거고요."

"그럼사 좋기는 하지만, 애엄마가 밑가는 거 아니요?"

"우리 식구 둘 살리는 셈 치세요."

알았소, 하고 나서 주인 남자는 입을 다물었다. 그렇게 해서 모자가 공단 옆동네 비닐하우스 꽃집 한 구석에 둥지를 틀었다. 비닐하우스를 앉힌 대지는 제법 널찍했다. 비닐하우스 옆 공터에는 수수를 심어 척척 늘어진 이삭이 푸른 하늘을 배경으로 바람에 흔들렸다. 이제 살았다는 심정으로 한숨이 터져나왔다. 순영은 상록수화원 황칠목 씨의 비닐하우스에 짐보따리를 푸는 날, 남편 창호에게 편지를 썼다. 소설 속에 하고 많은 편지들이 있었다. 그런데 대개는 편지 사연과 사람들의 행동은 어긋났다.

지금 나는 장거리 달리기 출발선에서 팽팽하게 긴장된 몸을 바르르 떨고 있어요. 당신에게 가는 길이기 때문에 몸이 떨리나 봐요. 이 편지를 받아 읽는 당신의 손이 떨리는 걸 나는 느끼고 있어요. 눈은 많이 좋아졌어요? 후옹 시엔이라는 여자분에게 내가 고맙단고 전해줘요. 당신을 보살펴주는 사람이라면, 설령 그게 적군의 간첩이면 어때요. 사랑은 국경을 초월한다는 말도 있잖아요?

거기까지 쓰다가, 내가 지금 무슨 이야기를 한 것인가, 볼펜을 놓치고 말았다. 적군의 간첩이니, 사랑이 국경을 초월하느니 하는 이야기는 오지랖 넓은 잔주였다. 빼버려야 마땅했다. 순영은 새 편지지를 꺼내놓고 다시 썼다.

아무래도 예감이, 죽음의 구덩이에서 자기를 구해준 누군가에게 몸을 의탁하고 지내는 것이지 싶었다. 죽음의 구덩이라는 말은 스스로 삼가기로 했다. 아무러면 죽기야 할라구, 남편의 집안은 성질들이 모질어 그렇지 대를 이어가면서 벽창호로 불렸다. 거기다가 남편은 이름까지 어기차서 백창호였다.

상록수화원에서 주인 밥해주고 빨래 해대고 하는 중에 세 해가 갔다. 주인은 평상시 거의 말이 없었다. 순영이 밥상을 차려놓으면 빙긋이 웃으며 다가와 밥 한 그릇을 뚝딱 해치우고는 일어나서 당철의 머리를 쓰다듬는 걸로 끝이었다. 빨래 가지는 순영이 바구니에 넣어두라는 대로 늘 일정하게 바구니에 담겼다. 마른 빨래를 개서 방에 들여놓으면 등 뒤에 다가와 흐음 기척을 하고, 그리고 빙긋 웃으면 또 그걸로 그만이었다. 대개 둘이 주고받아야 하는 이야기는 중간에서 당철이 중계를 하는 폭이었다.

아들 당철이가 학교에 들어가야 할 나이가 되었다. 예도 안갖추고 살았지만 혼인신고와 출생신고가 착실히 되어 있었기때문에 별문제는 없었다. 아버지가 없어서 부담이 컸다. 아직 월남전은 계속되고 있었기 때문에 파월장병의 집이라는 걸로 빌미가 충분했다. 그러나 주인과 당철이 사이에서 문제가 불거지기도 했다.

"아저씨 이름이 뭐야?"

담배연기를 날리면서 하늘을 쳐다보는 주인남자에게 아이가 물었다.

"그건 알아서 뭐하게?"

"사람이 이름이 없으면 안 되지. 옆집 강아지도 이름이 발탄이라던데."

"고놈 참 말도 똑부러지게 한다."

"그래서 이름이 뭐냐니까."

"내 이름이, 황칠목이란다."

"황칠목이 무슨 나무야?"

마가목, 회양목, 주목, 그런 나무를 일러주었는데, 황칠목이란 이름을 그런 목자 돌림으로 아는 모양이었다. 황칠목 씨는 재떨이에 담배를 비벼 끄고, 길 건너 슈퍼에 달려가서 아이에게 줄 아이스크림을 사 들고 왔다.

"아저씨 홀애비야?"

"그게 뭔데?"

"마누라 없잖아?"

황칠목 씨는 뭐라고 아퀴를 맞춰 이야기를 할까 잠시 망설였다. 난감한 질문이었다. 아이에게 자신의 과거를 구구이 털어

초연기 – 파초의 사랑

놓을 수는 없었다. 서초동 화훼단지에서 상록수화원을 하다가, 까닭을 알 수 없는 불이 나는 바람에 아내와 아들을 한꺼번에 잃고 여기까지 내몰려왔던 터였다. 황칠목 씨는 담배를 빼 물고 라이터를 켰다. 담배 맛이 유난히 썼다.

"애들이 니네 엄마 과부라고 놀려, 씨이."

아이의 볼에 눈물이 방울져 또르르 굴렀다.

"아저씨가 우리 아빠 하면 안 돼?"

황칠목 씨는 남의 물건 주워 넣다가 들킨 사람처럼 흠칫했다. 그런 생각을 안 해본 바 아니었다. 그리고, 아직 털어놓지는 않았지만 당철의 엄마 순영에게 숨기는 게 있었다. 창호와 순영의 사이를 자기가 가로막고 지낸 편이었다. 순영이 혹여 남편 잘못되어가는 소식을 알고 산심되어 미쳐버리지 않을까 걱정하는 우려 때문이었다.

아이가 학교에 들어가면서 필요한 살림살이가 늘어났다. 그 가운데 무엇보다 먼저 해결해주어야 할 것이 아이의 책상이었다. 아이는 밥상 귀퉁이에 앉아 글씨를 쓴다거나 상 위에 책을 펴고 읽는 걸 싫어했다. 언젠가부터 짜증을 내기 시작하더니 드디어 발을 뻗고 주저앉아 책가방에 든 물건을 방바닥에 패대기 쳤다. 황칠목 씨가 다가와 아이의 머리를 쓰다듬며 자기가 책상 하나 사다주마 했다. 고마운 일이었다. 그러나 순영에게는 그런 친절이 짐스러웠다.

베니어판에다가 바니쉬를 발라 각목에 못으로 뚜드려 박은 것이기는 하지만, 책상은 제법 큼직하고 반짝반짝 윤이 났다. 야아, 내 책상이다! 아이는 뛸 듯이 소리를 치며 좋아라했다. 순영은 아무 소식도 없는 남편이 야속했다. 팔다리 다 잃고 몸뚱이만 돌아와도 좋으니 살아만 오라고 기도했던 게 물거품처럼 바람에 날아가는 헛된 꿈이 되는가 싶어 서러웠다. 스무 해가 지났어도 '단장의 미아리고개'는 여전히 현재형이었다.

"그쪽 모서리 쪼깨 들어주오."

책상은 제법 무거웠다. 하다못해 종잇장도 맞들면 낫다던 어른들 이야기가 떠올랐다. 스르르 손이 풀렸다. 몸이 기우뚱하면서 책상을 놓칠 뻔했다. 황칠목 씨의 불빛이 이글거리는 눈길이 순영의 티셔츠 사이로 드러난 가슴에 와 닿았다. 순영은 움칠했다. 비닐하우스 안에다가 판자를 엮어 들인 방이기는 하지만, 책상이 하나 들어오자 번듯하게 규모가 잡혔다. 책상을 들인 이후 아이는 짜증이 씻은 듯이 사라졌다. 그런데 책상 위에서 아이가 그리는 그림이 하나같이 팔다리가 잘리거나 머리가 깨져 붕대로 칭칭 감은 상이군인 모양이었다. 어디서 그런 사람 보았느냐고 다그쳤다. 옆집 친구네 텔레비전에서 보았다는 것이었다.

책상이 해결되자 아들 당철은 텔레비전을 사달라고 조르기 시작했다. 순영은 밥해주고, 빨래 헹궈 널고 하는 사이, 짬을 내서 갯벌에 나가 조개를 주웠다. 말이 조개지 돌덩이나 다름없이 무거웠다. 도와주는 사람 없이 고무함지를 머리에 올리자면

초연기 – 파초의 사랑

가슴이 찢어지는 것처럼 아팠다. 머리밑이 빠져나갈 듯 짓눌렸다. 조개가 가득 담긴 고무함지를 이고 돌아오는 길바닥은 현기증으로 너울거렸다. 이게 뭐하는 짓인가 하는 생각도 들었다. 소식 한 자 없는 남편이 야속했다. 그때 황칠목 씨가 자전거를 타고 마중을 나왔다.

자전거 짐받이에 고무함지를 얹고, 그 위에 비닐을 깔았다. 그리고는 비닐 위에 순영을 태운 다음, 황칠목 씨는 비칠거리면서 자전거를 밀고 나가다가는 가까스로 안장에 엉덩이를 올렸다. 포장이 안 된 길이라 자전거가 털털거리고 몸이 휘둘렸다. 자칫 잘못하다가는 자기 때문에 자전거가 넘어질 것 같았다. 엉덩이를 안장에서 들었다 놓았다 하는 게 영 불편해 보였다.

"내 허릴 잡아요."

황칠목 씨의 옷자락을 잡았다. 담배 냄새가 구수하게 풍겼다. 남편 창호도 글을 쓴다고 앉을 때마다 담배를 피워 물었다. 갯물에 젖었던 손을 바람이 스치고 지나가 알알하고 아팠다.

"어허, 허릴 끌어 잡으라니까 옷자락만 쓰다듬네."

황칠목 씨가 페달을 밟으며 불퉁거렸다. 순영은 황칠목 씨의 허리를 팔로 둘러 안았다. 겉보기와 달리 실한 몸이었다. 가슴으로 따뜻한 온기가 전해왔다. 아무 생각 않고 그렇게 오래오래 달렸으면 싶었다. 능소화 빛깔로 타오르던 저녁 북새가 가뭇없이 가라앉고, 소래포구 쪽으로 불빛이 아이들 눈망울처럼 맑게 살아나기 시작했다. 황칠목 씨의 자전거가 길에 난 물웅덩이에 휘뚱하며 빠지는 바람에 자전거가 넘어졌다. 둘이는 넘어진 김에 쉬어간다는 격으로 조개를 주워 담았다.

"그러지 않아도 테레비 하나 놓았으면 했는데, 잘되었소."

아이가 텔레비전 노래를 하는 꼴을 보았던 모양이었다. 동인천으로 같이 나가서 텔레비전을 하나 골라 오자고 했다. 같이 가서 살림을 준비하자는 제안이었다. 아이를 데리고 살림을 장만하러 간다고, 황칠목 씨를 따라나서는 것은 수나롭지 않은 일이었다. 단순히 동행으로 따라가는 길은 아니지 싶었다. 노인, 젊은 아낙, 어린 자식 그런 삼각구도는 전쟁이 끝나고 흔히 볼 수 있는 정경이었다. 아들이 전쟁에 나가 전사하고, 젊은 며느리와 어린 손자를 데리고 사는 노인의 고달픈 정경을 그린 소설을 자주 읽었다. 아이를 집에 떨궈두고 둘이만 나가기로 했다.

"당철아, 네 소원 들어줄 테니 집 잘 지켜라."

"내 소원이 뭔데?"

"테레비 아닌가……."

아이는 황칠목 씨에게 달려들어 수염발이 까칠한 볼에 자기 볼을 비비면서 좋아라 발을 통통 굴렀다. 아이들이 정작 좋아하는 것은 사람이니 인정이니 하는 게 아니지 싶었다. 그런 만큼 저러다가 금방 색변해서 쌩뚱하게 돌아설 수 있는 게 아이들이지 하는 생각도 들었다. 자기가 저 아이의 보호자, 아버지 노릇을 한다면 얼마를 더 살아야 할 것인가 하는 셈도 짚어보았다. 삼십에 장가를 들인대도 이십사오 년은 더 견뎌야 하고, 그때 자기는 자그마치 팔십이 되는 나이다. 황칠목 씨는 크억 가래를 돋구어 길바닥에 뱉아냈다. 가는 데까지 가보는 것 말고 다른 뾰족수가 없는 게 인생사 아닌가, 오기도 생겼다.

그날따라 황칠목 씨의 행동은 당당하고 단호하기까지 했다. 20인치 텔레비전을 골라놓고, 값을 깎자든지 하는 짓은 치사스럽다는 듯이, 현금으로 풀풀 세서 계산대 위에 처억 올려놓고는, 주인에게 확인해보시오 명령하듯이 말했다. 다음 날 어디어디로 배달해달라 하고는 순영의 손을 잡아끌다시피 밖으로 나왔다. 가을 저녁나절 햇살이, 이제 막 물들어가기 시작하는 느티나무 위에 담홍색으로 쏟아졌다. 순영이 창호와 집을 구하러 갔던 천왕동 골짜기에도 그런 느티나무가 우람하게 서 있었다.

순영은 느티나무집에서 창호와 수제비를 먹던 생각을 떠올렸다. 매일 수제비만 먹고 살아도 건강하고 사랑이 있으면 살아지려니 했다. 그러나 건강도 사랑도 손으로 빚은 수제비 쪼가리처럼 미끈둥 미끈둥 잘도 빠져나갔다. 그리고 운명처럼 생각했던 소설에 이끌려 와 닿은 데가 이 벼랑 끝이었다.

둘이는 한참을 걸어서 송도유원지로 접어들었다. 매운탕에다가 술이나 한잔 하자고, 황칠목 씨가 사이공 민물매운탕집 휘장을 걷어제치고 들어가면서 순영을 향해 눈짓을 했다. 순영은 아무 대꾸를 못하고 따라 들어갔다. 한쪽 구석에서 술판이 벌어져 있었다. 먼 남쪽 섬의 나라 월남의 달밤…… 사내들이 노래를 부르면서 소주잔을 기울였다. 남편 창호의 얼굴이 눈에 밟혔다.

"안된 얘기지만, 전쟁에 나간 사람이 부상당해서 삼 년 소식 없으면……."

울컥 목울대를 타고 올라오는 뜨거운 덩어리를 억누르며, 순영은 고개를 꺾어 신코를 내려다봤다. 발등 위로 눈물방울이 굴러 내렸다. 그동안 살아온 거야 그렇거니와 앞날이 감감했다. 영 살아갈 자신이 없었다. 자기 한 목숨 사는 것은 물론 아이를 여보란 듯이 기를 자신은 더욱 아득했다. 그런 문제를 해결해주는 소설은 읽은 적이 없었다.

"울어서 될 일이 따로 있지."

황칠목 씨는 순영의 등을 토닥여주다가는 돌아서서 담배를 빼어 물었다. 담배를 두어 모금 빨고 나서는 자기 편에서 흑흑 흐느끼기 시작했다. 순영은 당혹스러웠다. 이제까지 황칠목 씨가 그런 감정을 내보인 적이 없었을 뿐만 아니라, 자신도 황칠목 씨에 대해 아무런 감정을 느끼지 못하고 지내왔다. 아니 오히려 솟아오르는 감정을 자제하며 지낸 편이었다. 그런데 책상을 사오면서 황칠목 씨의 자전거를 함께 타고 왔던 날부터 순영의 안에 감정의 물살이, 빛을 받아 반짝이는 여울물처럼 일렁이기 시작했다. 그리고 한편으로 남편 창호는 영영 못 돌아올 사람이라고 생각을 정리하려는 자신을 돌아보고는 스스로 놀라, 자다가 소스라치기도 했다.

빈속에다가 마신 소주가 올라오기 시작했다. 얼굴이 후끈거리고 관자놀이가 욱씬욱씬 뛰었다. 황칠목 씨도 눈자위가 벌개졌다.

"당철이 엄마는 내가 어떤 사람인지 궁금하지도 않소?"

"매일 보고 살잖아요."

"왜 혼자 사는지, 어떤 일을 했는지, 소원이 무언지, 그런 질문 하나 받을 만한 인간이 못 되는 것 같아 마음이 쓰리고 아렸소. 삼 년을 같은 솥 밥을 먹었으면 하다못해 어디 아프지 않은가는 물어볼 만도 한데…… 솔직히 섭섭했소. 그리고……"

"그만하세요."

그리고, 라는 말 다음에 당철이 이야기를 한다든지, 남편 이야기를 거들 게 뻔했다. 둘 다 듣고 싶지 않은 이야기였다. 어디 아프지 않은가 하는 대목은 맘에 걸려왔다. 전에 빨래를 하면서 팬티에 피가 묻어 있는 것을 본 적이 있었다. 치질을 앓고 있는지도 모를 일이었다. 그래서 자전거 타는 모양이 일그러져 보였으리라. 순영이 쓰는 방에서 부엌 겸 헛간처럼 쓰는 데를 건너 황칠목 씨가 잠자는 방이 마주 보았다. 때로는, 황칠목 씨가 기침하는 소리가 부엌을 건너오곤 했다. 해수 기가 좀 있거니 하고 범연하게 지나갔다. 그런데 빨래를 널러 나가다가 간이화장실에 들렀을 때였다. 바닥에 피 섞인 가래가 흩어져 있곤 했다.

"잊어버려야 할 이야기를 곱씹는 건 현명하지 못하오."

"기억하고 싶은 추억도 별로 없어요."

"희망의 날들이 줄어들면 추억 뜯어먹고 살게 마련이라오."

"견뎌야 하는 날들이겠지요."

"그 견디는 일을, 나랑, 함께 하면 어떻소?"

황칠목 씨의 목소리가 떨려 나왔다. 저쪽 구석 패거리들은 아직도 노래판을 이어갔다. 월남에서 돌아온 김 상사, 새까만 김 상사……. 그런데 백창호 병장은 돌아올 줄을 몰랐다. 소식조차 감감했다. 벌써 오 년이 다 되어가는 시점이었다. 거기다가 월남에서 눈이 상하고, 자기를 돌봐주는 여자가 있고, 생각하면 남편을 다시 만나는 게 스스로 어떤 덫에 걸려들기로 작정한 꼴이 되지 않나 싶기도 했다. 무엇보다 아들 당철을 기르는 문제가 자신이 안 섰다.

"당철이가, 나더러 자기 아빠 해달랍디다."

"그렇게 시켰던 건 아니고?"

말을 해놓고도 좀 멀쓱했다. 사람을 의심하는 투를 들켰을 것 같아서였다.

"내가 소설가들처럼, 그런 거짓이나 꾸밀 재간이 있는 거 같소?"

황칠목 씨가 손을 슬그머니 끌어 잡으면서 다가오는 데는 몸을 뺄 도리가 없었다. 황칠목 씨에게 손이 잡혀 걸어가는 길 옆으로 수수밭이 길게 이어져 있었다. 날이 가물어 다른 작물 심을 시기를 놓친 이들이 수수를 심은 모양이었다. 축축 늘어진 수수이삭 위로 달빛이 내리비쳤다. 황칠목 씨가 순영의 입에 자기 입술을 억세게 포갰다. 순영은 황칠목 씨의 품 안에 작은 짐승처럼 오그라들었다.

순영을 가슴에서 풀어준 황칠목 씨는 이런 노래가 생각난다면서, 백마는 가자 울고 날은 저문데, 노래를 시작했다. 아느냐 그 이름 백마부대 용사들……. 그런 노래가락이 멀리서 들려왔다. 거치른 타관땅에 주막은 멀다. 고향이 아득한 판에 타관이 따로 있을까. 옥수수 익어가는 가을 벌판에 또다시 고향 생각 엉키는구나. 황칠목 씨의 수수깡처럼 억센 손이 순영의 허리를 감아 잡았다.

집에 도착해서 문을 열고 들어왔을 때, 아이는 코를 색색 골며 잠에 떨어져 있었다. 순영은 후유 한숨을 골랐다. 황칠목 씨가 다가와 순영의 손을 잡아끌었다. 아, 이렇게 길이 달라지는구나 싶어 목울대로 뜨거운 게 올라왔다.

언제 들여놓은 것인지 깔끔한 침대에 이불이 단정하게 덮여 있었다. 어느 사이 방을 그렇게 꾸민 것인지 아연했다. 순영은 자기도 모르게 손이 가슴으로 갔다. 남편 창호가 수수 알갱이처럼 탱탱하게 영글었다던 가슴은, 아이를 낳은 뒤로 주저앉고 다시는 부풀어보질 못했다.

"보여주고 싶은 게 있어서 들어오라 했소."

"안 봐도 되는 거면 안 보고 싶어요."

순영의 대답은 아랑곳하지 않고, 황칠목 씨는 선반에서 나무 상자를 내렸다. 순영은 무슨 예언이나 신탁을 받아야 하는 것처럼 관자놀이가 띵했다. 황칠목 씨가 상자를 열자 그 안에 편지들이 차곡차곡 쌓여 있는 게 보였다. 순영은 손으로 입을 막았다. 이 엉큼한 인간, 하는 소리가 튀어나오는 찰나였다.

"순영 씨, 당신을 지켜주기 위해, 내가 편지를 모아두었소."

그게 무슨 소린가 묻고 싶지 않았다. 황칠목 씨는 편지들의 사연을 간단히 요약해서 이야기했다. 베트콩 병사를 대검으로 찔러 죽였는데, 그날 고엽제가 살포되었고, 자기는 고엽제를 둘러써서 앞을 분간할 수 없는 정황에 빠졌다는 것이다. 베트콩이 숨었던 굴 속에 갇히고 말았다. 거의 아사지경이 되었을 때, 죽은 베트콩의 아내가 빵을 날라다 주어 먹고 살아날 수 있었다. 전세가 역전되어 그 지역을 베트콩이 점령하고, 자기는 꼼짝없이 포로 신세가 되었다. 땅굴에 숨어 지내다가 베트콩의 아내 후옹 시엔의 도움으로 땅굴을 벗어나 한국군 진영으로 돌아갈 수 있었다. 그런데 곧 이어서 전투에 투입되었다가 지뢰를 밟아 다리를 절단해야 하는 사고를 당하고, 그 이후 다리가 이차감염으로 낫지를 않아 시한부로 목숨만 연명하고 있다는 얘기였다.

"잠깐만요, 저기."

순영은 봉투를 하나 열어 내용을 살펴보았다. 전에 후옹 시엔이라는 여자가 대신 썼다는 그 편지의 필체가 아니었다. 남편 창호의 솜씨가 분명했다. 전투에 투입될 만큼 눈이 회복되었던 모양이었다. 그렇다면 그다지 절망적인 상황은 아닐 것인데 하는 의문이 들었다.

"군의관 진단으로는, 앞으로 석 달."

무엇을 더 묻고 어쩌구 하는 건 부질없는 짓이었다. 남편 창호는 한국에 돌아올 길이 없는 사람이 되었다는 게 불을 보듯 뻔했다. 삼 개월 전 그 편지가 오고나서는 소식이 끊겼다는 게 황칠목 씨가 덧붙이는 설명이었다.

순영은 침대 모서리를 짚고 가까스로 일어났다. 머리가 핑 하니 휘둘렸다. 벽을 더듬어 짚으면서 방을 나왔다. 황칠목 씨가 순영의 손을 잡고 부축했다.

당철이 일어나서 부스럭거리면서 학교 갈 준비를 할 때까지 바닥에 까부러져 누워 있었다. 황칠목 씨의 아침밥상을 겨우 들여주고, 아이 등교 준비를 해주고는 다시 쓰러져 잠을 청했다. 잠은 오지 않고 어지러운 꿈만 넌출졌다. 창호와 지낸 짧은 시간을 돌이켜보며 하루를 누워 지냈다.

"등기가 뭐야, 엄마?"

학교서 돌아온 아이가 가방을 벗어 책상 위에 던져놓고는 물었다.

"등기는 왜?"

"우체부 아저씨가 등기 왔다고 그러던데."

등기우편이 전달되어 온 모양이었다. 소식이 없으니까 남편이 등기우편으로 편지를 보냈을 것이라는 짐작이 들었다. 다시 생각해보니 월남에서 오는 편지가 등기로 전달된다는 것이 좀 이상했다. 순영은 아차 싶어 그걸 어떻게 했느냐고 물었다.

"아빠가 가져갔어."

"아니, 얘가, 누구더라 아빠라고 해."

사실은 아빠를 찾아 가자고 나선 것은 순영 편이었다. 그런데 지금 아이를 나무람하는 것은 알다가도 모를 자신의 속내였다. 등기로 전달되어 올 우편물이라면 남편 창호의 사망을 알리는 부고 말고는 달리 떠오르는 게 없었다. 창호와 이승의 연이 칼로 자르듯 잘리는 날이었다.

"오늘 아빠가 텔레비전도 갖다 준댔다."

순영은 비키니 옷장에서 검정 블라우스와 검정 스커트를 찾아내어 갈아입었다. 틀어올려 핀으로 질러두었던 머리를 풀었다. 그리고 손거울을 들어 얼굴을 살폈다. 볼에 기미가 잔뜩 돋아나 있었다. 손질하지 않고 그대로 둔 짙은 눈썹 밑에 눈꺼풀이 재봉틀 돌아가듯 떨렸다. 순영이 부엌을 지나 황칠목 씨의 방으로 건너갔다. 황칠목 씨는 순영의 손에 등기우편물을 쥐어주면서 누구에게랄 것도 없이 중얼거렸다.

"이제는 바람도 다 지나가는 모양입니다."

상록수화원 앞에 용달차가 와서 멈췄다. 인부 둘이서 텔레비전 상자를 마주 들어 내려놓았다. 꼭 시신을 담은 관처럼 보였다.

"어디다 놓아드릴까요?"

순영은 황칠목 씨의 방을 가리켰다. 인부들이 전선을 연결하고, 시험가동을 해보는 사이, 아들 당철이 방으로 뛰어 들어가 침대에 벌렁 드러누웠다. 황칠목 씨가 다가와 순영의 어깨에 손을 얹은 채 텔레비전 켜지기를 기다리는 당철을 그윽이 내려다보고 서 있었다.

* * *

원고를 보내고 나서 며칠 동안 정신이 산란했다. 말끝이 잘 채지지 않고 걸을 때는 발이 헛놓였다. 황칠목과 순영이 그 뒤에 어떻게 살았을까 하는 생각도 들었다. 내가 치매로 들어가는 게 아닌가 두려움이 몰려왔다. 내 손으로 그린 작중인물이 어떻게 살았을까를 걱정하는 것은 허구와 현실을 혼동하는 정신병의 징조가 아니던가.

그런 두려움에 내둘리고 있는데, 백이백 편집장이 전화를 해왔다. 아차, 올 것이 왔구나, 가슴이 후둑거렸다. 그렇게 짚을 만한 확실한 근거는 없었다. 그러나 어떤 악운의 그림자가 따라 붙는 것만 같아 불길한 예감이 뒷골을 치고 나갔다.

"간단히 말씀드리지요. 제가 백창호 씨 아들입니다."

"백창호라면?"

"월남전에 참여했다가 죽었다는 그 백창호 씨 말입니다."

이야기를 더 들을 필요가 없었다. 내가 보낸 원고는 소설이 아니라 실화라는 이야기가 나올 게 뻔했다.

"알았소. 그 원고 파기해버리시오."

스물 다섯에 신춘문예로 등단한 이래 반세기 세월이, 허구와

사실 사이에 수수밭의 바람처럼 지나간 셈이었다. 이삭을 잘
라내고 남은 수숫대가 찬바람을 타는 것처럼 몸이 오소소 떨
려왔다. *

체리는 어떻게 익는가

쌀랑한 봄날 아침이었다. 그날이 토요일이었다. 형평대 선생은 산책을 마치고 돌아오면서 현관에 놓인 아침신문을 집어들었다. 이제는 종이신문을 읽는 것이 버릇이 되어 신문을 끊지 못하고 있었다. 아이들 학습자료가 될 만한 글들은 스크랩을 해두는 버릇도 신문을 끊지 못하는 가운데 하나였다.

신문 문화면에 하루 한 편씩 시를 소개하는 난이 있었다. 이른바 「시와 함께 밝는 아침」이라는 고정란이다. 그날 아침은 장석남 시인의 시가 눈에 띄었다. 형평대 선생은 그 시가 실린 부분을 가위로 잘라서 손에 들고 소리 내어 읽어보았다.

1

찌르라기 떼가 왔다

쌀 씻어 안치는 소리처럼 우는
검은 새 떼들
찌르라기 떼가 몰고 온 봄 하늘은
햇빛 속인데도 저물었다.

저녁 하늘을 업고 제 울음 속을 떠도는
찌르라기 떼 속에
환한 봉분 하나 보인다

2
누군가 찌르라기 울음 속에 누워 있단 말인가
봄 햇빛 너무 빽빽해
오래 생각할 수 없지만
오랜 세월이 지난 후
나는 저 새 떼들이 나를 메고 어디론가 가리라,
저 햇빛 속인데도 캄캄한 세월 넘어서 저기
울음 가파른 어느
기슭 가로
데리고 가리라는 것을 안다

찌르라기 떼 가고 마음엔 늘
누군가 쌀을 안친다

아궁이 앞이 환하다

어머니의 새벽은 늘 쌀 씻는 소리와 함께 아침으로 다가가곤 했다. 반질반질 윤이 돋은 무쇠솥에 쌀을 안치고 손으로 물을 맞춘 다음, 아궁이 앞에 앉아 불을 지폈다. 그럴라치면 어디선가 새 떼들이 날아와 지붕 가득 재재대다가 향나무 그늘로 숨어들곤 했다. 추억을 생생하게 불러오는 시가 좋은 시려니, 생각하면서 이런 시를 아이들도 좋아할 것인가 하는 의문이 고개를 들었다. 자식이 어미를 이해하는 것은 김소월이 읊은 대로 '이 다음에 부모 되어'서야 어렴풋이 짐작이 되는 그런 영역인 듯했다. ·

형평대 선생은 스크랩을 정리해서 책상 위에 놓은 채 밖으로 나갔다. 연못가의 정자 지붕에 하얀 서리가 눈이라도 온 것처럼 두껍게 덮여 있다. 정자 옆에 심은 체리나무를 살펴보았다. 작년에 대여섯 송이 꽃이 달렸으니 올해는 제법 체리가 열려, 새빨갛게 익을 것을 그려보면서, 날이 풀리면 곧 거름을 주어야 하겠다는 생각을 했다. 체리는 형평대 선생의 어머니가 무척 좋아하던 과일이었다. 체리와 연관된 첫사랑의 추억이라도 있는 것처럼, 과일가게에 체리가 모습을 드러내기 시작하면, 체리가 나왔더라 하면서 체리를 환기하곤 했다. 그 무렵이면 형평대 선생의 어머니는 〈체리가 익을 무렵〉이라고 번역되는 〈Le temps des cerises〉라는 노래를 종일 틀어놓고 지내기도 했다.

체리가 열리면, 어머니가 그토록 맛있어하면서 먹지 못한 체리를 아이들에게 먹일 수 있겠지 하는 믿음이 솟아나기도 했다.

형평대 선생이 방유동 선생의 초청을 받아 갔던 게 지난 유월 중순이었다. 집을 새로 짓는 공사가 대강 마무리되었다면서 집 구경을 한 번 오라는 것이었다. 좋다, 그렇게 하자 하면서도 내심으로는 부럽기도 하고 시샘하는 심정이 없는 것도 아니었다. 그러나 고마운 일이었다. 더구나 그 댁 사모님 진 여사가, 안 오시면 삐칠 거예요, 하는 바람에 된짜로 옮기고 말았다.

사람을 초청하는 데 부수되는 노고를 마다하지 않고, 손님을 불러들이는 것은 집에 대한 자부심과 그 집에서 사는 삶의 우아한 행복감을 자랑하고 싶은 의욕이 마음 바닥에 무늬지는 심정 때문일 터이다. 그렇다면 초청에 응해주는 것은 우아한 허영심을 끌어안는 일종의 공범 의식이 작동하는 행동이 되기도 하는 것은 아닌가, 형평대 선생은 그런 생각을 하면서 길을 나섰다.

형평대 선생은 아주 편하게 생각하기로 했다. 남들 하는 것처럼 어떤 문제든지 잘 풀리라고, 술술 풀리는 화장지를 큼지막한 걸로 한 통 샀다. 그리고 그걸로는 좀 아쉽다 싶어서 집안이 거품처럼 잘 일어나라고 매장에서 가장 큰 걸로 세제도 한 통 준비했다. 생각 같아서는 그림이나 글씨라도 한 폭 가지고 갔으면 했는데, 그런 준비를 할 만큼 여건이 갖추어지지 않았다. 사실 형평대 선생의 어머니는 음악 속에서 살았다고 할 만하지만, 그림에는 집착이 없었다. 형평대 선생 집에는 어떤 연유로 와 있는지 모르지만, 운보(雲甫)의 산수화가 하나 덜렁 걸려 있을 뿐이었다.

형평대 선생은 방유동 선생의 새집 앞마당에 차를 댔다. 새로 콘크리트 포장을 한 진입로 옆에는 거년에 돈 주고 사다 심었다는 소나무가 잎에 윤기를 잘잘 흘리면서 자라고 있었다. 지난해까지 꺼칠했던 소나무가 자리를 잡아 제몫을 하기 시작하는 것이다. 그래 맞아, 소나무도 사람 손이 가고 돈 먹어야 자라는 법이라는 생각이 들었다. 형평대 선생은, 우리 집 소나무들은 언제 저만큼 크지? 아내에게 그런 물음을 던지면서 그의 아내를 쳐다봤다. 목소리는 천연덕스러웠지만 속으로는 은연중에 비교를 하는 중이었다.

집터도 널찍하고, 앞에 베란다를 만들어놓은 데는 전망이 그만이었다. 오누이가 겨루기를 했다는 장미성 전설이 깃든 보련산과 명성황후가 임오군란을 피난하는 과정에서 그 산에 올라가 서울을 바라보면서 언제나 서울로 돌아갈까 눈물을 흘렸다는 국망봉의 듬직한 봉우리가 하늘로 솟아 보이고, 그 두 산 사이의 능선이 우람한 공제선을 이루고 있었다. 집 뒤 언덕에는 공터를 이용해서 전망대도 만들고 산책로로 쓴다고 소로길을 내서 집과 척 어울렸다.

소로길 입구에 어른 키 서너 길은 되게 자라 올라간 체리나무가 듬직하게 서 있었다. 윤기가 자르르 흐르는 잎 사이로 처녀

애들 유두 같은 체리 알맹이 끄트머리에 보랏빛 물이 잡혀 오돌 돌 달려 있었다. 형평대 선생 눈앞으로 그의 어머니 얼굴이 휙 스치고 지나갔다. 형평대 선생은 고개를 푹 꺾어 땅바닥을 내려다보았다. 자기 그림자가 아주 짧게 발에 밟혔다.

벌써 스무 해 전의 일이 되어 디테일은 사라졌지만, 1996년이던가 프랑스 미테랑 대통령이 세상을 떴을 때, 형평대 선생의 어머니는 침울한 기분에 빠져 헤어나지를 못했다. 형평대 선생은 자신의 아버지가 좌익 운동을 하다가 6·25 때 행방불명이 되었다는 이야기를 그의 어머니한테 처음 들었다. 이념이 사람을 죽게 하기도 하고 살리기도 한다는 것을 모르는 바 아니지만, 자신의 아버지가 이념에 희생된 인물이라는 이야기는 그에게 감당하기 어려운 충격이었다.

미테랑 대통령 영결식장에서 바바라 헨드릭스가 불렀던 〈체리가 익어갈 무렵〉이라는 노래를 형평대 선생의 어머니는 무척 좋아했다. '체리가 익는 나날은 참 짧지' 그 구절을 반복해서 혼자 읊조리면서 눈물을 찍어내는 바람에 형평대 선생 또한 슬픔에 잠겼던 기억이 되살아났다. 그런 기억에 이어서 체리를 맛있게도 먹곤 하던 어머니 얼굴이 떠올랐다.

형평대 선생은, 우리도 진작에 체리를 심는 건데 그랬지? 그의 아내를 바라보면서 슬그머니 디밀었다. 진작에라구요? 그의 아내는 뒷소리라면 딱 질색이었다.

"선배님 차 대는 걸 보았는데, 안 들어오셔서, 오셨으면 얼른

들어와야지요."

방유동 선생 내외가 나와서 손을 잡아 흔들며 인사를 했다. 모르는 사람 집도 아닌데 왜 그렇게 충그리는가 나무라는 어투가 섞여 있었다.

"체리가 예쁘게 익어가네."

"다 익으면 얼마든지 와서 드세요."

깔끔하게 준비된 식탁에 두 집 내외가 앉았다. 대리석으로 된 식탁은 길이 들어 윤기가 반질거렸다. 오리고기를 구워 내놓은 것을 안주로 맥주를 마시면서, 잘 했다, 이만한 집을 마련하는 데 얼마나 고생이 많았느냐, 내외가 함께 벌어서 장만한 집이라 더욱 값진 삶의 환경 아닌가 하면서 치하의 말을 아끼지 않았다. 방유동 선생은 형평대 선생의 고등학교부터 대학까지 후배였다. 과목은 달랐지만 교육계에서 같이 일하는 동안 크게 교류가 있었던 것은 아니지만, 근간 서로 이웃해서 거처를 마련하고부터 동기처럼 자별하게 지내는 사이가 되었다. 형평대 선생의 부인이 방유동 선생의 부인을 바라보고 집이 잘 꾸민 궁전 같다며 부러운 눈치를 했다.

"제 생애 최고랄까요. 전 요즈음이 가장 행복해요."

방유동 선생의 아내 진 여사가 잔주름 가득한 눈가에 웃음을 띠면서 하는 말이었다. 진 여사는 서울의 어떤 학교에서 영어를 가르친다는 것을 들어서 알기 때문에, 편하게 진 선생이라고 불렀다.

형평대 선생은 속으로, 최상급은 위험하다, 그다음에 다른 약속이 없기 때문에 완벽하게 이루어진 기도처럼 말 끝에 허무가 깃드는 법이다, 그런 의식이 머릿속을 비집고 들었다. 형평대 선생이 무슨 이야기를 하려고 입술을 달싹거리자 그의 아내가, 그러지 말라는 듯 눈짓을 했다. 형평대 선생은 아내의 저의를 금방 알아차렸다는 듯, 그럼요, 정말 그러시겠습니다, 환경도 척 어울리고, 전망이 탁 트여 시원하게 가슴을 뚫어줄 것 같습니다, 그렇게 맞장구를 쳐주었다.

형평대 선생은 집에 돌아와서 연못에 얼크러진 부레옥잠을 건져냈다. 그러다가 눈을 들어 먼산을 바라보았다. 산빛이 짙어 바라보는 사람 쪽으로 깊은 음영을 드리우면서 그림자를 이끌어왔다. 집의 크기보다는 집 안에서 이루어지는 일이 집을 더 의미 있게 하는 게 아닌가 하는 생각을 했다. 집 안에서 어떤 정신적 작업을 하는가, 어떤 소망을 길러가는가, 어떻게 사랑을 꽃피우는가 그게 중요하다는 이야기를 아내에게 하고 싶었다. 형평대 선생의 집은 집터며, 좌향이며 나무랄 데가 없었다. 손을 놀리지 않고 이것저것 심으면서 꽃도 기르고 연못에 연꽃이 피면 그야말로 파라다이스가 아니겠나, 하는 이야기를 하며 아내에게 은근히 자부심을 드러냈다.

차에서 내린 형평대 선생의 아내는 개양귀비 꽃밭에서 사진을 찍어 달라고 했다. 개양귀비 꽃밭은 클로드 모네가 그린 〈개양귀비 핀 언덕〉과 비견될 만큼 빛깔이 화려하고 꽃 모양이 우아해서, 집에 들어올 때마다 꽃밭에 산다는 느낌을 불러왔다. 형평대 선생은 방유동 선생네는 이런 꽃이 없다는 이야기를 하려다 입을 다물었다. 비교는 결핍감을 낳는다 하지 않던가 싶어서였다.

　방유동 선생네 집 구경을 다녀온 뒤로, 한두어 달 가량 아무런 연락이 없었다. 유행가 투가 그런 것인 모양이었다. 안 보면 그리웁고 만나 보면 시들하고…… 그럴 바에는 궁금하다고 솔직히 털어놓고 한번 찾아가보기라도 하는 게 선배다운 배려 같기도 했다. 그러나 형평대 선생은 그 나름대로 바쁜 시간이 흘렀다. 바쁜 중에도 연꽃이 벙글기를 기다리느라고 시간이 갔고, 꽃봉오리가 올라와 연꽃이 피기 시작하면서는 연꽃을 사진 찍어 내년 달력 만들 준비를 하느라고 시간이 뭉청뭉청 지나갔다. 형평대 선생은 연꽃이 이울기 전에 방유동 선생을 불러 점심이라도 같이 하고 싶었다.

　장마가 개고, 김장 배추와 무를 심어야 하는 마지막 시기가 닥쳤다. 형평대 선생 내외는 그런 일로 또 정신이 없었다. 작물은 어느 것도 심고 거두는 시기가 정해져 있다. 시간을 유예할 수 없는 것이 농사의 본질 비슷한 것이었다. 땡볕에 땀이 범벅이 되도록 치달려 밭고랑을 만들고 배추 모종을 심었다. 잘못 건드리면 손가락 사이에서 작신 뭉개져버릴 것 같은 이 모종이 자라서 노랗게 속이 안은 김장 배추로 자란다는 게 신기하기 짝이 없었다. 무도 마찬가지였다. 깨알만이나 할까, 그 작은 씨앗이 싹을 틔우고 자라서 어른 팔뚝만한 김장 무가 되는 것은 기적처럼 놀라웠다. 씨앗, 모종, 배추, 다시 꽃이 피고 씨앗이 달리고…… 그렇게 순환되는 생명이 경이롭기까지 했다. 씨앗은 생명을 압축포장한 낱알이었다. 생명의 순환? 호락호락한 화두가 아니었다. 그렇게 지내는 가운데, 여름이 이울어갔다.

사람의 경우는 거대한 주기로 생명의 순환이 이루어진다. 낳고 자라고 늙고 죽고 하는 이른바 생로병사의 주기가 칠팔십 년, 이제는 백 년을 넘긴다고 하는데, 참으로 길게 늘어진 여정인 것이다. 대개의 식물이나 나무는 일년생, 이년생을 지나면 다년생이라고 분류된다. 다년생 나무는 대개 매년 꽃이 피고 열매를 맺어 종족을 퍼뜨린다. 오백 년 된 나무는 그런 종족 번식을 오백 회쯤 해온 셈이다. 그리고 어떤 나무는 본줄기가 고사(枯死)하면 그 나무둥지 옆으로 뻗었던 뿌리에서 새로운 개체가 자라나기도 한다. 검질긴 생명력, 형평대 선생이 농사를 하면서 새록새록 깨닫는 자연의 이법이었다.

그런데 인간은 그렇질 못해 젊었을 때 한 이십 년 종족번식을 하고는 끝을 낸다. 더구나 인공으로 수태 회수를 조절해서 아이를 하나나 둘 낳고 마는 시대 풍속이 되다 보니, 자식의 수가 줄어들게 마련이다. 그리고 사람은 독립된 개체로 살아갈 수 있는 능력을 획득할 때까지 참으로 오랜 시간이 걸린다. 농경 시대에는 아이가 밖에 나가 뛰어다니고, 작대기 하나라도 들어 나를 힘이 있으면 부려먹을 수 있게 된다. 식구는 바로 노동력이었다. 그러나 요즘처럼 문명화된 사회에서는 삼십 가까이 되어야 자력으로 생활할 수 있는 능력이 생긴다. 이른바 취업연령이 그렇게 길어진 것이다. 어림잡아 이십 년씩은 학교라는 문명기구 안에서 문명과 문화의 문법을 익히느라고 청춘을 탕진한다. 식물에는 그런 시간의 탕진이 없다.

나무는 태어나면서부터 나무로서의 운명이 결정되어 죽을 때까지 정체성의 혼란을 겪지 않는다. 소나무는 소나무로 싹이 터서 소나무로 자라고 소나무로 죽는다. 그런데 인간은 태어나서 죽을 때까지 변신을 거듭한다. 그게 문명화고 사회화다. 야훼를 섬기던 사람이 전쟁으로 인해 정세가 바뀌면서 알라 신을 섬겨야 하는 경우도 있고, 예수를 믿느라고 십자가를 목에 걸고 다니다가 개종을 해서, 집에 불상을 들이고 매일 절을 하는 사람도 생긴다. 그 변화의 방향은 물론 변화 가능성마저 알 수 없는 일이다. 무한정으로 열려 있는 인간의 미래를 감당할 수 없으니까, 일반 사람들 대개는 나는 이런 사람이라고 자기를 규정하고 그 각질 안에 웅크리고 들어가 앉아 아웅다웅 살게 마련이다. 세상에 한 구멍을 파면서 사는 것만큼 편한 방법이 어디 있겠는가. 형평대 선생은 아내와 그런 이야기를 하고나면, 이게 선생의 버릇이지 하는 반성을 하기도 했다.

방유동 선생이 오랜만에 전화를 해왔다. 형평대 선생이, 저쪽에서 접니다 하는 데 대고 먼저 인사를 건넸다.

"그렇지 않아도 궁금했는데, 어떻게, 별일 없으시지요?"

"오래 연락 못 드려 죄송합니다. 집안에 이런저런 일도 있고 해서, 그동안 서울에서 꼼짝 못하고 지내야 했습니다."

"그렇군요. 오늘 점심 어때요?"

"점심요? 선배님 만나고 싶기도 하고 할 이야기도 많고 한데, 점심에 누가 집에 온다고 해서……."

"그럼 다음 기회에 만나요."

형평대 선생은 심드렁해져 그렇게 말했고, 그 어감을 눈치챘는지 방유동 선생은 좀 당황하는 어투로 돌아갔다가, 급히 말막음을 하는 식으로 나왔다.

"아닙니다, 좀 있다가 다시 연락할게요."

집안에 있었다는 이런저런 일들이 무엇인지, 어려운 일, 흉한 일이 아니었으면 좋겠다는 생각이 들었다. 행복과 불행은 늘 교차하면서 오는 게 이치일 듯하다. 운명이라는 게 있다면, 행불행이 교차하는 가운데 자리 잡을 게 아닌가 싶었다. 운명이 작용하는 정석을 따라 전개되는 행불행을 통어하는 방법은 무엇인가, 형평대 선생은 고개를 혼자 갸웃거렸다.

방유동 선생의 전화를 기다리는 사이, 형평대 선생은 밭에 나가 강화순무 씨를 뿌렸다. 강화도 특산물로 치는 순무김치와 인삼막걸리가 생각났다. 그리고 아울러 심심해서 못살겠다는 어머니를 모시고 강화도에 갔다가 다리 골절상을 입은 이후 갑자기 몸이 약해져, 이후 칠팔 년을 고생하다가 세상을 뜬 어머니 얼굴이 눈앞에, 마치 생시처럼 떠올랐다 사라지길 반복했다. 형평대 선생은 자기 손으로 심어서 기르는 꽃을 볼 때마다 어머니 생각이 떠오르곤 했다. 자그마한 집을 하나 장만해서 뜰 앞에다가 화단을 마련하고 채송화, 봉숭아, 금송화, 과꽃 같은 풀꽃을 기르면서 '조강하게 살고 싶다'던 게 그 어머니의 꿈이었다. 그 꿈은 실현되지 못한 채 그저 꿈으로 묻어버려야 했던 어머니의 생애가 빛깔 낡을 줄 모르는 그림으로 떠오르기도 했다. 모든 사물은 기억의 끈에 매달려 의미화되는 셈인지, 형평대 선생이 자기 사는 환경을 손질하고 잘 가꿀수록 어머니에 대한 아련한 그리움 같은 것이 문득문득 솟아나곤 했다.

전해 밭 한 모퉁이에 심은 체리나무를 둘러보았다. 내년에나 꽃이 필지 아직은 묘목을 조금 벗어났을 뿐이었다. 형평대 선생의 어머니는 체리를 무척 좋아하면서도, 그 비싼 것을 어떻게 돈주고 사 먹느냐면서, 푼돈을 아끼다가 더는 체리 맛을 못 보고 저승으로 갔다. 형평대 선생은 체리나무를 심으면서, 좀 더 일찍 심었더라면 하는 생각을 했고, 후회라는 게 이런 것이로구나 마음속으로 정리를 했다.

순무씨를 다 뿌리고 손을 씻을 무렵해서, 방유동 선생이 전화를 해왔다. 그러면 그렇지, 전화를 해가지고 변죽을 에둘러놓더니, 이제 본심이 돌아왔나 보다 싶어 빙긋 웃으며 전화를 받앉다.

"점심에 우리 집으로 오시면 어떨까요?"

"사모님 부담 될 건데 어디 밖에서 간단한 걸로 하지요."

"소설가가 한 분 온다고 했는데, 같이 어울리는 것도 과히 나쁘지 않을 것 같아서요."

온다는 소설가가 누군지는 물어보지 않았다. 자칫 사람을 가린다는 오해를 받을 수 있는 맥락이었다. 그리고 소설가가 오든 화가가 오든 형평대 선생의 손님도 아닌데 그리 신경쓸 필요가 없을 듯했다.

"알았습니다. 시간 대서 가지요."

빈손으로 가도 되나 하는 생각을 했지만, 마땅히 들고 갈 게 없었다. 형평대 선생은 아내에게 이것저것 해서 적절히 꾸며보라고 일렀다. 그의 아내는 아침에 딴 가지며 토마토, 피망, 아삭이고추, 오이 그런 것들을 바구니에 담아서 보자기로 싸가지고 집을 나섰다. 장마가 진 뒤라 산자락은 초록을 넘어서서 갈맷빛 깔로 짙어졌다. 장마 지나는 사이에 칡덩굴이 뻗어 가로수를 감고 올라간 것도 눈에 띄었다. 이 철이면 체리는 이미 늦었는데, 혹시 냉장이라도 해서 남겨놓았을까, 형평대 선생은 침을 꼴깍 소리가 나게 삼켰다.

형평대 선생이 방유동 선생 집에 도착했을 때, 소로길 입구의 체리나무부터 쳐다보았다. 아, 체리나무 잎이 벌겋게 말라죽어 있었다. 저런, 혀를 차면서 다시 살펴보니 나무 밑둥에서 싹이

다복히 나와 자라고 있었다. 형평대 선생 내외가 말라죽은 체리나무를 바라보고 있을 때, 방유동 선생 내외가 나와서 반갑게 맞아주었다.

"뜨거운데 어서 안으로 들어오세요."

현관을 들어서자 목초액 냄새가 확 풍겼다. 목초액으로 뭔가 소독을 하는 모양이었다. 방마다 문을 열어놓았고, 가구들이 어수선하게 흩어져 있었다. 방유동 선생의 아내 진 선생은 형평대 선생 부인이 들고 간 것을 받아놓으면서, 아이구 정감 있게 꾸려 오셨어요, 그렇게 웃으면서 인사를 했다. 집이 어지러워 어떻게 하느냐면서였다. 그 깔끔하던 집이 이게 먼가 싶을 지경으로 어질러져 있었다.

거실에는 작가 박성재 씨가 음악을 듣고 있었다. 방유동 선생이 새로 장만한 스피커를 실험하고 있는 중이라고 했다. 앙바틈한 키에 둥글넙적한 얼굴, 짙은 검정 뿔테안경 등이 딴딴한 사람이라는 인상을 주었다. 남한강 가 후곡리에 산다는 전덕영이라는 이는 머리를 삭발하고 그 위에 야구모자를 쓴 모양인데, 사람이 강기가 있고 성격은 시원시원해 보였다. 인사를 주고받으면서 이렇게 만나는 것도 예사 인연이 아니라는 이야기를 했다. 박성재 씨는 이천에 사는데 농사짓기가 너무 어렵다는 이야기를 했다. 전에 그의 문집에서 복숭아나무 기르기를 포기하고 과수를 모두 베어버린 까닭을 글로 쓴 것을 읽은 기억이 떠올랐다. 전덕영 씨는 자신이 후곡마을 어디에 사는지를 부지런히 설명했다. 아직은 초짜 소설가라서 명함을 내밀 자격이 없다면서, 면구스런 얼굴로 명함을 건네주었다. 언제든지 와서 손짓만 하면 달려가겠노라 하는 이야기가 다감하게 안겨왔다.

"집안 일들 때문에 여기 못 오는 동안에 장마가 지나가고, 그 사이 집이 엉망이 되었습니다."

방유동 선생은 곰팡이가 슬어 걸레받이며 장판 바닥을 다 뜯어낸 안방을 보여주며, 이 김에 바닥을 마루로 갈아 깔아야 하겠다는 이야기를 했다. 콩댐한 장판이 얼마나 귀한 건데 그걸 뜯어내고 마루로 교체하려 하느냐, 곰팡이는 걸레질해서 닦아내라고 피는 거 아니냐는, 형평대 선생의 이야기에 박성재 씨도 동의했다. 방유동 선생네 곰팡이 핀 장판이, 형평대의 의식에 가라앉는 옛 기억의 실타래를 풀어내기 시작했다.

형평대의 어머니는 반지르르하게 콩댐한 장판을 걸레로 문질러 길을 들이고, 그 방에 가족이 모여서 구순구순 이야기하는 것이 사람 사는 보람이라면서 대청마루는 물론 봉당 쪽마루까지 손끝이 무드러지도록 걸레질을 하곤 했다. 그 콩댐한 장판을 여기서 보는 것은 희한한 인연이었다. 인연은 기억이 있어야 만들어지는 추억에 붙은 이름인지도 몰랐다.

방유동 선생은 형평대 선생 내외를 이끌고 가서 자기 서재를 보여주었다. 책장을 놓았던 벽 뒤에 곰팡이가 어찌나 많이 피었는지 책장을 들어내고 벽지를 모조리 뜯어낸 뒤라서, 이삿짐을 빼려고 준비하는 집을 방불케 할 정도로 어수선했다. 선풍기 두

대가 휘잉 하는 소리와 함께 고속으로 환기를 해대고 있었다. 매캐한 냄새가 코를 치고 들어오는 가운데 책상 위에는 사회과학 계통의 책들이 흩어져 있었다. 방유동 선생은 사회학을 공부한 사회과학도였다. 그야말로 장래가 촉망되는 준재였는데, 이른바 운동권에 끼어들었다가 교사라는 자리로 생애가 낙착이 되었다.

"사회는 본래 그렇게 어지럽고 예측할 수 없는 일들이 생기는 법입니다."

형평대 선생이 방유동 선생의 전공을 빗대어 한마디 했다.

"소설은 사회학자들의 갈등을 형상화하는 작업이니 오죽하겠어요."

박성재 작가의 그 말에 같이들 웃었다. 전번에 형평대 선생 내외가 다녀간 후, 죽 걸어 닫아두었더니 그렇게 엉망진창이 되었다는 이야기를 거듭하는 방유동 선생의 얼굴이 다시 쳐다보였다. 형평대 선생은 걸어 닫아둘 집을 무얼 바라고 지었느냐는 질문은 감추어두었다. 그리고 요즘이 생애 가운데 가장 행복한 시절이라던 진 선생의 얼굴도 되돌아보았다. 역시, 호사다마라는 숙어를 구태여 동원하고 싶지는 않았다. 형평대 선생은 자신도 모르게 몸을 사리고 있는 중이었다.

형평대 선생 내외는 미리 준비된 식탁에 앉았다. 식탁은 간결하면서도 풍성했다. 맥주를 한 잔씩 한 다음 식사를 했다. 식사준비를 하느라고 애썼다는 치하를 하고는, 그동안 지낸 쪽으로 화제가 돌아갔다.

"오면서 아내하고도 얘기했는데, 어떤 힘든 일을 겪었어요? 여기 새집에 두 달을 못 올 정도였으면……."

"말하자면 스토리가 길어요."

난경을 겪은 게 틀림없는데 방유동 선생의 얼굴은 여전히 웃음이 가득 떠올랐고, 총기 있는 눈은 반짝거렸다. 그러나 면도를 하지 않는 턱은 어딘지 꺼칠해 보였다. 마치 회복기 환자의 창백한 얼굴을 닮아 보였다.

"딸애가 유학을 간다고 설쳐대더니, 몸이 이상한 것 같다고 신체검사를 했거든요."

그 과정에서 방유동 선생의 딸이, 뱃속에 종양이 생긴 것을 발견하고, 병원에서 재검을 받아가며 수술하고, 수술 중에 실시한 임상검사 결과 암이 생겼다는 바람에 상황을 뒤집고 하는 가운데, 두어 달 가까이 병원 신세를 졌다는 것이었다. 그러면서 아이가 병원에 누워 있는데 여기 집에 와서 환기하고 나무 돌보고 할 여가를 내지 못했다며 얼굴이 벌개졌다. 형평대 선생은 자식이 그런 거지요, 부모 애를 태우는 것이지요 하는 생각이 들었지만, 그 이야기를 터놓지는 않았다. 처성자옥(妻城子獄)이라고, 아내는 성처럼 남편을 굳건히 지켜주는 데 반해, 자식은 부모를 옥살이하게 만드는 불편한 존재라는 뜻이 담긴 숙어였다. 형평대 선생은 혼자 웃었다. 요새 남자들한테야 처도 자식도 모두 남편 옥살이시키는 존재들이 아니던가 싶어서였다.

"젊은 사람이 뱃속에 암 증상이 발견되었다면…… 사모님도 정신없으셨겠네요."

형평대 선생의 아내가 그런 이야기를 하자 진 선생은 눈가에 물기가 어리기 시작했다. 딸은 저승 문턱까지 갔다온 셈이라고 했다. 차라리 내가 아프거나 죽는 게 낫지 딸이 철제 침대에 실려 수술실 드나드는 꼴은 차마 눈 뜨고 못 볼 일이더라면서, 코를 흘쩍거렸다.

"자식이라는 게 그렇더라고요."

"핏줄이라서 그런지도 모르지요."

"맞아요, 애들이 그렇게 맘 조이게 할 때, 그때 엄마들은 폭삭 늙는 거 같아요."

"그래요. 크나 작으나 애들 병나면 그 책임이 온통 나한테 있는 거 같고, 책임보다는 내가 무슨 죄를 지은 건 아닌가, 그 죗값으로 애들이 고통을 당해야 하는 거라면 차라리 내가 그 짐 다 지고 지옥이라도 가는 게 낫지 싶기도 하고 그렇잖아요?"

나는 그런 이야기가 오가는 동안, 형평대 선생은 맥주잔을 연거푸 비웠다. 진 선생이 병어조림을 형평대 선생 앞으로 밀어놓아주었다. 와인이라도 한 병 가지고 올걸 그랬다는 생각이 들었다. 이 집 안주인 진 선생은 프랑스에서 공부한 사람답게 와인을 즐겼다. 형평대 선생 집에 체리와인이 한 병 있기는 있는데 그걸 챙길 생각은 없었다.

"일 돌아가는 맥이 그렇더라구요."

방유동 선생은 긴 이야기를 예고하기라도 하듯이, 그렇게 허두를 떼었다.

"애가 퇴원하자마자 여기 집이 궁금해서 달려왔어요."

달려와보니 집이 잡초에 점령을 당한 꼴이었다고 했다. 풀이 무섭다는 것은 잘 알지만, 안마당과 화단은 물론 마룻장까지 풀이 덮은 것은 처음 보았다는 것이었다.

"에초기 시동을 걸어놓았는데, 처남한테 전화가 온 거지 뭡니까. 장모님이 쓰러지셨다는 거예요."

초연기—파초의 사랑

어이가 없더라는 표정을 한 방유동 선생의 화두를 진 선생이 이어나갔다. 아들 딸 오 남매 길러서 대학 마쳐서 출가시키고, 그리고 부모 내외가 아무 걱정 없이 사는가 했는데, 아버지가 세상을 뜨고 나서 집안의 어느 한 모서리에서 퍽퍽 무너지는 소리가 들리기 시작했다는 것이었다. 아버지가 암으로 병원에 입원해서 장기간 병원 생활을 하고, 오빠들이 직장을 잃고, 올케들은 오빠들 대신 일을 한다고 하다가 사기를 당해서 손을 탈탈 털고 나서야 하는 판이 되었다는 것. 그 끝에 어머니가 쓰러졌다는 것이었다. 어디서 많이 들은, 공식을 따라 진행되는 가족의 몰락과 같은 이야기였다. 그런 일이야 흔해빠진 멜로드라마 아닌가 하는 생각을 하다가, 형평대 선생은 아니라고 고개를 저었다. 그건 바로 자신의 이야기였다. 뇌졸중으로 몸을 못 쓰게 되고, 자식들이 외식이라도 하자고 데리고 나가면 도로 가름대를 넘지 못하고 걸려서 넘어져 골절상을 입고, 약을 하도 먹어 신장 기능이 마비되는 바람에 투석기에 기대 살아야 했던 형평대 선생의 어머니 말년에 비하면, 방유동 선생의 경우는 겨우 고생 문턱에 발을 들인 것이나 다름이 없었다.

"뭐랄까, 노을이 지고 있었어요."

방유동의 아내 진 선생이 그렇게 한마디를 던지면서, 천장을 올려다보았다. 영원히 돌아올 수 없는 태양이 지평선으로 가라앉고, 대지를 황홀하게 물들이던 노을이 가뭇없이 어둠에 묻히면서, 세상은 새로운 질서 속에 다시 편입되는 것을 알았다는 고백 같은 말이었다. 진 선생은 불문학을 공부한 사람답게 당시 상황을 이미지를 동원하여 재현해내고 있었다. 완전한 어둠 속으로 존재의 사라짐, 존재의 완벽한 괴멸, 되돌릴 수 없음, 모든 게 헛되다는 무가치성, 그런 단어들이 오가는 가운데 허무라는 걸, 생전 처음 느꼈고, 허무의 존재를 실감했어요. 완전한 사라짐, 되돌릴 수 없음, 그런데 그 되돌릴 수 없는 존재의 사라짐이 내 생명의 한 가닥과 연결되어 있다는 사실이 진저리를 치게 했어요. 그때 처음 내가 엄마의 자식이라는 생각이 들더라구요. 내 존재의 근원이잖아요. 그런 존재를 나와 분리하는 일, 그게 어머니의 의사와는 관계가 없이 강요되는 요양병원 입원이라니 얼마나 기가 막혀요. 진선생은 눈자위를 손등으로 훔쳤다.

"나는 웬만큼 큰일에도 잘 안 우는 편인데, 어머니를 요양병원에 입원시켜드리고 돌아 나오는데 발걸음이 안 떨어지고, 울음이 복받쳐 많이 울었어요."

진 선생은 그 이야기를 다 마치기 전에 이미 눈에 눈물이 그렁그렁 맺혔다. 잠시 훌쩍거리던 진 선생이 방으로 들어가 눈물을 거두고 세수를 하고 나왔다. 그러고는 내가 큰일에도 잘 안 우는데, 하는 말을 간투사처럼 이야기 중간중간에 끼워 넣었다. 그때마다 손이 눈자위로 올라갔다.

"전에 뇌졸중으로 쓰러진 적이 있거든요."

"뇌졸중? 그거 무서운데."

형평대 선생의 아내가 이야기를 거들었다. 작가 박성재 씨와 후곡에서 왔다는 전덕영 씨는 밖에서 이야기판을 펼치다가 안으로 들어왔다.

"우리 어머니도 그 병으로 한 십 년 고생하시다가 가셨어요."

형평대 선생의 아내는, 그 병이 생애의 말로가 품위 있는 죽음이니 뭐니 하는 것은 생각할 여지를 찾기 어렵더라면서, 고생많이 하셨겠다고 위로하는 말을 했다.

형평대 선생은 자기 아내가 시어머니 고생한 이야기를 꺼내는 통에, 내심 긴장하고 있었다. 자식으로서 무엇을 했던가, 어머니라는 어마어마한 어사(語辭)를 떠나서 한 인간의 마지막을 어떻게 요량해야 하는가 하는 데에 아무런 방책도 없었고, 다만 환자의 병세가 변하는 데 따라 병원 측의 주문에 묵종하는 것 말고는 속수무책, 그야말로 손방이었다. 방유동 선생의 아내가 화제를 체리 쪽으로 돌렸다.

"우리 체리나무가 죽었어요."

"들어오다 봤는데, 어쩜, 정말?"

"전에 왔을 때 열매가 잘 익고 있었는데."

"아무 이유도 모르게 잎이 벌겋게 말라버리는 거예요."

"그 체리 익으면 얻어먹겠다고 기대가 컸는데."

형평대 선생은 체리를 끔찍이도 좋아했던 어머니 생각을 했다. 형평대 선생의 아내는 남편이 체리에 왜 그렇게 몰두하는가 의아해했다. 어머니가 먹지 못하고 저승으로 간, 그 소원이 담긴 열매는 의당 아들이라도 넉넉하게 먹어야 하는 것 아니던가 싶었다. 그래야 이승을 살다 간 사람들의 소망이 대를 이어 성취되는 것이 아닌가 하는 생각이었다.

"그렇지 않아요, 체리 그게 알은 작아도 빠알간 색이 얼마나 예뻐요? 그리고 반짝이는 빛이 작은 계집애들 눈망울 같지 않았어요? 그런 열매가 다닥다닥 열리던 그 나무가 말라죽은 거예요. 이상하다는 생각도 들었지만, 무슨 연고가 있거니 하고 지냈는데, 생각해보니 어머니 요양병원 보내드린 거랑 체리나무 죽은 게 맥이 닿는 거예요."

방유동 선생 부인이 그렇게 말했다. 형평대 선생은 그럴지도 모를 일이라고 고개를 주억거렸다. 영검이 있다는 나무들은 주인을 따라 목숨을 같이하는 경우가 허다한 법이었다. 방유동 선생은 신통하더라면서, 완전히 죽은 것이 아니라 대를 잇는 생명력을 보여주더라는 것이었다.

"얼마 후에 다시 보니까, 놀랍게도, 죽은 어미나무 근처에 작은 새끼나무가 다부룩하게 여러 가지가 나와서 자라기 시작하는 거예요."

"버찌나무 나름의 세대교체네요."

"맞아요, 어머니를 요양병원에 입원시켜드리고는 펑펑 울다가 문득 체리나무가 생각났어요. 어머니도 체리나무처럼 우리 자식들에게 생명을 전해주고 당신은 저렇게 가시는구나, 그런 깨달음이랄까 회한이랄까 그런 감정이 복받치다가 금세 마음이 가라앉더라구요."

깨달음과 마음의 안정, 그건 삶에서 매우 중요한 과제라는 생각이 들어, 형평대 선생은 맞는다고, 옳다고 고개를 끄덕였다. 그것은 진선생이 죽은 체리나무 뿌리에서 곁가지가 나오는 것을 두고, 자식에게 생명을 전해주고 자기 존재가 망실되는 인간의 세대교체라고 했지만, 인간의 세대교체와는 꽤 버성그러지는 사례였다. 우선 사람과 버찌나무를 같은 존재로 상정하는 은유적 발상법이 사태의 진상을 가리는 것이었다. 그리고 자기 집에 말라가던 버찌나무에 새싹이 나는 것을 두고 부모 자식의 관계를 상정하는 것은 범주의 오류에 다름이 없었다. 하기는 시라는 것이 그렇지 싶었다. 애니마티즘에 의혹을 가지기는커녕, 인간이 나무도 되고 돌도 되는, 돌에서 연꽃을 피워내는 그 희한한 논리 짓기를, 진 선생이 목하 수행하는 중이었다. 부모 자식 관계는 은유 관계를 벗어날 도리가 없는지도 모를 일이라고, 형평대 선생은 속으로 이야기를 음미하고 있었다.

이야기를 듣고 있던 박성재 작가가, 그렇게 영검한 체리나무도 있는가 하면서, 인터넷에서 찾아 〈버찌가 익을 무렵〉이라는 노래를 틀었다. 마침 바바라 헨드릭스가 미테랑의 장례식장에서 불렀다는 그 노래였다. 아름다운 미성에 흑인영가의 깊은 울림이 있는 노래였다.

"미테랑이 좌파 대통령이라 파리코뮌 대원들의 투쟁 과정에서 탄생한 노래를 불렀던 거지요."

작가 박성재의 설명이었다. 그 양반 한국에도 왔었지만요, 정치적으로 좌파의 승리를 완성한 거물이고, 유럽연합을 성취한 대가잖아요. 잘못하다가는 언제 정부군의 총에 목숨이 날아갈지 모르는 전투장에서 부상병을 간호하던 아가씨 루이즈의 활동에 감복해서, 시인이며 코뮌 지도자였던 장 바티스트 클레망이 시를 썼고, 이를 노래로 만들어 널리 불리게 되었다는 이야기였다.

"버찌는 사랑으로만 익는 게 아니라, 본문에 나오는 것처럼 투쟁의 피로 익는 겁니다."

작가 박성재의 말투는 단호했다. 그의 눈에 날카로운 빛이 지나갔다. 저런 눈을 투고 형안이라 하는 것인가, 형평대 선생은 그렇게 생각했다. 작가 박성재 옆에서 노래를 듣고 있던 전덕영이 말을 거들었다.

"죽은 나무는 아예 베어버리세요. 그래야 곁에서 나온 새끼나무들이 잘 자라거든요."

박성재 작가가 맞아 하고 전덕영의 말에 동의하면서, 그런 이야기를 했다. 나무 길러보니까 그렇더라는 것. 죽은 나무는 베어버려야 한다는 것, 그것은 일종의 망각의 기술이라 했다. 정갈한 세대교체를 위해서는 잊을 것은 잊고, 기억할 것은 골라서 기억하는 게 삶의 지혜 같기도 했다.

"새끼나무가 자라서 버찌가 열리려면 얼마나 걸리지요?"

진 선생이 형평대 선생을 바라보고 물었다. 체리나무가 몇 년을 자라야 열매가 열리는지는 정확히 알 수 없는 일이었다. 그러나 잘 모른다고 얼버무리기에는 질문하는 자세가 너무나 진지했다.

"그게, 아마, 한 오 년은 걸릴 겁니다."

"오 년씩이나?"

"오 년이 걸린다는 건 오 년 동안 땀과 피를 흘려 투쟁해야 한다는 뜻이지요."

형평대 선생은, 모든 과일은 땀으로 익는 거니까. 추억이 밴 땀이면 더 좋고요. 물론 피도 필요한 경우가 없는 바 아니나 평화 시대에는 땀만으로도 충분한 게 아닌가 생각했다.

"땀으로 익는 체리?"

"시적이네요. 발상이 말예요."

후곡에서 온 전덕영 씨가 톱을 어디 두었는가 물었다. 방유동 선생은 더위에 공연히 고생하지 말라고, 자기가 나무를 베어도 충분하다고 극구 말렸다.

"소설가가 톱 들고 설치면 소설 안 나와요."

"아직은요, 소설 쓰기보다 톱질이 편하거든요."

방유동 선생이 창고에서 톱을 찾아들고 나왔다. 전덕영 씨가 톱으로 체리나무를 베는 동안, 진 선생은 새로 돋아나오는 나뭇가지를 제치면서 감싸 쥐어 끌어안았다. 마치 어린애를 받아 안는 자세였다. 진 선생의 등에 땀이 배어 번지기 시작했다. 부모와 자식 사이가 은유 관계라는 것은, 부모가 더우면 자식이 땀을 흘리는 그런 관계를 말하는 것일지도 모를 일이라고, 형평대 선생은 자신의 생각을 정리하고 있었다.

"풀 베고 땀 흘리고, 땀 흘리고 샤워하고…… 그렇게 몇 해 지나면 …… 체리가 열리겠지요."

체리가 열린다는 것은 나무가 어른이 된다는 뜻이기도 했다. 어른이 된다면, 그것은 자기 생을 머지않아 끝내야 한다는 말이었다. 모든 생명은 삶이 시작되었다는 것이 운명이 되어 끝을 보아야 한다. 살아 있는 존재가 슬픈 까닭이 거기 있지 싶었다.

"우리나라에서 체리가 자라는 것은, 모르면 몰라도, 지구온난화 덕일 겁니다."

박성재 작가가 좀 심각한 얼굴을 하고 그렇게 말했다. 그래서 어떻다는 설명은 없었다.

"민주화와 자유를 위해 투쟁하다가 피를 흘린 이들의 넋이 체리처럼 붉기 때문입니다."

전덕영 씨가 이마의 땀을 훔치면서, 강강한 어조로 말했다. 형평대 선생도 고개를 주억거리다가, 방유동 선생 내외와 악수를 했다.

형평대 선생은 대문까지 나와 손을 흔드는 방유동 선생 내외를 한참 망연히 바라보았다. 형평대 선생은 밑도 끝도 없이, 어쩌면 저게 이승에서 그들과 마지막으로 나누는 인사가 될지도 모른다는 생각이 들었다. 체리가 지상에서 오래도록 체리로 남자면 죽은 나무에서 싹이 나는 걸로는 충분하지 못했다. 죽은 나무에서 싹이 났다고 해도, 그것은 하나의 개체일 수밖에 없는 일이 아니던가. 개체가 종족의 생명을 지속해 가기 위해서는 열매를 맺어야 한다. 자식은 부모가 남긴 열매인 셈이다.

죽은 나무의 뿌리에서 싹이 자라나는 것을 넘어서는 열매 혹은 씨앗은 어떻게 퍼지고 뿌리를 내리는가, 그게 더 절실한 문제였다. 그것도 언젠가 끝나야 하는 역사일 터이지만. 끝나야 하는 역사? 그것은 생명의 영구한 지속을 부정하는 발상이 아닌가. 형평대 선생은 그런 생각을 하다가, 눈을 들어 건너산을 바라보았다.

보련산과 국망봉 사이의 골짜기로 눈부신 흰구름이 뭉게뭉게 피어오르고 있었다. 형평대 선생의 어머니는 늘 그랬다. 저 목화송이 같은 구름을 앞으로 얼마나 더 볼 수 있겠냐. 네가 사주는 체리 먹는 것도 이제 마지막일 것 같구나. 그런 이야기를 하는 형평대 선생의 어머니는 눈에 핏발이 서서 벌겋게 충혈되어 있었다. 체리만 그렇겠냐, 모든 과일은 땀으로 열리고 피로 익는다. 말하자면 네 아버지도 한 알맹이 붉은 체리였느라.

형평대 선생의 어머니는 당신 남편, 형평대의 아버지가 체리처럼 붉은 이념을 지니고 투쟁하며 살았노라고, 유언처럼 이야기하곤 했다. 그때마다 형평대 선생의 아내는 떨리는 손으로 남편의 옆구리를 꼬집듯이 거머쥐는 것이었다. 쌀을 씻어 안치는 어머니의 굽은 등이 환한 무덤처럼 떠올라, 형평대 선생의 눈에 어른거렸다. *

체리는 어떻게 익는가

「피의 한 주일 La Semaine Sanglante」

La Semaine Sanglante

Sauf des mouchards et des gendarmes,

On ne voit plus par les chemins,

Que des vieillards tristes en larmes,

Des veuves et des orphelins.

Paris suinte la misère,

Les heureux mêmes sont tremblants.

La mode est aux conseils de guerre,

Et les pavés sont tout sanglants.

Refrain

Oui mais !

Ça branle dans le manche,

Les mauvais jours finiront.

Et gare ! à la revanche

Quand tous les pauvres sy mettront.

Quand tous les pauvres sy mettront.

Les journaux de l'ex−préfecture

Les flibustiers, les gens tarés,

Les parvenus par l'aventure,

Les complaisants, les décorés

Gens de Bourse et de coin de rues,

Amants de filles au rebut,

Grouillent comme un tas de verrues,

Sur les cadavres des vaincus.

Refrain

On traque, on enchaîne, on fusille

Tout ceux quon ramasse au hasard.

La mère à côté de sa fille,

L'enfant dans les bras du vieillard.

Les châtiments du drapeau rouge

Sont remplacés par la terreur

De tous les chenapans de bouges,

Valets de rois et d'empereurs.

Refrain

Nous voilà rendus aux jésuites

Aux Mac—Mahon, aux Dupanloup.

Il va pleuvoir des eaux bénites,

Les troncs vont faire un argent fou.

Dès demain, en réjouissance

Et Saint—Eustache et lOpéra

Vont se refaire concurrence,

Et le bagne se peuplera.

Refrain

Demain les manons, les lorettes

Et les dames des beaux faubourgs

Porteront sur leurs collerettes

Des chassepots et des tambours

On mettra tout au tricolore,

Les plats du jour et les rubans,

Pendant que le héros Pandore

Fera fusiller nos enfants.

Refrain

Demain les gens de la police

Refleuriront sur le trottoir,

Fiers de leurs états de service,

Et le pistolet en sautoir.

Sans pain, sans travail et sans armes,

Nous allons être gouvernés

Par des mouchards et des gendarmes,

Des sabre—peuple et des curés.

Refrain

Le peuple au collier de misère

Sera-t-il donc toujours rivé ?

Jusques à quand les gens de guerre

Tiendront-ils le haut du pavé ?

Jusques à quand la Sainte Clique

Nous croira-t-elle un vil bétail ?

À quand enfin la République

De la Justice et du Travail ?

Refrain

* 잘 아는 것처럼 「버찌의 계절 Le Temps des cerises」은 파리 코뮌의 지도자이
며 시인인 장 바티스트 클레망(Jean-Baptiste Clément, 1836~1902)의 작품
이다. 같은 시인의 작품 가운데 「피의 한 주일 La Semaine Sanglante」은 파리
코뮌 대원과 정부군의 전투 상황을 그리고 있다.

장 바티스트 클레망은 「버찌의 계절」에 '1871년 5월 28일 일요일 퐁텐
오 루아 거리의 구급 요원이었던 용감한 시민 루이즈에게'라는 헌사를
달고 있다. 루이즈가 베르사유 정부군의 공격을 받은 시민들을 간호한
기간 가운데 1871년 5월 21일부터 28일까지가 '피의 한 주일'이다. 그 해
5월 28일 파리 벨빌 구역에서 시민들의 바리케이트가 무너짐으로써 세계
최초의 프롤레타리아 정부로 불리는 '파리 코뮌'은 종막을 고한다.

「버찌의 계절」이 사랑 노래로 혁명의 핏빛을 환기한다면, 「피의 한 주
일」은 그 '짧은 버찌의 계절'의 끝장을 장식하는 역사적 배경을 읊고 있다.

핏빛깔로 익어가는 '버찌'는 사랑과 혁명을 동시에 환기하는 시적 상
관물이다. 「피의 한 주일」이라는 시가 뒷받침됨으로써 사랑 노래 「버찌
의 계절」은 혁명의 이념이 핏빛깔로 물들어 있는 시로 읽힐 수 있다는 점
에서, 「체리는 어떻게 익는가」를 읽는 독자들에게 의미의 연관 맥락을 다
소 다양하게 해줄 수 있을 것으로 믿는다.

초연기(蕉戀記)
― 파초의 사랑

내가 만난 아름다운 중국 아가씨의 이름을 곧이곧대로 밝히면 어떤 탈이 날 것 같다. 내가 끝내 존경을 버릴 수 없는 요재선생(聊齋老師)께서 지으신 이름을 빌려 쓰기로 한다. 언니는 노나라 출신이라고 이름이 노향옥(魯香玉)이고, 동생은 중국 신선 여덟 가운데 하나인 남채화와 성이 같아 남강설(藍絳雪)이다. 자매가 성이 다른 것은 둘이 언니동생 하고 지내는 사이라는 뜻이다. 돌이켜보건대 향옥은 사람이 향기로웠고, 강설은 심성이 들꽃처럼 억세고 풋풋했다. 그러나 그 둘이 누가 누군지 아직도 잘 모르겠다.

내가 한국문학을 공부하던 대학을 때려치운 것은, 아무런 전망이 보이지 않아서였다. 학문의 전망은 시대의 추이를 따랐다. 그런데 교수들은 새로운 논문을 쓰는 이들이 별반 없었다.

낡은 교재를 학생들 머릿속에 틀어넣기 바빴다. 그뿐 아니라 대학에 돈벌이 해주지 못하는 학과는 통폐합을 한다고 당국에서는 으름장을 놓았다. 그런 대학에 목을 걸고 버텨봤자 소득이 터럭 끝만큼도 없을 게 뻔했다.

집을 나가서 혼자 살아보겠다는 선언을 했다. 어머니는, 이 집안에는 그런 내림이 있으니 여자를 조심하라는 이야기를 귀에 틀어박곤 했다. 나는 세상은 남자 반 여자 반이라고, 귀를 막았다. 세상의 모든 아버지들이 그럴 거라는 전제로, '돌아온 탕아'를 생각하면서 아버지에게 작별 인사를 했다. 아버지는 멍하니 하늘만 바라보고 아무 말도 없었다. 그러다가는 손을 까닥까닥해서 나를 부르더니, 신선도 먹어야 수염 쓰다듬는다면서 은행카드를 하나 넘겨주었다.

교통을 생각해서, 신도림역 근처에 원룸을 하나 얻어 들어갔다. 무엇을 할 것인가 생각에 생각을 거듭했지만, 이렇다 할 일은 생기지 않았다. 겨우 찾은 것이 '해리포터 교실'이라는 도서 보급 독서지도교사 자리였다. 해리포터처럼 모험을 해가면서 책 읽고 공부하자는 꾐수 교육업체였다. 주말에 책을 갖다 주고 한 주일 지난 다음에 아이들이 책을 읽었는가 확인하고, 책은 이렇게 읽어라 하면서 지도 조언을 해주는 일이었다. 그 일을 하는 동안 나는 내가 정말 책을 잘 읽는가, 아이들이 책을 잘 읽을 수 있도록 가르칠 능력이 있는가, 혹심한 회의에 빠져들었다. 나는 표면을 더듬었고 아이들은 본질을 상상했다. 나는 사실을 물었고 아이들의 대답은 상징이 되어 돌아왔다. 나는 일을 계속할 수 없었다.

한 학기 동안 원룸에 처박혀 책을 읽었다. 아이들이 좋아할 법한 책들을 골라 읽었다. 아이들은 괴물, 귀신, 도깨비, 이상한 나라, 지옥, 전쟁, 그런 데 관심이 집중되는 것을 알았다. 그것은 신화적 상상력이 구축한 웅혼한 세계였다. 김시습의 『금오신화(金鰲新話)』를 다시 들춰보았다. 그와 짝할 수 있는 구우의 『전등신화(剪燈新話)』를 곱씹으면서 읽었다. 요재 포송령의 『요재지이(聊齋志異)』, 기재 신광한의 『기재기이(企齋記異)』 갈홍의 『신선전(神仙傳)』과 『포박자(抱朴子)』를 들이파듯 더터갔다. 내친김에 『노자(老子)』와 『장자(莊子)』 주석본을 구해서 차근차근 음미했다. 조설근의 『홍루몽(紅樓夢)』은 책도 읽고, 중국에서 만든 드라마도 보았다. 김만중의 『구운몽(九雲夢)』은 한문본과 한글본을 대조해서 살폈다. 선생 없이 하는 독공(獨工)이었지만, 맘대로 읽고 해석하고 이야기를 꾸며보고 할 수 있는 귀한 체험이었다. 그것은 내가 이제까지 얽매여 허우적거리던 늪지대 같은 세속과는 다른, 현요(眩耀) 묘막(渺漠)한 세계를 펼쳐 보여주었다. 용돈 관리 요령과 증권의 세계를 일찍 알려주어 경제교육을 해야 한다고 아구작대는 이들의 머리에, 그야말로 제호관정(醍醐灌頂) 정수리에 찬물을 쏟아붓는 산뜻한 충격을 가할 수 있는 기획이 될 것이라는 야심이 슬슬 고개를 들었다.

일상을 넘어선 괴이담을 엮은 『요재지이(聊齋志異)』에 나오는 이야기들은 포송령(蒲松齡)의 상상력이 여지없이 발휘된 환상의 세계였다. 나무의 혼이 인간으로 환생해서 인간과 사랑을 나누는 이야기는 조금 손을 대면 어린이들이 읽기 딱 좋은 판타지 작품으로 환생할 수 있는 호재였다. 그런 발상이 담긴 작품을 모아 어린이용 환상동화집을 낸다면 고액권이 손에 두툼하게 잡힐 것이란 예감이 다가왔다. 가제로 '어린이가 읽는 세계고전' 시리즈를 낼 계획으로, 밤새워 기획안을 만들어 가지고 '상상나라' 출판사를 찾아갔다.

"한중 에프티에이 타결된 것 모르세요?"

로열티 지불 문제로 채산이 안 맞는다는 게 상상나라 영업전무가 내게 들이대는 죽비였다. 아차 늦었구나 하고 돌아설 수밖에 없었다. 그 이후 나는 다른 일자리를 찾아 한 학기를 골목골목을 헤집고 다녔다. 그래도 내가 한국어 원어민이라고, 대학을 중퇴했지만 중국서적을 읽은 덕에 '문화자본'이 한주먹은 획득되었다고, 그걸로 취직이라고 한 데가 중국인을 주요 고객으로 하는 한국어 학원이었다.

내가 '쾌속 한국어 학원'에서 원어민 강사로 밥벌이를 하고 있을 무렵이었다. 중국 청도(青島)에서 왔다는 수강생 향옥을 알게 되었다. 국내의 모모하는 대학에서 한국어 공부를 하려고 왔는데 자리가 이미 다 찬 뒤라서 시내 학원으로 밀려 내려왔다고 했다. 밀려 내려왔다는 말이 꼭 적강(謫降), 귀양을 왔다는 것처럼 들렸다. 향옥은 몸매가 봄바람에 하늘거리는 버들가지처럼 유연하고 얼굴에는 해맑은 웃음이 감돌았다. 손등에 푸른 핏줄이 드러난 손은 손가락이 길쭉길쭉하고, 커피잔을 집어들 때면 새끼손가락이 고비싹처럼 앙증맞게 도르르 말리는 듯했다.

향옥이 강의를 들은 지 한 달이 되는 어느날이었다. 어떤 놈팽이가 채가기라도 할 것처럼, 나는 향옥을 내 사람으로 잡아두어야 한다는 일종의 강박감에 옭혀 들어가고 있었다. 수타박(睡打泊)이라는 커피집으로 향옥을 데리고 갔다. 향옥은 커피 대신 아이스크림을 먹고 싶다고 했다. 나는 에스프레소를 더블로 시켰고, 향옥은 아이스크림 저장고 앞으로 다가가 녹차아이스크림을 손가락으로 가리켰다.

커피컵을 든 내 손이 간지럼 타는 풀잎처럼 미세하게 떨렸다. 나와 나란히 앉은 향옥의 목에 잔잔한 솜털이 산언덕의 억새풀꽃처럼 폴폴폴 날렸다. 향옥은 커피잔을 탁자에 놓고 자기를 바라보는 내가 우습던지 눈가에 잔주름을 일으키며 입을 반쯤 열어 보였다. 깨끗하고 고른 치열이 드러나 손질하지 않은 입술이 칸나 꽃잎처럼 곱게 보였다.

"아아, 하세요."

향옥은 자기가 먹던 찻숟가락 소복하게 아이스크림을 떠서 들고는 입을 벌리라고 했다. 나는 향옥이 입에 넣어준 아이스크림을 혀로 천천히 굴리면서 맛을 음미했다. 향옥의 혀가 입안에 들어와 구르는 느낌이었다. 느낌이라기보다는 향옥과 입맞

춤을 하는 장면을 연기하고 있다는 생각이 들 정도였다. 그런데 향옥에게서는 절간에서 맡을 수 있는 향내 같은 것이 풍겼다. 그것은 현실을 넘어서는 선미가 깃든 냄새였다.

"나도, 주세요."

그러자고 대답을 할 사이도 없이 향옥이 커피컵을 가져다가 자기 아이스크림 그릇에 절반은 따라 넣었다. 그리고는 찻숟가락으로 아이스크림과 커피를 섞었다. 마치 건반 위에서 부드러운 선율을 연주하는 손처럼 움직임이 유연하고 고왔다. 향옥은 커피 섞인 아이스크림을 입을 벌리라 하고는 거침없이 떠 넣어주었다. 녹차향이 배어 있는 커피 아이스크림은 입안에 향기의 회오리를 일으키며 녹아들었다.

커피를 마신다는 것은 구실일 뿐이었다. 향옥의 얼굴을 쳐다보느라고 정신을 몽땅 빼앗기고 있어서, 옆에서 사람들이 재깔대는 이야기 소리는 내 감각기관을 건드리지 않았다. 나는 겨우 정신을 차리고 물었다.

"숙소가 어떻게 되지요?"

사실 내 물음이 어법을 벗어나 있었다. 숙소가 어떻게 되다니, 말이 되질 않는 질문이었다. 숙소가 어디냐는 질문이 그렇게 문법을 이탈해버렸다. 향옥은 잠시 고개를 갸웃하더니 눈을 말갛게 뜨고 나를 쳐다봤다. 답도 마찬가지였다.

"침대방이에요."

나는 내 질문의 의도를 설명하지 않았다. 저녁에 잠옷을 갈아

입고 침대에 걸터앉아 얼굴을 매만지는 향옥의 모습을 그려보는 걸로 충분한 답이 되고도 남을 지경이었다. 방은 어떻게 꾸미고 살까? 어떤 그림이 걸려 있을까? 어떤 인형을 가지고 있을까? 무얼 먹고 지내나? 그런 생각을 하다가 불쑥 질문이 입에서 튀어나왔다.

"잠은 어떻게 해요?"

"그런 거 물으면 실례잖아요."

향옥은 발딱 일어나서는, 치맛자락에 찬바람을 일으키며 달아나 버렸다. 꼭 그런 마음을 먹은 것은 아니지만 속마음을 들킨 것 같아 얼굴에 열기가 올라왔다. 그러나 소통이 잘 안 되는 외국인인데 이해하고 넘어가겠지 하는 생각으로 나를 안출렀다.

향옥이 잠은 어떻게 자는가 물었을 때 빠르르 화를 내고 달아난 다음 주었다. 그런 뜻이 아니라는 이야기를 하려고 향옥을 불렀다. 얼굴이 핼쑥하니 점심을 건너뛴 모습이었다.

"밥은 어떻게 해 먹어요?"

"미판?"

중국 식당에서 밥을 쌀밥이라고, 미반(米飯)이라 쓰고 '미판'이라 발음하는 것을 알기 때문에 그렇다고 고개를 끄덕여주었다. 향옥은 오른손을 들어 올리더니 검지를 살짝 꼬부려서 자기 머리를 톡톡 쳤다. 무언가 생각할 때 나오는 버릇인 모양이었다.

"쌀에 물을 붓고 끓여요."

나는 주먹을 쥐어 입을 가리고 쿡쿡쿡 웃었다. 질문이 어설픈 것도 사실이지만, 선생으로서 자기를 시험하고 있다는 전제를 가지고 하는 대답이 분명했다. 나는 향옥이라는 학생에게 내가 선생이라는 것을 강조하고 싶은 생각은 없었다. 나는 그게 아니라 밥은 어떻게 먹고 다니는가 물은 것이라는 점을 다시 환기했다. 향옥은 대답을 하지 않았다. 뜻밖에도 향옥의 얼굴이 발갛게 달아올랐다. 아버지 가게에 도둑이 들어 물건을 싹 쓸어가는 바람에 한국에서 더 공부하기 어려울 것 같다는 이야기를 털어놓았다.

향옥에게 내가 사는 원룸에 와서 같이 지내자는 이야기를 하려다가 주먹으로 입을 틀어막고 고개를 돌렸다. 부원장이 지나가다가 이쪽으로 눈길을 던지고는 무슨 이야기를 하려다 말았다. 중국에서 온 학생들과 너무 가까이 지내지 말라고 주의를 환기하던 이야기가 떠올랐다.

한 달이 금방 지나갔다. 상급반이지만 수준이 고르지 못해, 옷가게가 어디 있는지, 음식값을 어떻게 지불하는지, 웃사람과 앉았을 때 식사예절이 어때야 하는지 하는 등, 타성적 이야기를 반복해야 하는 지루하기 짝이 없는 시간이었다. 그런데 향옥을 만날 기대와 향옥을 바라보는 희열로 시간은 거침없이 지나갔다. 향옥에게 몇 살인가를 묻고 싶었는데, 이게 속 검은 생각이지 하면서 우격다짐으로 참으면서 지냈다.

오월로 접어들면서 향옥은 한국어가 그야말로 약진을 했다. 내가 학원에서 가르쳐본 수강생 가운데 가장 뛰어난 실력을 보여주었다. 거기다가 중국에서 할아버지한테 한문을 제대로 익힌 것이 한국어를 공부하는 데 힘이 되었다. 다른 학생들은 짐작도 못하는 번자(繁字)를 제법 잘 읽었다.

오월 셋째 주 목요일이었다. 그날 강의가 일찍 끝났다. 강의실을 나서는데 향옥이 뒤에서 다가와 내 남방셔츠 자락을 잡아당겼다. 나를 올려다보는 향옥의 눈자위가 약간 붉어져 있었다.

"나랑 산책할래요?"

안 들어주면 잡고 늘어지기라도 할 기세였다. 좋다, 하고는 가고 싶은 데가 어딘가 물었다. 뜻밖으로 간송미술관(澗松美術館)에 안내를 해달라는 것이었다. 마침 간송미술관에서는 조선도석화특별전을 열고 있었다. 도석화(道釋畵)는 도교의 신선과 불교의 부처와 그 세계를 그린 그림이다. 내가 그동안 읽은 책들의 내용과 연관이 있을 듯해서 구미가 당겼다. 좀 편하게 가기 위해 택시를 탔다. 창경궁 근처 플라타너스 가로수 잎이 윤기 있게 반짝였다.

"아버지 가게 도둑맞았다고 했는데?"

"내가 벌어서 다닐 거예요."

향옥은 단호한 어투로 말했다. 이전과 다른 태도는 틀림없는데 무엇을 해서 학비를 벌겠다는 구체적인 이야기는 터놓지 않았다.

미술관을 향해 올라가다가 향옥이 발을 멈추었다. '사철과일'이란 간판을 건 가게 앞에 이른 복숭아가 좌판에 줄을 지어 진열되어 있었다. 나는 자신도 모르게 복숭아를 보고 침을 삼켰다. 향옥이 그걸 알아채고 자기가 복숭아를 사겠다고 나왔다. 좌판 앞에 쪼그리고 앉아 복숭아를 고르는 향옥은 하늘에서 내려온 선녀를 연상하게 했다. 옥색 스커트와 옅은 아이보리색 블라우스가 척 어울려 보였다.

"나랑 같이 먹고 갈까?"

"안 되는데……"

향옥은 망설였다. 나는 복숭아도 못 먹는 사람이 어디 있느냐고, 먹어보면 괜찮다고 강권하다시피 했다.

가게 주인 아주머니가 향옥이 고른 복숭아를 물로 씻어서 접시에 올려 가지고 나왔다. 향옥이 칼을 받아들려고 손을 내밀었다. 그런데 향옥의 손으로 칼을 만지게 해서는 안 된다는 생각이 문득 머리를 스쳤다. 내가 먼저 칼을 받아 복숭아를 깎아서 향옥에게 건넸다. 향옥은 한 걸음 뒤로 물러서서 두 손을 내밀어 신중하다기보다는 경건하게 복숭아를 받았다. 복숭아를 든 선녀, 여선전도(女仙奠桃)라는 화제가 척 어울릴 것 같은 자세였다.

향옥은 복숭아를 처음 먹어본다면서, 옷자락에 과일물이 튀지 않게 조심조심 복숭아 살점을 입에 넣는 모습이 앙증맞고 귀여웠다. 복숭아를 나누어 먹는 사이 관람객들이 몰려들어 찻길까지 길게 줄을 섰다. 맨 끄트머리에 가서 줄을 이어댔다. 한참을 기다려야 했다. 맑은 하늘에서 햇살이 따끈따끈하게 내리쬐었다. 향옥의 이마에 땀이 송송 배어 나오기 시작했다. 나는 주머니에서 손수건을 꺼내 건네면서 머리를 가리라고 했다. 손수건을 삼각 두건처럼 머리에 맨 향옥은 스마트폰을 꺼내 자기 모습을 비춰보았다.

"얼굴이 빨개져요."

얼굴뿐만 아니었다. 팔뚝이며 손등 그런 데에 붉은 반점이 나타나기 시작했다. 등이 가렵다면서 긁어달라고 했다. 나는 떨리는 손을 향옥의 등에 얹고 긁지는 못했다. 손가락 끝에 브래지어 끈이 마치 젖무덤에 푸르게 돋아난 핏줄처럼 만져졌다.

복숭아 알레르기가 있는 모양이었다. 향옥의 손을 잡고는, 줄을 선 사람들에게, 죄송합니다를 거듭하면서 길을 내달라고 해서 먼저 미술관으로 올라갔다. 어디 그늘에 가서 쉬어야 했다. 줄이 끝나는 데에 장의자가 마련되어 있었다. 향옥은 전에 없던 일이라고 했다.

"어머나, 빠자오······!"

미술관 건물 귀퉁이에 파초가 무더기로 기세 좋게 자라 올라간 게 보였다. 향옥은 거기다 눈을 박고 무슨 생각을 하는지 명상에 빠져들었다.

"파초가 왜?"

중국에서 발레를 빠레이우라고 하는데, 한자로는 파뢰무(芭蕾舞)라고 쓴다고 내 손을 이끌어 손바닥에 써서 보여주었다. 자기는 엄마가 발레를 가르쳐주면서, 너는 파초같이 싱싱한 남자를 남편으로 맞을 거라는 이야기를 했다고, 발간 반점이 흩어진 얼굴을 들고 말하는 입술이 꽃잎처럼 붉었다. 나는 내가 그런 대상이 될 수 있는가 물음을 던져보았다. 어림없는 일이었다. 나는 싱싱하지도 않고 잘 나가는 족속도 아니었다. 그런데 향옥이 난데없는 말을 던졌다.

"선생님은 파초를 닮았어요."

나는 몸을 움칠하며 한걸음 뒤로 물러섰다. 나를 사랑한다는 이야기를 안 들은 것만도 다행이었다. 향옥이 사랑한다고 달려들면 어떻게 감당할 것인가 자신이 없었다. 거기다가 아버지 가게에 도둑이 들어와 분탕질을 쳤다는 이야기를 들은 뒤라서 더욱 켕겼다.

"향옥은 말야, 향옥이한테서는 복숭아 향이 난다니까."

향옥이 눈에 흰자위를 드러내며 나를 흘겨보며 어깨를 움찔했다. 그런데 이상한 것은 복숭아 향이라는 말에 너무 민감하게 반응하는 것이었다. 알 수 없는 일이었다. 한국에서 복숭아가 여성을 상징한다는 것은 알지만, 그게 중국에서 어떤 의미가 부여되는지 알 수 없어서 향옥에게 다른 이야기할 엄이 나지 않았다.

전시회장을 돌아보고 나오다가, 향옥에게 무언가를 빼앗는다는 부담감이 밀려들었다. 그런 감정을 보상하기 위해서는 향옥에게 베푸는 것이 있어야 마땅했다. 마침 전시장에 걸려 있던 그림을 복사해서 파는 게 있었다. 단원 김홍도가 그린 그림 가운데 〈낭원투도(閬苑偷桃)〉라는 게 전시실에 걸려 있었는데, 그 복사본을 판매한다고 했다. 나는 선뜻 그 그림을 샀다. 동방삭이 서왕모의 과수원에서 복숭아를 훔쳐가지고 나오는 모양을 그린 그림이었다. 간결한 인물화 같기도 한데, 거기 얽힌 설화가 그림 값을 높인다는 생각을 했다. 옥황상제 다음 서열이 서왕모인데 삼천갑자, 그 무한대에 가까운 시간을 운용하는 이들의 발상을 담은 그림인 것이다.

간송미술관에서 조금 걸어 내려오자 돌다리가 보였다. 돌다리 옆에는 늙은 홰나무가 한 그루 서 있었다. 그 밑에 깨끗한 장의자가 놓여있었다. 향옥이 피곤해하는 것 같아 그의 손을 이끌어 의자에 앉혔다. 나는 미술관에서 산 그림을 펼쳐서 향옥에게 보여주었다. 향옥이 목에서 숨을 이끌어 올리면서 '투따오', 복숭아를 훔치다니, 하더니만 손을 모아 입을 막고 숨이 막혀 헉헉 발작을 하기 시작했다. 서왕모의 과수원에서 복숭아를 훔친다는 것은 단지 설화일 뿐인데 그게 충격까지 될까 싶지를 않았다.

"괜찮아?"

핏기가 바래 하얗게 된 향옥의 얼굴에는 희뿌옇게 가라앉은 커다란 눈만 퀭하니 까만 눈썹 밑에 걸려 보였다. 나는 향옥에서 그림을 건네주었다. 향옥은 그림을 들여다보면서, 오한이 오는지 몸을 떨었다. 그대로 두어서는 안 되겠다 싶어 향옥의 상체를 끌어안았다. 앞가슴이 물큰 다가와 나의 가슴을 푹신하게 눌렀다. 나도 모르는 사이, 내 손이 향옥의 가슴을 더듬고 있었다.

"안 돼!"

향옥의 커다란 눈이 검은 너울처럼 눈앞을 덮어왔다. 눈을 감았다. 회색빛 안개가 아득하게 펼쳐지더니 바람이 일면서 소용돌이를 일으켰다.

향옥이 이쪽으로 등을 보이면서 다리를 건너는 모습이 보였다. 향옥은 내가 준 그림을 다리 난간 저쪽으로 던졌다. 그림이 마치 불길한 악운을 몰고 오는 부적처럼 공중에 선회하다가 다리 밑으로 떨어졌다. 내가 정신을 수습해서 다리를 쳐다보았을 때, 아직까지 향옥의 뒷모습이 보였다. 그러나 내가 다리 위로 걸어서 들어서자 향옥의 자취는 사라져 보이지 않았다. 다리 난간 아래 거품을 일으키며 흘러가는 물 위로, 동방삭이 복숭아 훔치는 그림이 너울너울 떠내려갔다.

그런 일이 있고서 나는 틈이 날 때마다 간송미술관에 가서 파초를 바라보며 한나절을 보내기도 하고, 그림을 구경하면서 하루가 가기도 했다. 향옥과 복숭아를 번갈아 생각하면서 해가 저무는 날도 있었다. 아무튼 선도(仙桃)라거나 반도(蟠桃)라고 높여 부르는 복숭아는 장생을 뜻하는 상징물로 동아시아에서 보편성을 띤다는 것도 알 수 있었다. 중국의 여덟 신선이 서왕모가 생일을 축하하기 위해 배설하는 요지연에 참여하려고 바다를 건너는 장면에, 학이 날고 복숭아나무에 복숭아가 주렁주렁 열려 있는 풍경이 전개되는 것도 확인했다. 민화 가운데 국보급에 속하는 〈해학반도도〉라는 그림도 볼 기회가 있었다. 아무튼 향옥은 복숭아의 화신이었던 모양이었다. 그런 향옥이 복숭아를 먹은 것은 자살행위라는 의미일까, 알 수 없는 일이었다.

파초를 바라보며 나를 명상하고 복숭아와 연관지어 향옥에 대한 그리움을 삭여가는 사이, 간송미술관의 뜨락은 나와 향옥의 혼이 파초 그늘 아래 얽혀드는 땅이 되었다. 강의가 비는 시간을 이용해서 간송미술관에서 얻을 수 있는 자료를 구해 읽고, 그리고 한문을 공부하는 사이 나는 내가 하는 일이 지루하다든지 짜증스럽다든지 하는 생각을 잊고 지냈다. 다행이었다.

그 후로 한 달 가까이 향옥은 강의실에 안 나타났다. 수강생 기록부에 적힌 전화로 연락을 시도했으나 없는 번호라는 메시지만 떴다. 지금이 어느 시댄데 사람이 홀연 사라지고 자취를 알 수 없는 이런 일이 일어나나 당혹스럽기도 하고 한편 두렵기도 했다. 그러나 향옥의 연연한 얼굴과 유연한 손놀림, 약한 듯 거침이 없는 행동은 지워지지 않는 영상으로 색채를 더해가기만 했다.

꾸샤오라는 이름으로 문자가 왔다. 특별한 의미가 있는 것은 아닐 줄 짐작했지만, 나는 사전을 찾아 koushao라는 말이 휘파람을 뜻하는 중국어 구초(口哨)의 표음이라는 것을 알았다. 향옥의 말을 대신 전한다면서, 중국에서 다른 여학생이 올 터이니 자기처럼 사랑해달라는 내용이었다. 바람인 듯 사라진 향옥이 남을 시켜 문자를 보내는 까닭을 알 수 없었다. 그 무렵 여자신선이 몸을 단련하기 위해 휘파람을 분다는 이야기를 들었다. 그 이야기를 듣고 나니 꾸샤오라는 게 향옥 자신이 아닌가 하는 생각이 머릿속을 파고들었다.

칠월로 접어든 어느 날이었다. 원어민 교수 한국어 회화실습 강의를 들어가는 참이었다. 복도에서 낯선 여학생이 나에게, 잠깐만요, 하면서 다가왔다. 처음에는 남학생인 줄 알았다. 키가 훌쩍 크고 기름기로 윤이 나는 얼굴이 동남아 여성들처럼 까무잡잡했다. 눈꼬리가 위로 치켜 올라간 모습이 삼국지에나 나올 법한 장한의 모양이었다. 그러나 그냥 찢어져 올라간 것이라기보다는 예쁘게 치올라가는 매력이 돋보였다. 자기가 향옥의 동생이라면서 명함을 내밀었다. 이름이 남강설(藍絳雪)이었다. 한국에서 안 쓰는 성이었다. 나는 문득 팔선 가운데 남채화(藍采和)를 떠올렸다. 복숭아와 쪽이라는 식물 남과는 맥락이 잘 안 닿았다. 두 사람이 같이 선연(仙緣)이 닿아 있다면 향옥과 어떻게든지 연결이 될 듯싶기는 했다.

"언니가 이거 선생님한테 전하래요."

강설이라는 아가씨가 두루마리 하나를 건네주었다. 나는 받자마자 두루마리를 폈다. 비단에다가 인쇄한 것이라서 복사품이라는 느낌이 거의 없었다. 석도의 〈화훼도 12폭〉 가운데 파초를 그린 그림이었다. 그림 아래에 석도(石濤)라는 사람이 1642년에서 1707년까지 산 중국의 유명 화가라는 설명이 달려 있었다. 기묘한 인연은 얼마 전에 석도의 전기를 읽고 난 직후에 그화가의 그림을 받는 것이었다.

석도(石濤)라는 이름은 사람을 기죽게 했다. 돌의 파도라니, 활화산의 분화구에서 쏟아져 내려오는 돌덩이의 세찬 흐름을 머릿속에 쏟아부었다. 물론 그의 이름은 주약극(朱若極)이고 석도라는 것은 일종의 필명과 같은 것이었다. 세상을 한번 휙 쓸어버리고 싶은 욕망이 안에 들끓고 있어서 대척자(大滌子)라는 호를 서슴없이 썼다. 그가 젊은 시절은, 한족의 명나라가 망하고 만주족 청이 새로운 세력으로 중원에 군림하기 시작하여 세상이 어지러우매, 왕족의 후예라서 난을 피해 절간에 몸을 의탁하고 그림으로 생애를 도모한 화가다. 그가 나이를 먹어서는 쓰디쓴 오이꼭지 같은 중이라고 고과화상(苦瓜和尚)이라는 호를 쓰기도 했다. 신산한 생애를 버텨내면서 일가를 이룬 석도라는 화가가 그려놓은 파초를 향옥이 중국에서 보내온 것은 예삿일이 아니었다. 나는 향옥의 알몸을 품에 안기라도 하듯 진저리를 쳤다.

"향옥이랑 파초 아래 놀았지요?"

강설의 위로 치켜 올라간 눈꼬리가 가느스름하게 옥아 내리면서 시기하는 듯, 비웃는 듯 헤아리기 어려운 웃음기가 얼굴에 떠올랐다. 체구와 품신하고는 영 다른 표정이었다. 나는 아무 느낌이 없다는 듯 그림을 들여다봤다.

석도의 파초 그림은 그의 오십대 초반 작품이었다. 꽃과 초본 식물을 그린 화훼도 열두 작품 가운데 하나라는 설명이 달려 있었다. 화폭 왼편으로 바람에 갈래갈래 잎이 찢어졌으나 위용을 지키고 서 있는 파초를 그리고 오른편으로는 두 줄에 걸쳐, 석도 특유의 거친 필체로 쓴 오언시가 적혀 있었다. 더듬어 읽어보니 悠然有殊色 貌古神不驕 寧石在茲乎 雨響風一飄라고 되어 있었다. 그 뜻을 대강 짐작해 보았다. "모양이 넉넉하나 색은 남다르고/기품이 옛 신선이나 교만치 않으니/돌무더기 서 있어도 무성하기만 하고녀/빗소리 들어 바람이 표표히 일다." 대척자가 물 묻은 붓으로 훑어내리듯 그렸다는 뜻으로 '大滌子 瀉'라는 서결이 보이고, 낙관이 세 과 찍혀 있었는데 그 가운데 하나가 그가 쓰던 호 가운데 하나 청상진인(淸湘眞人)이었다. 곧추선 파초와 균형을 이루고 있는 언덕 너머에서 향옥이 고개를 내밀고 있는 듯한 환상이 떠올랐다. 그림 가운데 신선이란 말이 문득 시선을 사로잡았고, 향옥이 그 신선일지도 모른다는 추측을 하고 있었다. 이 시대에 신선이라니 기도 안 찰 노릇이었다.

내가 좀 난감한 자세로 어정쩡하니 서 있을 때 핸드폰이 울렸다. 파초 그림 두루마리를 펼쳐 든 채 굳어 붙어 있는 내 팔이 움직여주지를 않았다. 핸드폰은 저 혼자 휘파람을 불고 있었다. 그것은 분명 여선의 휘파람이었다.

"향옥이 파초 사랑을 노래하는 거예요."

펼쳤던 두루마리를 말아서 옆구리에 끼고 바지 주머니에서 휘파람을 불던 핸드폰을 잡았을 때, 물컹하면서 향옥의 탄력 있는 젖가슴이 만져지는 것 같았다. 놀라서 손을 뗐을 때, 땀이 밴 손에 잡혀 나오는 것은 낡은 핸드폰일 뿐이었다. 강설이 나를 쳐다보고 빙긋 웃었다. 다 안다는 표정이었다. 파초 그림을 받아들고, 나는 도망치듯 강의실로 들어가버렸다. 이마에 땀이 흐르기 시작했다.

강의를 하는 것인지, 강설과 눈을 맞추면서 기싸움을 벌이는 것인지 정신없이 시간이 흘렀다. 강설이 향옥의 부탁을 받고 파초 그림을 가지고 온 것을 받은 이후 마음이 산란해서 견딜 수가 없었다. 강의실에서 강설과 눈이 마주치면 향옥이 얼굴이 떠오르고, 향옥을 생각하면 강설의 예쁘게 찢어져 올라간 눈꼬리가 앞을 가로막았다. 다행인 것은 강설의 한국어 실력이 보통 수준을 넘었다는 점이었다. 같이 이야길 하면 한국에서 오래 산 사람처럼 자연스럽고 운용하는 어휘도 수준이 높은 것이었다.

나는 수업 중에 하도 신경이 쓰여 강설을 아예 교단 앞에 내

세우기로 했다. 한동안 수업을 잘 도와주는 편이었다. 처음에는 내가 이야기하다가 중국어로 어떻게 쓰는가 잘 모르는 단어가 나올 때 칠판에 나와 써달라고 부탁했다. 나중에는 역할극을 하는 데 주로 불러내 배역을 맡기고, 그 가운데 한국어를 구사하는 시범을 보이도록 했다. 그 또한 척척 잘해냈다. 그사이 향옥과 강설 사이를 오가는 환상은 가라앉았다. 혹 연락이 닿으면 향옥에게 궁금하다는 사연을 전해달라고 해도, 예쁘게 찢어져 올라간 눈꼬리에 웃음을 달고 알았다면서 수월하게 나오는 게 부담이 없어 편했다.

　사실 고마운 일이었다. 사설 강습소에서 그야말로 별 볼 일 없는 강사에게 자기 선생을 만난 것처럼 허물없이 대해주는 게, 수강생이라기보다는 손아래 누이처럼 임의롭기까지 했다. 그런 과정에서 사람의 외모와 속이 달라도 참 다르다는 것을 알았다. 강설은 성속의 경계를 넘나드는 자재로운 존재 같았다. 강설을 앞에 내세워 진행하는 강의는 활기를 더해갔다. 칠월에 시작하는 강의는 수강생이 넘칠 정도였다. 부원장은 중국 학생들 조심하라고 틀어박으면서 은근히 질시하는 눈치를 했다.

　칠월로 접어들면서 교실에 열기가 훅훅 끼쳤다. 핫팬츠로 겨우 아래를 가리고 강의실에 와 앉는 수강생도 있고, 중국에서 온 수강생들은 한국 여자아이들보다 대담하게 가슴을 드러내고 다녔다. 특히 강설은 브래지어를 하지 않고 면티를 걸치고 다녀서 웃옷 밖에 유두가 볼똑 도드라져 보였다. 면티 앞자락의 지퍼를 죽 내려 젖무덤이 풍성하게 드러나 보였다. 나는 스스로 아슬아슬하다는 생각을 하면서, 수밀도같이 농익은 젖가슴이라는 표현이 떠올랐다. 나도 모르게 침을 꼴깍 삼켰다. 나는 〈낭원투도〉에 나오는 동방삭처럼 조심조심 강설에게 다가갔다. 강설의 고운 곡선으로 찢어진 눈꼬리가 휘어져 올라가며 나를 짯짯이 쳐다봤다. 나는 강설에게 뭔가 보답을 해야 한다는 의무감에 옥죄곤 했다.

"그동안 수고했는데 내가 저녁 살까?"

"좋아요, 나는 많이 안 먹으니까, 몸은 크지만."

말은 그렇게 하면서도, 마땅히 대접받을 만하다는 당당하다 할 만한 태도였다. 그런 확실한 태도가 믿음이 갔다. 아직 식사를 하기는 이른 시간이었다. 어디 구경하면서 시간을 보낼 데가 없는가 하다가, 겨우 생각해낸 게 간송미술관이었다. 특별전은 끝났지만 상설전시는 볼 수 있을 것으로 짐작이 되었다. 무엇보다 파초가 얼마나 자라나 어우러져 있는가 하는 게 궁금했다. 그것은 향옥에 대한 그리움 같은 것을 확인하기 위한 집착이 이끌어대는 길인지도 몰랐다. 파초 같은 남자를 얻으라 했다는 이야기를 하던 향옥의 눈망울이 다가와 일렁였다.

미술관으로 올라가는 길목 입구에 복숭아 파는 '사철과일' 가게 아주머니가 나를 알아보고는 묵례로 인사를 했다. 소담한 복숭아가 가지런히 진열되어 있었다. 주먹만큼 한 복숭아 사이에 빛깔이 붉고 반질반질 윤이 나는 천도복숭아가 눈에 들어왔다.

"복숭아 먹을래?"

"우리가 복숭아를 먹으면 향옥이 죽을지도 몰라요."

나는 어리뻥해져 강설의 얼굴을 멀거니 바라보다가 입을 다물고 말았다. 향옥이 복숭아 알레르기가 있다는 것을 아는 터라서 강설이 말하는 게 무슨 뜻인지 가늠이 되었다. 나는 가게 앞을 그냥 지나쳤다. 우리가 복숭아를 먹으면 향옥이 죽을 수도 있다는 말을 음미하면서였다. 음미라기보다는 그 말이 두려워 속으로 떨었다는 게 솔직한 표현일 것이다. 서왕모의 선도를 건드리는 자에게 내릴 벌을 생각하는 중이었다.

두어 달 전에 왔을 때, 미술관 본관 건물 옆에 파초가 무성하게 자라 올라가 너우러져 있었다. 그런데 어인 일인지 그 무성하던 파초가 잎이 노랗게 말라 축 늘어져 죽어가고 있었다. 거름을 너무 준 것은 아닌가 뿌리 근처를 살펴보았지만 그런 흔적은 없었다. 파초가 살 만큼 살아서 그런 것 같지도 않았다. 그 시든 파초를 바라보는 순간 내 몸의 기운이 물살이 되어 쏴아 소리를 내면서 몸을 빠져나갔다. 몸이 가눠지지 않았다. 강설이 급히 다가와 내 팔을 잡고 부축했다.

"너무 애를 태우니까 기가 빠져서 그래요."

강설의 그 말을 듣고서야 내가 파초의 화신일지도 모른다는 생각을 했다. 그리고 파초의 기운을 향옥이나 강설이 모두 빼간다는 생각이 들었다. 더욱 두려운 일이었다. 강설의 부축을 받고 정원 벤치에 가서 한참을 앉아 쉰 다음이라야 정신이 돌아왔다.

전시실에는 진경시대 산수화 몇 점이 걸려 있었다. 나는 강설에게 조선의 진경산수화에 대해 아는 것은 밑바닥부터 들추어내 가지고는 천천히 설명했다. 강설은 그러냐, 그러냐 하면서 기다란 목을 끄덕이면서 아주 신중하게 내 이야기를 들었다.

"우리 아버지도 화가였어요."

"그렇다면 세상을 떴다는 이야기?"

"아무튼, 아버지는 김홍도라는 화가에 미쳐 살았어요."

자기 아버지 죽고 사는 문제는 관심이 없다는 투였다. 물론 내게도 그의 부친이 빠져 살았다는 김홍도의 그림이 진열장에 전시되어 있었다. A4 크기만 한 그 작은 산수화를 바라보고 있을 때였다. 강설이 내 옆으로 다가와서는 어깨를 들이밀듯 다가섰다. 내 뒤에서 그 큼직한 육덕을 밀치면서 그림 설명을 들었다. 강설의 몸에서 짙은 땀 냄새가 풍겨왔다. 서양 사람들의 체취와는 다른 것이었다. 비릿하면서 시큼하고, 그런가 하면 고량주 냄새도 섞여 있고, 사찰에서 피워놓은 향냄새가 배어나기도 했다. 나는 나도 모르게 손으로 코를 막았다.

"불쾌하세요?"

"별로."

나는 강설의 손을 잡고 슬그머니 잡아당겼다. 피부는 비단결처럼 부드러운데 내 손으로는 감당하기 어려울 정도로 손이 컸다. 무슨 일을 맡겨도 어기차게 해낼 수 있는 힘이 느껴졌다.

"티셔츠 하나 골라요."

강설은 좋다고 하면서 매점 판매대 앞으로 다가갔다. 매점에서 강설이 티셔츠를 고르는 동안, 나는 복사본 그림들을 살펴보았다. 김홍도의 〈군선도(群仙圖)〉가 눈에 들어왔다. 중국 신선들이 서왕모가 베푸는 요지연(瑤池宴)에 참석하기 위해 바다를 건너는 중인데, 바다는 생략된 채 인물들만 생생하게 부각시킨 그림이었다. 그러나 그림이 워낙 커서 벽에다 걸자면 웬만한 저택은 되어야 했다. 강설에게 주어서 그의 부친에게 전달해달라고 할 생각이었다.

"어머, 중국 그림보다 좋아요."

강설이 면티를 골라 가지고 내 옆에 다가와 서면서 하는 말이었다. 무엇을 보고 하는 이야긴지는 몰라도 감탄을 하는 것은 여실했다. 아버지를 생각하는지 눈가에 물기가 잡히는 게 보였다.

"이거 기억나요? 전에 나한테 준 거."

강설이 고른 면티는 김홍도의 〈낭원투도〉가 그려진 것이었다. 그런데 전에 그것을 자기한테 주었다는 것은 감조차 잡히지 않는 황당한 이야기였다. 향옥의 젖가슴을 만졌다가 질겁을

해서 달아난 것을 그렇게 빗댄다면 참으로 어색한 유추였다. 강
설은 면티를 들고 사방을 둘러보았다. 당장 입어보고 싶기는 한
데, 장소가 그렇질 못해서 망설여지는 모양이었다. 내가 판매
대 구석을 가리키면서 말했다.

"저기서 갈아입지."

"좋아요. 나를 가려주세요."

강설은 판매대 구석으로 몸을 돌리고는 입고 있던 티셔츠를
벗었다. 팡팡한 등판이 드러나고 옷을 갈아입기 위해 팔을 들
었을 때, 풍만한 젖가슴이 실루엣을 드리우면서 눈앞을 가로막
았다. 그것은 그야말로 감당할 재간이 없을 정도로 풍만한 대지
모신의 젖가슴이었다.

판매대 옆에 서 있던 사람들의 눈길이 강설에게 집중되었다.
마치 스트리킹하는 여자를 바라보는 듯 어이없다는 눈길들이
었다.

"하는 꼴하고는……"

어느 사이 왔는지 같은 학원 수강생을 데리고 미술관에 온 부
원장 전무학(錢舞鶴)이 내 앞으로 다가서며 한심하다는 듯 혀를
찼다. 내가 책임질 일은 아니었다. 강설의 자재로운 행동이 그
렇게 잠시 눈요깃거리를 제공한 것뿐이었다. 나는 한국에서는
이러면 안 된다는 이야기를 왜 하지 않았던가 후회가 되었다.
그러나 화제는 다른 데로 굴러갔다.

"아버지가 처음 감탄한 것은 다른 그림입니다."

"그게 뭔가 말해줄 수 있을까?"

"장과노라고 아세요?"

당신은 이건 모를 거라고 단정하고 하는 듯한 도전적 질문이었다. 팔선 가운데 하나 같기는 한데 정확히는 모르는 인물이었다. 대답이 궁한 질문이었다. 강설이 설명했다.

장과노는 도교에서 말하는 팔선 가운데 한 사람인데, 당나귀를 거꾸로 타고 나귀 잔등에서 책을 읽는 인물로 묘사된다. 그는 애초에 박쥐의 영혼이 신선이 되었다고 한다. 군선도에 난데없는 박쥐가 나타나서 무언가 했는데 강설의 설명으로 확실히 알게 되었다. 과노도기(果老倒騎)라는 화제는 장과노가 거꾸로 탄 나귀 위에서 책을 읽는 모습을 그린 그림이다. 그런데 그 모티프는 김홍도가 그린 〈군선도〉에 다시 반복되어 나타난다. 우리 아버지가 보고 놀란 그 그림을, 당신이 나에게 사 준 것은 우리가 오랜 인연의 고리로 연결되어 있기 때문인 것 같다고 했다. 긴요한 이야기는 길게 전개되지 않는 법이다. 강설은 거기서 이야기를 그쳤다.

"남한테 왜 그렇게 신경을 써요? 나 그거 싫어요."

강설은 누구에게랄 것도 없이 화를 돋구었다. 느글거리는 눈길로 가슴을 더듬고, 돌아서서 보면 지나가는 사람 엉덩이에 눈을 꽂고 쳐다보는 이들이 싫다는 것이었다. 향옥도 그래서 하늘로 날아갔다는 것이었다. 인간들 하는 짓이 대개 그렇지, 별다를 것인가 하는 생각으로 강설의 비난을 비켜가려 했다.

"저녁 먹으러 가요."

강설을 따라 모범택시를 탔고, 차는 복잡한 도심을 빠져나가 남산 중턱에 자리잡은 '상춘호텔'에 도착했다. 호텔 4층에 반도연(蟠桃宴)이라는 식당이 있었다. 내 생애 처음으로 맛보는 음식들을 먹었다. 나는 강설이 나를 골탕먹이기 위해 머리를 굴리고 있는 게 아닌가 생각을 했다. 서빙을 하는 종업원들이 강설과 나를 번갈아 쳐다보면서 여기 올 화상들이 아닌데 하는 눈치였다.

"누가 인연을 넘어설 수 있겠어요?"

잘난 사람들이 자기가 세상 제일인 줄 알고 뛰어다니지만, 사람들은 인연의 끈으로 맺어져 있기 때문에 그 인연의 끈을 찾아 헤매고, 그 가운데 다시 인연을 만들고 그 인연이 내생에 올 삶에 다른 인연의 비롯함이 된다는 이야기를 했다. 그 이야기를 하는 강설의 모습은 의연하고 태평해서, 나는 술잔을 잡은 채 멍하니 그녀의 얼굴을 쳐다볼 뿐이었다.

"아버지는 신선 그림과 파초 그림만 모았어요."

마치 자기 아버지가 모은 파초 그림이 나와 인연이 닿아 있다는 것인 양 이야기를 전개할 것 같았다. 그러면서 김홍도, 이재관, 심사정 같은 화가들의 파초 그림을 꿰고 있는 것은 물론, 정조대왕의 파초 그림도 알고 있었다. 전에 방영된 드라마 가운데, 김홍도가 신윤복과 〈군선도〉를 그리는 장면을 자기도 보았다는 것이었다. 한국 미술사를 공부했는가 물으려다 말았다.

초연기(蕉戀記)-파초의 사랑

아무튼 예사로운 수강생이 아니었다. 겉으로는 남자인지 여자인지 구분이 안 되는 체모(體貌)인데, 음성이라든지 손놀림은 전형적인 여성이었다. 향옥의 음성과 닮아 보였고 손놀림 또한 향옥의 손으로 착각할 정도로 야들야들하고 도르르 말리는 호박의 덩굴손을 닮아 보였다. 나는 다짜고짜 물었다.

"당신은 여선인가?"

"그럴지도 몰라요."

자기 성이 중국 팔선 가운데 하나 남채화와 같다는 것이었다. 강설이 말하는 신선세계는 남녀가 잘 어울리게 조직되어 있었다. 신선계를 대표하는 여덟의 신선 가운데, 하선고(何仙姑)는 전형적인 여성으로 그려진다. 그런가 하면 남장 여선으로 그려지기도 하는 남채화(藍采和)는 양성을 넘나드는 존재로 보인다. 물론 강설의 자아류 해석일지도 몰랐다. 남채화 이야기를 하는 강설은 어쩌면 남녀 양성을 공유하는 인간일지도 모른다는 생각을 하고 있는데, 왜 파초를 좋아하는가 물었다. 나는 대답할 말을 잊고 앉아서 강설의 손을 내려다볼 뿐이었다.

"향옥의 남편이 되려고?"

"천만에, 그럴 생각은 해본 적 없어."

"파초는 가난해, 맞다."

의아한 말이었다. 강설은 자기 아버지가 보여준 그림 이야기를 했다. 조선 후기 이재관이라는 화가가 있었다. 그가 그린 그림 가운데 〈파초선인〉이라는 게 있는데, 파초가 선인이라는 게 아니라, 파초 아래서 시동을 데리고 차를 끓이는 선인의 모습을 그린 그림이라고 했다. 당나라에 회소(懷素)라는 문인이 있었는데, 하도 가난해서 종이를 구할 수 없어서 자기 집앞의 파초 잎에 시를 썼다는 고사가 있다는 것이었다. 파초가 가난한 게 아니라 파초 아래서 차를 달이는 선인이 가난한 거라는 이야기를 하려다가 문득, 손이 주머니로 갔다. 나도 모르게 지갑을 손으로 더듬었다. 강설이 레어로 구워달라고 한 스테이크를 썰어서 입에 넣는 중이었다. 강설의 입술로 복숭아 물 같은 붉은 육즙이 흘러내렸다. 위로 찢어진 눈에서는 요괴로운 빛이 뻗어나오는 듯했다. 마치 나를 잡아먹겠다는 작정으로 달려드는 요괴를 만난 것 같은 착각이 일었다. 내가 눈을 비비고 쳐다보자 강설이 깔깔 웃었다. 다시 쳐다보자 강설의 얼굴은 금방 숫기가 돌았다. 그리고 그 얼굴 위로 복숭아 향을 풍기는 향옥의 영상이 어렸다.

"말이지요, 내 꿈을 위해 파초 잎을 깔아줄래요?"

나는 입이 굳어 붙었다. 강설이 내 팔을 붙들고 객실로 이끌었다. 객실에서 나는 강설에게 묻고 강설은 대답하기를 줄다리기라도 하듯 오래 끌었다. 의도가 뭐지? 의도는 인간사일 뿐예요. 남들이 보면? 내가 남이지요. 내가 당신을 따라 중국에 가면? 그렇게 정해져 있다면 받아들이지요. 어른들은 어떤 생각을 할까? 우리는 이미 어른 아닌가요? 강설의 육중한 몸뚱이가 내 몸뚱이 위에서 파도처럼 일렁였다. 파초 잎을 깔아달라고 한 게 이런 것이구나 그런 생각이 머리를 쳤다.

강설한테 이끌려 꼼짝없이 하룻밤을 호텔에서 잤다. 잤다기 보다는 바람을 타다가 찢어지는 파초 잎처럼 추레한 꼴이 되었 다. 운우지정이니 하는 엉큼스런 말은 헛소리에 불과했다. 내 가 강설에게 사 준 〈군선도〉는 비린내를 풍기는 채 침대 밑바닥 에 구겨 박혀 있었다. 소금물에 절인 배추처럼 후줄근하니 호텔 을 나서는데, 부원장 전무학이 커피숍 입구에서 나를 꼬나보고 서 있었다.

쾌속 한국어 학원에서 쫓겨난 나는 하는 일 없이 한 달을 방 에서 뒹굴며 지냈다. 하는 일이 없었다기보다는 도교 계통의 너 절근한 책들을 읽었다. 예를 들자면, 『중국신화의 역사(中國神話 史)』를 비롯해서 『상상대해 중국신화』, 『도교의 신들』, 『침대에 서 읽는 방중술』 그런 것들이었다. 그리고 전에 찾아서 참고했 던 『산해경(山海經)』, 『회남자(淮南子)』도 다시 들춰봤다. 『한무 제를 읽다』, 『도교와 중국의 현대과학』 그런 책들, 그리고 간송 미술관에서 빌려본 화집들을 뒤적거리면서 시간을 죽이고 있 었다. 시간을 죽이는 만큼 컨디션이 회복되었다. 아침저녁으로 는 가로공원에 가서 산책을 하기도 하고, 신선처럼 늙어가는 노 인들을 만나기도 했다.

그러던 어느 날 강설이 전화를 해왔다. 나는 주춤했다. 이해 관계없이 만나는 사람들이 섹스를 하면 그걸로 관계가 정리되

어 끝난다는 것을 잘 알고 있었기 때문이었다. 그것도 간송미술
관에서 만나자는 것이었다. 파초 잎을 깔아달라는 희한한 이야
기를 하더니 파초 그늘로 불러내는 것은 무슨 까닭인지 정신이
혼미해질 지경이었다. 전에 왔을 때 말라 있던 파초는 다시 생
기를 되찾아 너울거렸다.

"싱싱해 보여서 좋아요."

"싱싱하다니? 무슨 말인가?"

"파초나 쪽풀이나 같은 식물이니까."

설명이 안 되는 이야기였다. 정신이 좀 이상해져서 분류체계
를 관장하는 뇌의 어느 부분이 상한 것은 아닌가 싶기도 했다.

"파초가 시들면 향옥은 죽을 겁니다."

얼마 동안 중국에 돌아가 아버지를 도와야 하기 때문에 곧 중
국으로 돌아가야 한다는 이야기를 했다. 사람이 얼마나 멀리 떨
어져 있나, 못 만난 지 얼마나 오래되었나 하는 것은 사람 살아
가는 데 아무런 본질적 요건이 아니라는 것이었다. 그러면서 눈
에 안 보이면 마음에서 멀어진다는 서양 속담은 천박하다고 비
평을 하기도 했다.

"파초는 퍼렇게 살아 있어야 파초예요."

강설이 그 한마디가 영 잊혀지지 않았다. 파초는 싱싱해야 파
초라던 그 한마디가 가슴에 남아서 내 육신에 스며드는 나태의
안개를 걷어내주었다. 나는 도서관을 찾아가 밥 먹는 시간과 화
장실 드나드는 짬을 제하고는 책에 몰두했다. 주로 중국 도교에

관한 책들을 읽었다. 상세한 것은 모르지만 시공간을 넘나드는 호한한 상상력으로 구축된 것이 도교의 세계라는 것을 어림할 수 있는 정도 공부가 진척되었다. 향옥이 보고 싶고 살집 좋은 강설의 얼굴이 나뭇잎에 어리기도 했다.

그사이 가을이 되었다. 초가을, 바람은 삽상하게 불고 가로공원에 나가면 마로니에의 검푸르던 잎이 누렇게 물들기 시작했다. 그러던 어느 날 서점에 나갔다가 『단원 김홍도 회화총람』이라는 책이 발간된 것을 보았다. 책 앞에 간략한 전기가 실려 있었다. 그의 나이 36세, 정조의 어진을 그리는 데 참여해서 임금에게 화재를 인정받았고, 그로 인해 연풍현감(延豊縣監) 자리를 차지하게 되었는데, 선정을 베풀지 못했다고 백성의 원성이 자자했다고 하는 내용을 읽었다. 나중에 김홍도는 늘 술에 취해 지낸다는 뜻으로 첩취옹(輒醉翁)이라는 호를 쓰기도 했는데, 아마 현감 자리에서 물러난 원인이 술 때문으로 짐작되었다. 김홍도는 수려한 용모와 대범한 성격으로 인해 고을에서 평이 좋았을 법한데 사람 생김새와 남기는 치적은 길이 다른 모양이었다. 연풍이 남한강으로 연결되는 내륙 수운의 고장이라 수탈이 심했을 법한 개연성이 충분했다. 그 수탈의 악업을 현감에게 타박했을 터였다. 중국 학생들을 사귀고 다녔다는 것이 밥줄을 끊어놓은 셈인데, 그게 어떤 악업인지도 모른다는 생각이 문득문득 떠올랐다. 전무학이 맡아 운영하는 학원은 여전히 성업 중이라는 이야기가 들렸다.

주머니 돈은 물론이고 통장 잔고가 거의 바닥날 무렵이었다. 꾸샤오라는 이름으로 이메일이 전달되었다. 휘파람이라는 뜻으로 향옥이 쓰는 메일 주소였다. 청도로 초대를 한다는 것이었다. 대학로에 사무실을 낸 롯데관광에 가면 비행기 표가 준비되어 있을 터이니 찾아서 타고 오라는 것이었다. 좀 황당한 내용이었다. 향옥이 가뭇없이 사라진 것이며, 강설과 상춘호텔에서 겪은 일들이 이들을 믿을 수 없게 했다. 여행사에다가 여행비를 챙겨두었으니 그것도 찾아 쓰라는 내용이었다. 연유를 알기 어려운 돈에 마음을 두는 것은 화를 자초하는 함정에 빠지는 일로 번지기도 했지만, 향옥이나 강설이 그따위 쿠리쿠리한 계략을 짜지는 않겠지 하는 믿음이 마음 구석에 앙버티고 있었다.

생각이 달라진 것은, 그동안 내가 들쳐보면서 시간을 죽이던 『단원 김홍도 회화총람』을 사다달라는 부탁이 첨부되어 있는 것을 보고서였다. 속되게 생각하기로 했다. 밑져야 본전이다 하는 계산이었다. 그 짐작은 틀리지 않았다. 청도 왕복 비행기 표와 위안화 오천 위안이 맡겨져 있었다. 화집을 구입하는 데 지불한 돈에 비하면 과분한 보상이었다.

비행기 표에 출발은 10월 20일 오전 10시고, 돌아오는 날은 10월 25일 오후로 되어 있었다. 한 주일을 선물받은 셈이었다. 선물이라기보다는 벌었다고 하는 게 낫지 싶기도 했다.

청도 공항은 옅은 연무가 끼어 있는 가운데, 날씨는 무더워 가을답지 않았다. 나는 향옥과 강설이 함께 마중을 나와 기다리고 있을 거라고 기대를 했다. 그런데 청조여유(靑鳥旅遊)라는 관광회사에서 직원이 마중을 나왔다. 여자 안내인은 전형적인 중국 미인이었다. 이름이 신자미(愼紫薇)라고 했다. 한국에서 온 이들은 자기를 재미라고 한다면서, 그렇다고 재미 볼 생각은 아예 하질 말라는 경고를 잊지 않았다.

"향옥은?"

안내인은 대답이 없었다.

"강설은 안 나오나요?"

서글서글하고 큼직한 눈에 웃음을 띠면서 대답은 감추었다. 또 하나의 향옥이나 강설을 만나는 기분이었다. 향옥이나 강설 대신 신자미라는 아가씨에게 관심을 돌리는 치사한 발상이 일을 그르칠까 두렵기도 했다.

"인연이 있으면······. "

만나겠지요, 하는 말꼬리는 감추는 게 틀림없었다.

"가이드를 바꿔달라는 말인가요?"

안내인 신자미는 뽀루퉁해서 돌아갔다.

첫날은 청도 시내를 돌아보고 여관에서 푹 쉬었다. 아무 할 일이 없어서 무료했다. 그렇다고 나가서 돌아다니고 싶은 생각도 없었다. 돌이켜보니 청도에 오게 된 연유나 여기 와서 어슬렁거리는 꼴이 하나같이 자기 의지대로 밀고 나가는 것이 아니었다. 향옥에게 그리고 강설에게 문자를 보냈다. 청도에 와 있다는 것 말고는 달리 할 이야기가 떠오르지 않았다. 본래 아무

연관이 없는 사람들이었다. 단지 학원 수강생으로 와서 공부하겠다고 하던 학생들일 뿐이었다. 그리고 그림 이야기, 꽃 이야기를 나눈 정도였다. 그런데 머릿속이 온통 그들의 이미지로 가득한 것은 물론, 그들의 초청으로 청도에 와 있다는 것이 꿈속을 헤매는 것 같았다. 그러나 그것은 엄연한 현실이었다. 그래서 더욱 두려웠다.

안내원 자미에게서 전화가 왔다. 노산에 있는 태청궁 구경을 가자는 것이었다. 청도 노산(崂山) 산아래 자리잡은 태청궁은 중국 도교총림 가운데 두번째 규모라 했다. 규모의 크기로 높이를 판정하는 중국인들의 발상법은 어찌보면 거대한 대륙에서 오래 삶을 이끌어온 역사가 남겨놓은 유산인지도 모를 일이었다.

"혼자 다녀오세요."

안내인 신자미는 자기가 몰고 온 차를 주차장에 대고 내리면서 쌀쌀한 어투로 말했다.

"여기 처음인데, 동행해주면 안 될까?"

"나는 지쳤어요. 도라는 것, 따오, 그 도를 설명해서 알아들을 것도 아닌데, 왜들 그렇게 그놈의 도를 설명해달라고 하는지 모르겠고, 그래놓고 정작 설명을 시작하면 딴전을 피우더라구요."

나는 더 아쉬운 소리 하기가 거북했다. 그리고 맞는 말이기도 했다. 관광객들이야 그럴 법도 했다. 태청궁이 도교사원이니

도교에 대해 물을 것이고, 또 도가 뭔가 이야기해달라 할 터인데 안내인으로서는 난감한 일일 거라고 짐작이 되었다. 혼자 깨달으라는 것인지도 모를 일이었다. 안내인이 그렇게 나오는 데는 역시 혼란이 왔다.

안내인 자미가 끊어준 표를 가지고 태청궁에 들어섰다. 노산 태청궁(嶗山太靑宮)이라는 글이 새겨진 석조 문을 들어가서 그 문의 후면을 쳐다봤다. 낭원성지(閬苑聖地)라고 새긴 글자에 으리으리한 금칠을 해놓았다. 서왕모가 가꾸는 복숭아 과수원의 성지라는 뜻이었다. 김홍도의 〈낭원투도〉에 나오는 그 낭원에 내가 와 있는 것이었다. 그런데 기대하지 않았던 일이 벌어졌다. 남강설이 마중을 나와 나를 기다리고 있었다. 나는 달려가듯 다가가 거침없이 강설을 끌어안고 입을 맞춰주었다. 입술이 싸늘해서 산 사람 같질 않았다. 몸이 많이 수척해진 느낌이었다.

"많이 기다렸어요?"

검으티티하던 얼굴도 희끄무레하니 창백해 보였다. 청바지에 하얀 블라우스를 입은 모양이 왠지 낯설어 보였다. 내가 그렇게 살피고 있는 동안 강설은 아무 대답도 않고 눈가에 웃음만 흘렸다. 전에 있었던 일들이 부끄럽게 떠오르는지도 모른다는 생각을 하면서 발걸음을 옮겼다.

궁원 앞에 거대한 석벽을 만들어놓고 도법자연(道法自然)이라는 문구를 한 글자씩 새겨놓았는데, 아직 먹이 생생한 빛깔을 띠고 있는 걸로 보아 그리 오래된 것 같지는 않았다. 도라는 것은 자연을 법받는 일이란 뜻일 터이지만, 그 자연이라는 것과 '낭원성지'라는 새김이 맞물리지 않고 겉도는 느낌이었다. 그러나 단원 김홍도가 그린 그림 〈낭원투도〉와 연관되는 의미 맥락이 어떤 인연 같은 것을 떠올리게 했다. 서왕모가 삼천 년에 한 번 꽃이 피고, 삼천 년에 한 번 열린다는 선도를 기르는 복숭아밭이 낭원이 아니던가. 거기서 복숭아를 훔쳐먹은 게 이른바 꾀바른 삼천갑자 동방삭(東方朔)이다. 일부러 그렇게 맞춘 것은 아닌데 이야기 가닥이 교묘하게 맞아 들어갔다. 예사로 지나가기로 하면 그냥 스칠 수 있는 일을 지나치게 주관적으로 맥을 이어가는 느낌이 없지도 않았다.

그때, 강설이 다가와 내 손을 잡았다. 싸늘한 손이었다. 강설의 이마에는 땀방울이 송송 돋아나기 시작했다. 블라우스를 벗어 팔에 걸쳤기 때문에 동방삭이 낭원에서 복숭아 훔쳐내는 그림이 그려진 면티가 눈에 들어왔다. 역시 브래지어를 하지 않은 채인지, 양쪽 유두가 볼똑 돋아나 보였다.

아무 말 없이 그림자처럼 따라오는 강설과 태청궁을 돌아보는 일은 노동에 버금갈 만큼 버거웠다. 경내가 넓고 각종 신전이나 전각이 규모가 부담될 정도로 컸다. 신화에서 시작하는 중국 역사를 꿰고 있어야 대강 얼개를 짐작할 수 있는 규모였다. 농사를 일으킨 신농, 인간의 의리와 규율을 제정한 복희, 수레를 만들어 문명을 베푼 헌원 등 신이 모셔져 있는 삼황전(三皇

殿)을 비롯해서, 원시천존(元始天尊), 영보천존(靈寶天尊), 도덕천존(道德天尊)의 신상을 모신 삼청전(三淸殿), 천관, 지관, 수관과 진무대제(眞武大帝)와 뇌신(雷神)의 신상을 모신 삼관전(三官殿) 등은 현요한 혼돈의 세계로 사람을 이끌었다. 삼국지의 주인공 관우(關羽), 진회의 모략으로 억울하게 죽은 악비(岳飛)를 관악사(關岳祠)라는 사당에 모셔놓고 있어, 태청궁이 신과 인간이 공존하는 공간이라는 느낌이 들었다.

그런데 서왕모전(西王母殿)은 느낌이 달랐다. 천도복숭아 그림을 보면서 향옥을 떠올렸기 때문이었다. 그런데 발길은 나도 모르는 사이 삼황전 앞에 와 머물렀다. 거대한 나무 둥치가 앞을 가로막았다. 그 나무 밑으로, 높이가 한 길은 착실히 되는 거석에다가 전서체로 한백능소(漢柏凌霄)라는 글자를 새겨놓았다. 안내판의 설명으로는 한나라 시대의 장염부라는 사람이 노산 태청궁을 짓기 시작하면서 심은 향나무라고 했다. 수령이 2,150년을 넘는다는 데서는 숨이 커억 막혀왔다. 나무 위를 올려다보았다. 하늘을 가린 나뭇가지 아래, 중간 지점에 여성의 음부처럼 생긴 시커먼 흉터가 눈에 들어왔다. 자세히 보니 불에 탄 흔적인데, 벼락을 맞은 게 틀림없었다. 서왕모의 음부에 벼락이 떨어지는 환상이 눈앞을 스치고 지나갔다. 그것은 금방 강설의 음부로 바뀌어 나를 찍어눌렀다. 나는 그 자리에 주저앉아 혼몽한 공간을 헤맸다. 어디선가 복숭아 향이 풍기기도 하고, 눈앞에 졸졸거리는 맑은 여울물에는 복숭아 꽃잎이 떠서 아득히 아득히 흘러갔다.

내 몸이 붕 떠올라 아득한 구름 속을 날아가기 시작했다. 어디선가 잘랑거리는 풍경 소리가 들리기도 하고, 웅얼웅얼 염송하는 소리가 귀를 타고 들었다. 얼굴로 폭포가 쏟아져 내리기도하고, 관운장이 달려들어 내 몸을 타고 앉아 가슴을 눌러내는바람에 뼈 부러지는 소리가 우두둑우두둑 아득한 동굴을 울리면서 귀에 들렸다. 아스라한 절벽으로 떨어져 내리는 몸에 기를모았다. 몸이 구름처럼 절벽을 거슬러 올라가 향나무를 넘어 날아갔다. 나무 위에서 향옥과 강설을 만났다. 그들이 내 좌우에날개가 되어 하늘을 한참 날아갔다. 바위가 덮인 산을 넘고 햇살이 비늘을 일으키며 부서지는 강을 건너 어떤 정원에 날아들었다. 우람하게 자란 동백나무가 빽빽하게 들어선 동산이 눈 아래 펼쳐졌다. 향옥과 강설은 내 몸뚱이를 그 동백숲 위에 내던졌다. 몸이 붉은 화염처럼 펼쳐진 꽃덤불에 파묻히면서, 후우숨이 터졌고 눈이 떠졌다.

한 늙은이가 측은한 눈으로 나를 내려다보았다. 주위에 몰려있던 사람들이 "싱라이, 싱라이!" 하면서 소리를 지르다가 박수를 쳤다. 뒤에 안 일이지만 중국 말로 깨어났다[醒來]고 소리치는 중이었다. 일어나 앉으려 했으나 몸이 말을 안 들었다. 아직아물아물한 눈을 비비고 나를 내려다보던 늙은이가 누군가 살폈다. 늙은이는 몸이 굳어진 채 나를 내려다보았다. 눈을 비비고 쳐다보니 사람이 아니었다. 동백나무 숲을 배경으로 서 있는 동상이었다. 가느스름한 눈을 흘겨뜨고 이쪽을 바라보는 품이 세상사 어느 것 하나 놓치지 않고 다 꿰뚫어볼 듯한 기가 느껴졌다. 지상과 천상을 오르내리고, 시공을 초월하는 사랑 이야기를 엮은 『요재지이(聊齋志異)』를 쓴 포송령(蒲松齡)의 동상이었다.

"파초가 죽을까 봐 왔어요."

어느 사이에 왔는지 향옥이 내 앞에 와 있었다. 포송령이 쓴 소설 『요재지이』 가운데 '향옥'이라는 제목이 붙은 작품이 떠올랐다. 나무의 혼신이 여신으로 둔갑을 해서 황생이라는 인간과 사랑하다가 나무가 죽자 황생이 사랑한 여신 또한 죽었다는 내용이었다. 포송령의 혼에 얽혀 들어가 농락을 당하고 있는 것인가, 소설 속의 인물이 현실로 환생을 한 것인가, 어지러운 생각이 거미줄처럼 뇌수에 뒤엉켜 바람을 타고 흔들렸다. 내가 그동안 겪은 일들이 포송령의 이야기를 그대로 반복하고 있었다. 나는 내가 이미 죽을 길로 들어섰다는 불길한 느낌에 휩싸였다.

"문 앞에 택시 대기하고 있어요."

안내인 신자미가 전화를 해왔다. 향옥과 강설은 자취가 묘연했다. 나는 태청궁을 벗어나면서 '낭원성지'라고 금박으로 새긴 돌문을 여러 차례 올려다봤다. 꿈같이 지나간 시간이었다. 휴거를 당하듯 하늘로 휩쓸려 올라갔다가 땅에 패대기쳐진 데 비하면 몸은 거뜬했다.

도무지 가닥을 종잡을 수 없이 돌아갔다. 향옥을 만난 이후,

그리고 이어서 강설을 만난 이후 일상이란 말을 잊고 지냈다. 안착된 시간을 가지고 생각하고 모색한 일이라곤 책을 읽은 것밖에 없었다. 나머지는 시공을 넘어서는 극심한 혼란이었다. 그러한 혼란은 청도에 와서도 마찬가지였다. 그야말로 괴이롭고 황탄한 일들이 거미줄처럼 나를 옭아매어 끌고 다니는 셈이었다.

다음날 오후였다. 강설이 전화를 해왔다. 전해줄 것이 있어서 지금 프런트에 와 있는데 방으로 올라가도 되겠는가 물었다. 그렇게 하라고 했다. 또 파초 잎을 깔아달라고 하는 것인가 하는 생각과 함께 노산태청궁에서 만났던 향옥이나 강설이 모두 실제 사람이 아니고 어떤 수목의 원혼일지도 모른다는 생각이 들었다. 금방 아차, 후회를 뱉어냈다. 나는 어느 사이 포송령을 몸으로 베껴 쓰고 있는 중이었다.

"아버지가 전해드리래요."

강설이 보자기에 싼 네모진 물건을 건네주었다. 꽤 묵직했다. 보자기를 풀어보았다. 영보재출판사(榮寶齋出版社)에서 발간한 『석도화집(石濤畵集)』 상하 두 권이었다.

"이걸 왜, 나한테?"

강설은 발랄하게, 핫핫핫 목젖이 드러날 정도로 입을 벌리고 웃었다. 김홍도 화집을 구입해준 데 대한 답례로 보낸다는 것이었다. 아버지가 책은 너의 뜻대로 골라 사주라고 했다는 설명을 덧붙였다. 물론 석도가 그린 파초 그림을 받은 적이 있기 때문에 전혀 생무지는 아닌 셈이었다. 나는 내용이 궁금해서 화집을 펼쳐보았다. 강설이 달려들어 화집 뚜껑을 닫았다. 혼자 보라는 뜻이려니 했다.

"연극 보실래요?"

"잘 되었군요, 신선처럼 심심했는데."

강설은 피이 하면서, 세상에 심심한 신선이 어디 있느냐고 비야냥거렸다. 하기는 복숭아나무가 삼천 년 걸려 꽃이 피고, 또 삼천 년을 익어야 따는 그런 세월에 비하면 일상의 하루이틀이야 시간에 끼기도 어려운 찰나에 불과할지도 몰랐다.

강설을 따라간 청도대극원에서는, 중국 사대기서 가운데 하나인 〈홍루몽〉을 공연하는 중이었다. 『홍루몽』이라면 전에 번역본을 읽은 적도 있고 해서 내용은 대강 아는 터라, 무대에 올라오는 인물들이나 대충 보고 시간을 죽이자는 작정이었다.

극장에 들어서면서 강설은 공연 팜플렛을 집어주었다. 거기서 내 안이한 발상을 깨지고 말았다. 이름도 거창한 북방곤곡극원(北方崑曲劇院)에서 기획한 작품이었다. 경극(京劇)의 극작술을 근대적으로 개선해서 만든 작품이라는 설명이 달려 있었고, 2011년 중경에서 열린 제12회 중국희곡절 기념작품이라는 설명도 첨부되어 있었다. 팜플렛에는 '紅樓夢'이라고 쓴 글씨의 필체가 어기찼다. 중석이라는 서예가의 작품이었다. 중석 제(中石 題)라는 서명이 있고, 그 아래 백인(白印) 낙관도 찍혀 있었다.

속표지에는 무대 배경 그림과 함께 이런 구절이 씌어 있었다. 假作眞時眞亦假/ 無爲有處有還無 "가구로 진실을 꾸며낸다면 그 진실 역시 가구이고/ 무위가 있는 곳에는 무엇이 있다 한들 그 또한 무로 돌아가거니", 대강 그런 뜻으로 짐작되었다.

"강설은 가야 진이야?"

"선생님은 무위예요 유위예요?"

대답할 말이 없었다. 대답 대신 강설의 손을 잡아 당겨 내 무릎에 얹었다. 손이 싸늘했다.

가씨(賈氏) 집안의 귀공자 가보옥은 임대옥이라는 여성과 사랑에 빠진다. 그의 할머니는 임대옥이 몸이 약해서 집안을 건사하기 어렵다는 이유로 설보차라는 여성을 가보옥의 아내로 삼도록 강요한다. 여기서 사랑의 갈등이 생겨나고, 그 갈등은 가보옥과 그의 아버지 사이를 휘저어놓는다. 결국 기울어져가는 가씨 집안의 운세와 함께 가보옥의 붉은 누각의 아름다운 꿈은 한판의 허망한 환상으로 돌아간다. 묘망(渺茫)한 태허(太虛)로 돌아가는 인간사를 노래하는 이 이야기가 어쩌면 중국인들의 사유를 절실하게 반영한 것은 아닌가, 그저 그렇게 막연히 짚어볼 뿐이었다. 내가 향옥을 만난다든지 강설과 관계를 한다든지 하는 것 또한 태허로 돌아가는 자디잔 파도에 불과한 것일지도 몰랐다.

"향옥은 임대옥처럼 몸이 너무 약해요."

"이상한 일이군요. 그럼 태청궁에는 어떻게 왔지요?"

강설은 대답을 하지 않았다. 나는 강설을 만나서 향옥 이야기를 반복하는 게 미안해서 어정쩡하니 앉아 있었다. 그래도 청도에 왔는데 향옥을 만나고 가야 할 것만 같았다. 향옥에게 연락을 해달라고, 용기를 가다듬어 안 나오는 소릴 했다. 강설이 실쭉한 표정으로 돌아가버렸다. 섭섭하다는 느낌이 역력했다. 내가 이러다가 향옥도 못 만나고 강설도 놓치고 마는 게 아닌가, 그렇게 되면 잔치에 딴 상 받는 꼴이 되기 십상이었다. 강설은 홍루몽 팜플렛 하나를 남기고 총총 돌아가버렸다.

나는 화집을 들춰보느라고 밤이 깊어지는 줄도 몰랐다. 책에서는 옅은 향기가 솔솔 풍겼다. 향옥에게서 나던 복숭아 향이었다. 내가 그림에 그렇게 취하고 빠져서 헤어나지 못하고 그림 속의 시간을 건너가본 것은 처음이었다. 화집을 몇 차례 더터본 다음 간지가 끼워져 있던 데를 다시 열어보았다. 전에 강설이 전해준 파초 그림이 있는 면이었다.

파초 그림을 탁자에 펴놓고는 일어서서 무연히 바라봤다. 하늘의 별을 보느라고 고개를 젖히고 서성거리면 하늘이 빙빙 도는 것처럼 방이 휘뚱휘뚱 돌면서 몸을 감쌌다. 시간의 바람이 낮은 물살 소리를 내며 옆으로 빠져나갔다. 코끝이 아려서 손으로 인중께를 더듬었다. 끈적한 피가 손에 묻어났다. 비린내가 코로 빨려 들어갔다가는 다시 입김이 되어 밖으로 나갔다.

침대에 몸을 눕혔다. 탁자에 올려놓았던 그림이 천장으로 올라붙어 파초 잎이 바람을 타고 너울거렸다. 파초 잎이 너울거리는 언덕 저쪽으로, 꽃바구니를 인 중국 아가씨들이 재깔거리면서 지나가는 중이었다. 아가씨들의 낭랑한 목소리는 영절하게 향옥의 목소리와 닮은 것 같았다. 그 뒤로 강설이 소를 끌고 왔다. 검은 암소였다. 보통 때와는 달리, 강설은 어깨에서부터 축 늘어지게 헐렁한 도포를 입고 등에 지고 있던 거문고를 바닥에 내려놓았다. 강설은 소를 자기 앞에 앉히고는 거문고를 타기 시작했다. 둥덩덩 둥덩 둥지덩 덩덩…… 낮은 음색으로 공명하며 하늘로 날아가는 거문고 소리를 듣고 있던 소의 눈에서 눈물이 흘렀다. 거문고 소리를 알아듣는 소도 소려니와 거문고를 타는 사람에게 고생이 많았다, 그 많은 고생을 거쳐서 당신이 여기 도달한 것은 당신의 심우행각(尋牛行脚)의 도달점에 이르렀다는 메시지였다. 거문고는 석도의 생애를 탄주하고 있었다. 결국 석도가 이른 곳은, 소를 앞에 앉히고 거문고를 연주해서 소가 눈물을 흘리는 경지였던 것이다.

그것은 나한과 보살과 자기 얼굴이 뒤얽혀 돌아가는 아수라장을 지나, 풀과 나무와 꽃, 그리고 채소와 같은 사물세계에 정을 주고 지내다가, 이름높은 산과 거대한 시내를 거쳐야 이를 수 있는 경지였다. 자기 스스로 쓰디쓴 외꼭지 스님이라고 고과화상(孤瓜和尙)이라 자호한 내력을 알 만했다.

나는 화집 뒤에 붙은 석도의 어록을 다시 읽어보았다. 대개 그의 『석도화론』에서 인용한 것들이었는데, "법은 나로부터 세워진다" 하지만, 그것이 "법이 없으면서도 법이랄 수 있어야 진정한 법"이라는 구절이 다가왔다. 그것은 노자의 『도덕경』에나 나옴직한 아스라한 경계 저쪽의 언어였다. 결국 "내가 나를 만들어나가고 나로부터 세계가 비롯된다"는 석도의 도도한 선언은 죽음을 벗어나 도생하고, 20년 세월을 절간에 묻혀 공부한 뒤에라야 할 수 있는 말이었다. 그리고 자연을 두루 답파(踏破)한 연후라야 내공의 힘에 밀려 튀어나올 수 있는 말이었다. 그런 경지에 비하면, 내가 향옥을 찾아 나서고 강설을 만나 교감하는 것은 어린이들 장난에 불과한 헛짓이었다.

하늘을 넘어서는 향나무, 대지에 뿌리를 박고 그 기운을 뽑아 올리되 다른 종자들과 달리 우뚝하고 우람한 파초가 되려면, 무릎 깨지면서 넘어야 할 산과 밀려오는 파도에 휩쓸려가며 건너야 할 물이 실로 아득하게 앞에 놓여 있는 게 아닌가 싶었다. 그게 실재가 아니라면, 그런 경지가 존재한다는 믿음이 중요한 것인지도 모를 일이었다. 가구를 꾸며 만든 세상이 또한 가구의 안개에 가리고, 있는 것이 헛것이 되고 헛것이 있어서 또한 허하다면 나는 그 허정한 세계 가운데 무의 형태로 자리잡아 나를 세워야 할 일이었다.

서울로 돌아오는 날 아침이었다. 체크아웃을 끝내고 공항으로 가는 차가 도착하기를 기다리고 있는데 강설이 급히 호텔 회

전문을 열고 들어왔다. 나는 강설을 보는 순간 향옥을 생각했다. 나로서는 통제가 안 되는 마음의 반란과 같은 것이었다.

"향옥은 이제 다시 못 만날 거예요."

"무슨 말이지요?"

"어제 서리가 와서 파초가 시들었어요."

숨이 컥 막혀왔다. 전에 향옥이 한 이야기가 있고, 간송미술관의 파초가 말라죽고, 그리고 향옥이 사는 동네 파초가 시들었다는 것을 어떤 의미의 맥으로 연결해야 할지 감이 잡히지 않았다.

"향옥이가 이걸 선생님한테 전해달래요."

족자처럼 보이는 두루마리였다. 파초 그림을 구해주는 것인가 싶어 두루말이를 펼쳤다. 그런데 뜻밖으로 〈홍루몽〉의 공연 팜플렛 표지에 제자를 썼던 구양중석(歐陽中石)의 서예 작품 한 편이었다. "나를 배우려는 자는 망할 것이며 또한 나를 모방하려는 자는 죽을 것이다(學我者亡 似我者死 歐陽中石)." 나는 뜨끔해져서 강설의 얼굴을 멍하니 바라보았다. 내가 배우려던 것, 내가 모방해보려던 것들이 한꺼번에 와르르 무너져 내리는 느낌이었다. 나는 강설이 운전하는 차 옆자리에 앉아, 향옥이 죽지 않기를 간절한 마음으로 기도했다. 인사도 챙기지 못하고 짐가방을 끌고 공항으로 들어서던 나를 불러세운 강설은 내게 짙은 입맞춤을 해주었다.

나는 서울에 돌아오자마자 청도에서 왔던 수강생 두 사람의 이야기를 써서 동방도학회에서 발간하는 신문 『도인신보(道人新報)』 문화부에 발송했다. 신작공모에 마지막으로 응모할 수 있는 날이었다. 새벽에 송고하고 난 다음 밖으로 나섰을 때 앞집 마당에 황국화가 서리아침을 노란 황금빛으로 견뎌내고 있었다. 신문사에서 어떤 소식이 올지는 모르지만, 내가 소설 한 편을 썼다는 것은 스스로 생각해도 자랑스럽고 뿌듯했다.

간송미술관의 파초는 어떻게 되었는지 궁금했다. 간송미술관에 갔을 때, 뒷모습이 향옥을 닮은 아가씨와 강설의 몸매를 닮은 여인이 서리를 맞고 시든 파초 대궁을 붙들고 서서 흐느끼고 있었다. *

국수 국물, 그 맛

일꾼을 사서 일을 하는 것은 너무 낯설다. 그 낯선 일을 남을 시켜서 하기로 한 것은 게으름의 끝자락에 몰린 나머지 어쩔 수 없어서였다.

"밭떼기 손바닥만 한 거 건사하는 데, 사람이나 사고, 그게 뭐예요?"

아내는 사람 사서 일하는 게 불만이었다. 더구나 국수를 좋아해서 국수 한 그릇으로 점심을 때우는 데는 질색이었다. 동네 부부식당에서 잔치국수나 사 먹으면서 일하다간 쓰러진다며, 잘 챙겨 먹고 일하라고 당부를 거듭했다. 아무튼 좋은 동네였다. 자기 일 하면서 바삐 살아가는 동네 사람들은 누가 따라가지 못할 미덕을 지닌 이들이었다.

봄이 되면 동네가 발칵 뒤집힌다. 전지를 하고 거름을 내고, 그리고 이어서 과수나무에 꽃이 피면 적화(摘花)를 하느라고 나무에 사람이 다닥다닥 열린다. 그 가운데 과수에 거름을 뿌려주는 일은 근력이 드는 것이라서 자칫 늦어지기 십상이다. 이십 킬로그램짜리 퇴비를 옮겨서 뿌리고 다른 풀을 제쳐주는 게 호락호락 하질 않다. 주로 과일나무 한 그루에 퇴비 한 포를 넣는 폭이다.

이번에는 과일나무보다는 밭에 뿌리기로 작정하고 퇴비 백 포를 주문했다. 객토를 깊이 했는데 마사토라서 퇴비를 충분히 해야 감자 몇 알이나마 캐게 된다는 생각이었다. 처음에는 윗집 밭고랑에 퇴비를 받아두었다가 볼썽사납다고 우리 밭 자두나무 아래로 옮겨 쌓아놓았다. 차일피일 하다가 결국은 가을 농사를 위한 시비(施肥) 철이 되어서야 사람을 사서 퇴비를 내기로 했다.

박 사장이 전화를 했다. 내일 드디어 일꾼을 하나 구했다는 것이었다. 나는 시간 걱정부터 했다. 이 양반들이 일을 시작하는 게 새벽 다섯 시경인데, 엊저녁 최근에 나온 책 출판 기념 모임이 있었고, 그래서 술도 거나하게 마시고 집에 돌아와서는 잠이 안 와서 뒤척대다가 잠을 설치는 바람에 몸이 노곤해서 아침 시간을 맞추기가 쉽지 않았다.

"어제 당신 친구라면서 집으로 전화했었는데……."

"알았어."

듣는 둥 마는 둥 집을 나섰다. 서둘러서 달려간 것이 여덟 시에서 십여 분 지난 다음이었다. 박사장이 테라스 작업을 하는 작업장에 들렀다. 우리 차를 알아보았는지 금방 쫓아나왔다. 전에 사람 사서 일한 적이 있느냐고 묻는다. 그런 적 없다고 했더니, 자기가 소개한 사람이 우리 집을 잘 안다면서 먼저 올라갔다는 것이었다. 누굴까, 머리에 그려지는 사람이 없었다. 사뭇 궁금했다.

주차장에 차를 대고 집으로 들어서자 어떤 늙은이가 어깨를 수굿이 굽히고 예초기를 돌려 연기가 폴폴 나고 있는 중이다. 속도 레버가 고장나서 손을 보아야 하는 예초기였다. 그리고 집 앞 정원의 풀을 베는 작업은 내가 할 작정이었다. 일꾼에게 맡길 일은 다른 데 있었다.

날씨가 사람 잡을 만큼 호된 더위였다. 아직 해가 동쪽 산마루 위로 겨우 올라온 시간인데 몸을 조금만 움직여도 땀이 줄줄 흘렀다. 아무리 품삯 주고 시키는 일이지만, 이런 날은 일하지 말고 쉬라고 말리는 게 옳았다. 여러 가지로 신경이 쓰였다. 통성명을 하고 나서 오늘 할 일을 설명했다. 자기가 장 아무개라고 소개를 했다. 얼굴에 주름이 자글자글하기는 했지만 웃는 낯이었고, 말씨가 공손했다.

"장 선생님, 오늘 일이 좀 힘이 들 텐데 어떻게 하지요?"

나는 우선 그를 장 선생님이라고 님 자를 붙여 깍듯이 공대를 했다. 그냥 장 선생, 그렇게 들이대기는 조심스러웠다.

"늘 하는 일인걸요. 맡겨지는 일은 웬만큼 해냅니다."

"저기 자두나무 아래 쌓인 퇴비를 아래 밭에 옮기고, 시간이

나면 밭에 바랭이 어우러진 것을 낫으로 걷어내고 거기다가 퇴비를 뿌려주는 것이 오늘 장 선생님이 하실 일입니다."

장씨는 퇴비 더미를 바라보더니 잠시 멈칫하고 있다가 모자 밑으로 흘러내리는 땀을 훔쳤다. 퇴비 더미 옆에 놓아둔 경운기 커버 위에는 얼린 물이 한 병 달랑 놓여 있었다. 아, 저 물로 한나절을 견딘다는 것인 모양이다, 냉장고에는 식힌 물이 준비되어 있는지도 알 수 없는 형편이었다. 장씨의 눈이 자꾸 예초기 쪽으로 쏠렸다. 예초기 레버가 작동을 안 해서 농기구 수리소에 가서 손을 보기로 작정한 그 기계였다. 저게 내가 할 일인데, 그런 눈치였다.

나는 당장 필요한 게 없는가 물었다. 자기 필요한 것은 다 가지고 다닌다고 했다. 간식도 빵이니 토마토니 뭐니 자기가 가지고 왔다면서, 점심이나 주면 된다는 것이었다. 리어카와 손수레가 어디 있는지를 일러놓고는 예초기를 차에 실었다.

장씨는 연신 땀을 씻으면서 아래 밭으로 내려가는 경사로를 아무 말 없이 바라보았다. 아래 위 밭에 통행로가 없던 데를 경사지를 가로질러 길을 낸 터라서 언덕이 꽤 가팔랐다. 혼자서 리어카를 몰고 오르내리기는 힘든 길이었다.

농기계 수리소는 그날따라 손님이 많았다. 주로 경운기, 트랙터 따위의 큰 기계들이었다. 예초기 정도야 자기들이 손을 보아 쓰는 모양이었다. 예초기 시동이 잘 안 걸리고, 시동이 걸려도 금방 꺼지는데 좀 보아달라는 이야기를 하는 게 쑥스러웠다. 앞에 밀린 일들이 있어 순번을 기다리는 데 시간이 꽤 지났다.

"이런 간단한 건 직접 손보아 쓰세요."

농기구 기사의 퉁명스런 말이 담임 선생의 훈계처럼 들렸다. 앞으로는 그렇게 하겠다는 다짐을 하지는 않았지만, 저저이 옳은 말이어서 대답할 말이 막혔다. 이따위를 일이라고 가지고 오는가 호통치지 않는 것만도 마음이 놓였다.

예초기는 산 지가 얼마 되지 않기 때문에 서비스로 손질해준다면서 단춧구멍처럼 작은 눈을 반짝이면서 웃는 기사의 팔뚝에 근육이 부풀어 있는 것을 유심히 쳐다보았다. 노동으로 단련된 몸이었다. 예초기를 그저 들고 나오기가 미안해서 이도날이라고 하는 일제 예초기 날을 두 개 샀다. 양쪽으로 쓸 수 있다고 해서 이도(二刀) 날이라고 하는 모양인데, 고속으로 돌아가는 예초기에 장착하면 숲 하나쯤은 금방 해치울 수 있을 만한 위력을 발휘하는 것이긴 하나, 사실 좀 겁나는 물건이다. 그리고 그 예초기를 돌리다 보면 회전수의 증가를 따라 사람이 난폭해진다. 낫으로 다스릴 것을 예초기를 우앵 우앵 소리가 나게 돌려서 쳐버리는 데는 매력도 있다.

슈퍼에 들러 몇 가지 간식이며 음료수 같은 걸 샀다. 장씨의 주름이 잔뜩 잡힌 얼굴에 흐르던 땀이 떠올라 얼린 물도 두 병을 샀다. 물이라도 충분히 마셔야지 무리를 하다가 쓰러지기라도 하는 날이면, 생각지 못한 일을 치를 수도 있다는 걱정이

앞섰다.

장씨는 자두나무 아래서 어슬어슬 바장이고 있었다. 리어카 위에는 퇴비가 서너 포 올려져 있었다. 나는 우선 언덕길로 눈이 갔다. 흙이 벌겋게 파제친 것처럼 흩어져 있었다. 리어카가 밀려 내려가는 것은 제어하기 위해 리어카 다리를 끌면서 내려간 자국이었다. 초등학교 6학년 때던가, 아버지가 연탄가게를 열었다. 리어카에다가 연탄을 가득 싣고 배달을 나가기도 했다. 언덕길에서는 뒤로 밀리지 않으려고 버둥치다가, 리어카를 길과 직각이 되게 옆으로 돌려대고 땀을 씻곤 했던 일들이 떠올랐다. 그럴 때면 누군가 나타나서 리어카를 밀어주었다. 그때마다 이유 없이 얼굴이 화끈거리곤 했다.

"물이라도 한잔 하시지요."

나는 얼린 물을 내밀면서 마시라고 권했다. 물을 금방 마셨다면서, 주름 가득한 얼굴에 옅은 웃음을 떠올렸다. 안에 하기 어려운 이야기를 숨기고 있는 눈치였다. 혹여 오해를 하지 않을까 조심하면서 나이가 어떻게 되느냐고 물었다.

"올해로 칠십이 되었네요."

"칠십? 그렇군요."

나보다 꼭 십 년이 연상이었다. 장씨는 자기가 나이 먹은 것이 잘못이라도 되는 양, 겸연쩍은 얼굴로 나를 쳐다보았다. 나는 장씨가 속이 상하지 않게 하려고, 나이보다는 건강하다는 둥, 아무거나 일거리가 있어서 좋겠다는 둥, 궁색한 화제를 일

귀내느라고 애를 썼다. 그러나 여전히 이야기가 궁했다. 사실 퇴비를 내는 일이야 봄철이라면 나 혼자 해도 한나절 안쪽에 후딱 해치울 수 있었다. 그런데 시기를 놓치고 일꾼을 사서 신경을 쓰면서, 힘에 부치는 일 하는 걸 바라보고 있는 자리가 영 편치 않았다. 아랫사람이라면, 젊은 사람이 힘 좀 써보쇼, 그렇게 부추길 수 있는데, 이 노객을 어떻게 잘 요량할 방법이 없었다. 내가 나서서 선수를 써야 할 판이었다.

"이런 일 어렵지요?"

"내 할 일은, 어려워도 내가 합니다."

"그래도……, 내가 좀 도와드리지요."

리어카에다가 퇴비 다섯 포를 올렸다.

"이게 자그마치 일백 킬로입니다, 백 킬로."

"그렇군요."

"언덕 내려갈 때 리어카 다리를 이렇게 눌렀다가 뗐다가, 그렇지요, 그렇게 눌렀다가 다시 떼고, 속도가 나면 다시 누르고, 맞아요, 자알 하십니다."

언덕 밑에다 퇴비를 부려놓고는 다시 리어카를 끌고 언덕을 올라가면서, 뒤를 살짝만 밀어달라고 했다. 언덕길은 빈 리어카를 밀고 올라가기도 여간 힘들어 보이지 않았다. 장씨는 언덕 위로 올라와서는 숨을 헐헐하면서 땀투성이가 된 얼굴을 수건으로 문질러 닦았다. 나는 잠시 쉬라고 해놓고는 창고에 가서 간이의자를 갖다가 자두나무 아래에 놓으면서, 기왕이면 앉아서 쉬라고 했다. 장씨는 고맙다면서 앉아서는 담배를 붙여 물었다. 습기 가득한 숲 속으로 번져가는 담배 냄새가 향긋하게 코를 스쳤다.

"여기가 고향입니까?"

장씨는 고개를 살살 젓고는 나를 흘금 쳐다보았다.

"저는 서울 사람입니다."

"서울서 무슨 일을 하다가, 이런 데까지 오게 되었습니까?"

이런 데라는 말에 화가 치밀었는지 담배꽁초를 땅바닥에 던지고는 발로 문질렀다. 메이커 레이블이 선명한 등산화였다. 서울서 와 가지고 막노동을 하는 칠십 세 늙은이, 그리고 유명 메이커 등산화, 어딘지 아귀가 잘 안 맞는 플롯 같은 느낌이 들었다.

"저는 본래 요리삽니다. 돈도 많이 벌어서 썼습니다. 광장동에 있는 광장 호텔에서 주방장 일을 하기도 했습니다. 그런데 호텔에서 월급받는 게 신통치를 않더라고요. 그래서 자영을 하자 그런 작정으로 국수 장사를 시작했습니다. 국수 팔아서 한 달에 몇천만 원 수입 올리자면 밀가루를 얼마나 다뤄내야 하는지 짐작이 됩니까? 그때는 기계도 마땅치 않아서, 밀가루 개는 것부터, 칼질해서 국수가닥 뽑는 것까지 모두 손으로 했지요. 그런데 그게 옹골져서 돈이 되더라구요."

얼마나 벌었는가 물으려고 하는데 장씨가 리어카 채를 잡고는 아까처럼, 속도가 붙으면 눌러서 제지하고, 그러다 서면 안 되니까 다시 들고, 또 속도가 붙으면 눌러주고, 아 잘하십니다, 하는 레슨을 시작했다. 퇴비를 부려놓고, 장씨가 끄는 리어카 뒤를 밀고 언덕 위로 올라오자 나도 모르게 얼굴로 땀이 주르르 흘러내렸다. 땀이 입으로 흘러들었다. 나는 하마트면 육수! 그렇게 외칠 뻔했다. 내 몸에서 나는 물, 몸이 육신이니 거기서 나오는 물이 육수 아닌가, 그런 엉뚱한 생각을 했다.

"국수 맛을 제대로 내려면, 뭐니뭐니 해도 육수를 잘 만들어야 합니다."

국수 국물을 육수라고 하는 게 좀 덜 어울린다는 생각이 안 드는 것은 아니었지만 그렇게 알아듣기로 했다. 장씨는 육수 맛을 내기 위해 남들 안 쓰는 북어대가리며, 다시마, 송이버섯 등 재료를 장만하는 데 돈을 아끼지 않았다고 한다. 그러면서 이런 결론을 냈다.

"사람 몸 가운데 혀가 가장 정직합니다. 혀, 맛, 입을 위한 장사는 정직해야 합니다. 사람들의 입맛은 정확하거든요. 맛이 떨어지면 손님도 떨어져요."

그런 결론에 이어, 이제 또 슬슬 한번 가보실까요, 하고는 아까처럼 누르고, 들고, 하면서 조심하라는 충고까지 해가며 리어카를 밀고 내려갔다. 육수 잘 뽑는 식당에 가서 국물 푸짐하게 주는 소면(素麪)을 한 그릇 먹고 싶었다.

"점심은 어떻게 하실랍니까?"

"저는 아무거나 잘 먹습니다."

"아무거나라는 음식은 없습니다."

장씨의 입가에 빙긋 웃음이 돋아났다. 물을 한 모금 들이키고는 금방 생각이 났다는 듯이 말을 이었다.

"저 아래, 면사무소 앞에 있는 소재지 식당이라고, 가보셨습니까?"

"아직 못 가봤습니다. 요리사께서 추천하는 식당인데 오죽 잘하겠습니까."

매실 심어놓은 데 풀도 베어야 하고, 연못가에 우거진 잡풀도 제쳐주어야 하는데, 이야기가 길어지고 있었다. 장씨는 의자를 타고 앉아 담배를 피워 물고는 나를 저으기 건너다보았다. 그러다가는 다시 이야기를 시작했다.

서울이 재미가 별로 없다는 생각이 들 무렵, 천안에 있는 독립연수원에 내려가 주방장으로 일을 했단다. 거기 내려가서 식당에다가 국수 코너를 하나 신설했다고 한다. 골프장에 따라왔던 어떤 퇴역 장성의 사모님 되는 양반이 주방장을 찾길래 일하던 복장 그대로 나가 만났는데, 세상에 국수가 이렇게 맛있는 건 처음 먹어본다면서, 국수만 전문으로 하는 식당을 하나 차려보라고, 자본 등 도움이 필요한 것은 자기가 댈 터이니 식당 하나 열라고 권했다고 한다. 그래서 몇 가지 여건을 따져보니까, 자기가 연수원 식당에서 나이가 제일 많고 급료도 충분히 받는 게 다른 사람에게 미안하기도 한 터라서 자기 식당을 하기로 작정했다고 한다. 종로학원이 있는 골목, 종로주단 뒷골목에 국수집을 열었다고 자랑했다. 당시는 거기가 서울의 중심이었다.

본래 국물에, 장씨의 말로는 육수에는 노하우가 쌓인 터여서 이번에는 면을 맛있게 만드는 데 공을 들였다. 우선 밀가루를 좋은 걸로 쓰는 것은 물론, 강력분을 섞어 면발이 쫄깃쫄깃하게 했다. 그리고 순수히 밀가루로만 하면 다른 데와 맛이 변별되지 않기 때문에, 감자 녹말가루와 옥수수 가루 등을 섞어 자기만의 독특한 맛을 냈다. 그러고는 국수를 삶아서 찬물로 헹구어 면발이 살아나게 하고, 그걸 다시 얼음에 잠시 넣어서 오돌도돌하는 느낌을 살려냈다. 젊은이들 입맛에 딱 맞는 면발이 되었다. 밤을 새워 반죽해서 하루 숙성시켜야 면발이 제맛을 낸다. 그런데 그날 팔린 돈을 세는 게 너무 힘들어서 아내 앞치마에다가 현금 상자를 털어놓고는 돈 세는 일은 애들에게 맡기고, 그 틈에 잠을 겨우 조금 잤다고 했다.

"그래 얼마나 벌었습니까?"

"한 달 삼천 벌었다면 믿으시겠습니까?"

"그 돈 어디다가 다 쓰고 이런 일을 하십니까?"

"애들 삼 남매 다 성가시켜 내보내면서 몽조리 미리서 나누어주었지요. 마누라는 아직 일을 하니까, 그게 일을 할래서 하는 게 아니라 식당을 하다가 그만둔다니까 손님들이 난리가 났어요. 점심 먹을 데 없다고 말이지요. 그래서 그냥 붙어서 일을 해요. 그러니 마누라한테 돈 들어가는 것 없고요. 내 용돈은 내가 벌어서 쓴다는 생각으로 일을 하니까, 건강도 전보다 좋아지고, 우선 마음이 편하니까 이보다 좋은 게 어디 있겠습니까. 나는 대만족입니다."

그렇게 길게 이야기를 하다가는, 무심결에 너무 충그리고 앉아 있었다는 듯이, 이제 두어 번만 내려갔다 오면 끝납니다, 나머지는 내가 혼자 해도 됩니다, 하면서 서두르는 눈치였다. 서둘지 말라고 하려다가 잠시 말을 삼켰다. 이러다가는 하루 종일 퇴비 옮기는 일 돕는 데에 매달려 헤어나지 못할 것 같았다.

한번 내려갔다 올라와서였다. 장씨가 의자에 털컥 엉덩이를 대고 주저앉아서는 헐헐 숨을 내쉬면서 땀을 닦았다. 일이 어렵기는 어려운 모양이라고 짐작했다.

"서울 사시던 분이, 여기는 어떤 연고가 있어 오시게 되었습니까?"

"아 거 말입니까, 옆 동네 당평면이라고, 거기서 가든을 하는 친구가 있어요. 서울에 일 없으면 와보라고 하길래 와보니까 좋더라구요. 인심 좋고, 자연환경도 그만이고……, 일도 참 많이 했어요. 고개 밑에 호두나무 농장 하시는 홍 장군이라고, 그 댁은 개를 일억 원 나가는 근사한 놈을 길러요, 철갑상어도 기르는 집인데, 호두나무 한 그루에 퇴비를 한 포씩 넣더라구요, 퇴비 삼천 포를 사놓고는 나를 부른 건데, 애들 동원해서 일주일 동안 일했고, 저 건너 전원주택 가운데 집은

만성기업 부회장인가 되는데 정원 공사만 삼억이 착실히 들었죠, 아마. 그리고 퇴직한 교수 댁 정원 축대 쌓는 데서도 일이 시작되어, 일 잘한다고, 그 집 사모님은 틈만 나면 절 부르는 겁니다."

그런 자랑을 오래 들을 일은 아니었다. 리어카에 마지막 남은 퇴비를 실으려고, 비닐 포대를 맞잡고 들어올리는데 주머니 안에서 전화가 부르르 울렸다. 나머지는 자기 혼자 옮길 터이니 전화 받으라는 눈짓을 했다.

친구 김중식한테 걸려온 전화였다.

"폭염에 뭘 하시나? 집에 전화했더니 농장에 갔다고 하더라고. 이런 날 일하다가는 영원히 행복의 나라로 가는 수가 있어, 조심해야 해."

"뭐 그냥, 사람 사서 하는 일인데, 그저 서 있기 그래서……. 아무튼 고맙구만. 어제도 전화한 모양이던데, 용건은 뭔가?"

"자네 거기가 도원면이라고 했지? 그 인근에 당평면이라고, 있지? 어, 맞아 용당저수지 건너동네. 왜 거 말야, 투스타 사모님 포기하고 국수 국물에 미쳐서 그 국수집 주방장과 눈 맞아서 가진 것 톨톨 털어서 국수 전문식당 열었다던 동창생 양순진 여사 말인데, 자네도 그 집 알지, 사람 일이란 알 수 없다니까."

얼굴이 해반득해서 남자깨나 울리겠다던 양순진은 동창들의 짐작과는 달리, 육사 출신 장교와 결혼해서 남편이 별을 달도록, 그야말로 남편을 하늘처럼 받들면서 잘 살았다. 가끔 동창들 모임이 있으면 나와서는 회식비를 자기가 쏘는 아량도 있었다. 결혼 전에, 양순진은 김중식에게 빠져 돌아간 적이 있었다. 잠시 불장난이었다. 그러나 그런 일을 아는 사람은 당사자들 둘뿐인 것처럼 서로 입을 다물고 지냈다.

"열 길 물속은 알아도 한 길 사람 속은 모른다잖아."

나는 이야기 돌아가는 감이, 장씨 있는 데서 전화를 계속해선 안 되겠다 싶은 생각이 들었다. 그것은 순전히 직감이었지만 장씨에게서 벗어나 전화를 해야 한다는 생각이었다. 전화기를 귀에 대고 천천히 연못가로 내려갔다. 연못에 이어서 지은 정자로 올라갔다. 잉어가 물살을 일으키며 유영하는 게 보였다. 앞서서 헤엄치는 놈을 다른 놈이 뒤에서 따라갔다. 어떤 게 암놈인지 어떤 게 수놈인지는 알기 어려웠다.

"면발의 달인이라던 남자랑 결국은 갈라섰다누만."

"그래애? 그럼 다시 투스타한테 돌아가나?"

"한 번 진 별이 같은 밤에 또 뜨겠어?"

나는 장씨가 양 여사와 살림을 차렸다가 갈라서면서 오갈 데가 없어지자 막노동으로 생계를 유지하는 게 아닌가 하는 짐작을 했다. 전화를 끊고, 마지막 남은 퇴비 운반을 거들어주어야 하겠다고 자두나무 밑으로 갔을 때, 장씨는 담배 연기를 하늘로 날리면서 의자에 넋을 잃은 듯 앉아 있었다. 몇 번에 나누어서 옮겼는지 운반해야 할 퇴비는 더 이상 남아 있지 않았다. 갑자기 사람이 달리 보였다.

"오늘 소재지 식당은 문을 닫았습니다."

예약을 하느라고 미리 전화를 해본 모양이었다. 나는 슬그머니, 당평가든을 추켜보았다. 식당 이름은 내 짐작일 뿐이었다. 그러나 장씨의 얼굴에 금방 난감한 기색이 떠올랐다.

"당평가든을 어떻게 아시오?"

나는 아무런 전제나 느낌을 담지 않은 어투로 덤덤하니 말했다.

"동네에서 국수 맛있다고 소문이 좍 퍼져서, 아는 사람은 대개 알지요."

눈을 호동그마니 뜨고 나를 쳐다보는 장씨의 얼굴 주름 사이로 진땀이 솟아나는 게 보였다. 그러면 그렇지, 무슨 연고가 있는 게 틀림없었다. 그렇지 않고서야 장씨의 반응이 저토록 유별날 수 없다는 생각이 들었다. 장씨는 멈칫멈칫하면서 주머니에서 담뱃갑을 꺼냈다가는 다시 집어넣으면서, 자못 당황해하는 얼굴이 되었다.

"거기는 폐업했습니다."

"폐업요?"

장씨는 다시 담뱃갑을 꺼내 담배를 한 가치 빼물고는 라이터로 불을 붙였다. 담배 연기를 깊이 빨아들였다가는 하늘로 휘이 내뿜으면서 하늘을 바라보는 눈에 짙은 회한의 빛이 어렸다. 마치 자기 살아온 생애가 모두 연기가 되어 날아가는 모양을 바라보는 얼굴이었다.

"요 아래 장교식당에서 부대찌개나 먹지요."

요리사라는 사람이 부대찌개를 먹는다는 것은 아무래도 격에 어울리지 않을 뿐 아니라, 나아가 몰상식에 속하는 짓이란 생각이 들었다. 6·25를 겪고 살아남기 위해 미군부대 짬밥통을 뒤져 마구잡이로 끌어모아 끓여 먹던 그 '꿀꿀이죽'이 부대찌개로 변신해서 이 나라 사람들의 입맛을 미혹하는, 그 부대찌개를 요리사가 입에 올리는 것은 아무리 생각해도 납득하기 어려운 사태였다. 그의 요리사로서의 자존심을 위해서라도 부대찌개는 먹고 싶지 않았다. 그러나 나는 달리 대안을 가지고 있지 않았다.

"내 일은 내가 다 해야 하는데, 사장님의 도움을 너무 많이 받은 거 같습니다."

"천만의 말씀을요, 오히려 제가 운동 잘 했는걸요."

"그렇게 생각해주시니 고맙습니다."

"고맙긴요, 건강이 부럽습니다."

"그런 일을 겪고 나니, 이만해도 힘이 달리네요."

그런 일이라니, 친구가 전화해온 내용이 장씨의 머릿속에서 낡은 필름처럼 돌아간 모양이었다.

"날 좋은 때 불러주시면 그때는……"

나는 고맙다고 고개를 끄덕 하고는, 그의 이름을 전화기에 입력했다. 어쩌면 남은 여생, 내 일은 내가 한다고 버티

다가 쓰러지지 싶었다. 다른 복잡한 정황은 눈감아버리기로
했다. *

맨드라미

그는 장호원 골짜기에 마련한 전원주택에서 추석을 쇠기로 하였다. 서울에서는 좀 떨어져 있지만, 아무리 소란한 일을 벌여도 누가 나서서 참견할 사람이 주변에 없기 때문에 마냥 한가한 편이었다. 그러나 한편으로 이제는 돌아갈 고향이 없다는 게 마음 한 구석을 썰렁한 바람으로 비워냈다.

내외가 상림원에 도착했다. 뽕나무가 무성하다고 해서 그런 이름을 붙였다. 짐이 꽤 많았다. 김치며 된장이며, 슈퍼에서 산 막걸리 그런 것들이 짐가방을 가득 채웠다. 집으로 들어가다가, 무성하게 번져 피어난 맨드라미를 바라보고 섰을 때, 그의 아내 보비가 쇳소리가 섞인 음성으로 낚아챘다.

"뽑아버리자니까, 이게 뭐예요, 선지피가 낭자를 했구면."

단지 맨드라미가 아니라 맨드라미의 정글이라 해야 적절할 만큼 맨드라미가 얽히고설켰다. 어떤 놈들은 땅에 자빠져 피를 흘리는 모양으로 바랭이 속에 엎어져 있기도 했다.

"사랑이 넘쳐서 그래, 당신을 사랑하는 마음이야."

"사랑 한번 더 넘쳤다가는 맨드라미 꽃 속에 빠져 죽겠네."

앵돌아지게 받아내는 아내의 입술이 짙은 루주를 발라 맨드라미 꽃 빛깔이었다. 요즈음 들어 소화기능이 떨어졌는지, 장에 탈이 난 것인지 배변이 잘 안 된다면서 아랫배를 쓸곤 했는데, 그 영향인지 입술이 퇴색하니 거칠어지고 탈색되어 허옇게 적이 돋기도 했다. 그의 아내는 얼굴에 나이가 묻어나는 것을 참지 못하는 성미였다. 갱년기라고 하며 전에 없던 신경질이 잦았다.

"자세히 보면 이것도 나름 한꽃 한다니까."

"눈 씻고 자세히 본다구, 어디 청개구리가 금개구리 돼요?"

작년에 화단 가에 맨드라미 두어 그루가 나서 자라기 시작하는 것을, 아내는 뽑아버리자고 하고 그는 그것도 꽃인데 가을까지 꽃을 보자며, 그대로 두자고 우겼다. 어디서 구해다 심은 것인지는 기억이 없었다. 제법 무성하게 자라 올라 가을로 접어드는 화단을 심심치 않게 붉게 물들여주었다.

가을에 씨를 받기도 그렇고, 받은 씨를 보관하는 것은 또 마음을 써야 하는 일이었다. 그는 마른 꽃대를 뽑아 밭두둑 옆에다가 툴툴 털어주었다. 싹이 나면 몇 개만 옮겨 심고 싹이 안 나도 그만이라는 생각이었다. 그런데 봄부터 맨드라미가 화단에 싹을 내기 시작하는데 당할 재간이 없을 지경이었다. 맨드라미 싹을 한 삼태미는 되게 뽑아버렸다. 그러다가는 화단 구석과 집으로 들어오는 길목에 싹 나서 자라는 것들은 그대로 방치했다. 아내에 대한 경쟁에서 이긴다든지 하는 치사한 생각은 접어두었다. 버린 자식이 악바리로 자라듯이, 방치한 맨드라미 이게 무럭무럭 자라 올라와 화단을 거지반 덮을 지경이 되었다.

"피 빛깔이 뭐가 좋다고, 아끼더니 이게 뭐예요."

꽃이삭이 올라오기 시작하면서는 어떻게 해볼 의향을 낼 수 없을 지경으로, 맨드라미는 웃자라 얽히고 난리통이었다. 그는 오히려 풍성해서 좋지 않으냐고, 올해는 맨드라미를 실컷 보겠다면서, 아내를 슬슬 긁었다.

"모든 꽃은 그 나름대로 아름다운 구석이 있어요. 꽃 노릇하게 두고 보자니까."

아내는 꽃 모양도 볼품없고 자라는 세가 너무 왕성해서 징그럽다고, 그러니 뽑아버리자고 했다. 하기는 어떤 놈은 변종이 되어 꽃 모양이 마치 간천엽을 잘라 흩어놓은 것처럼 넙적하니 너덜거리기도 했다. 아무튼 손을 댈 수 없을 지경으로 자라나서는 붉은 꽃으로 화단을 뒤덮었다. 그의 아내는 맨드라미 꽃이 무성해가면서 신경이 더욱 날카로워졌다.

"그렇게도 보기 싫으면 당신이 뽑아 치우시지 그래."

"저 징그러운 걸 왜 내가 뽑아요?"

"꽃 모양이 수탉의 벼슬 같잖아?"

그는 아내에게 맨드라미를 달리 부르는 말들을 설명했다. 꽃 모양과 빛깔이 닭의 볏 같다고 해서 한자로 계관(鷄冠)이라고 하기도 하고, 또는 닭의 머리 계두(鷄頭)라고도 한다는 설명을 달았다. 그의 아내는 진저리를 치면서 더는 맨드라미 이야기를 하지 말자고 했다. 이상한 생각이 떠오른다는 것이었다. 무엇이 이상한 거냐고 물어도 대답을 하지 않았다.

"가정상비약 가운데 '계관'이라는 거 기억나요? 암모니아 냄새가 지독히도 나던 물약."

"아마 소독약으로 썼던가, 벌레 물린 데 발라주었던가, 그런 약 아냐?"

그의 아내 보비는 여학교 때 연극반에서 활동을 했다. 가을 은행잎 축제에 〈나이롱환자〉라는 연극을 무대에 올리기로 하고, 연습에 들어갔다. 닭대가리라는 별명이 붙은 연극반원 친구가 있었다. 닭대가리를 문자속이 좀 있다고 뻐기는 친구들은 계두라고 불렀다. 계두 이상용은 소도구를 담당했다. 보비는 나이롱환자 주인공이었다. 환자를 가장해서 실력 없는 의사를 조롱하는 내용이었다. 의사는 골치가 아프다면 발바닥에 약을 바르고, 발바닥이 아프다면 손등에 주사를 놓는 그런 식이었다. 그런 의사가 환자가 가져온 미숫가루를 먹고 배탈이 났다. 배탈이 나면 배에다가 약을 발라야 한다면서, 나이롱환자가 의사의 배에다가 뻘건 '아까징끼'를 발라놓는 그런 식으로 전개되는 소극(笑劇)이었다.

"소도구를 맡았던 닭대가리란 놈이, 그 빨간약을 내 스커트에다 쏟아놓았거든."

"그래서 어떻게 했는데……?"

"그 닭대가리가 나한테 하는 짓이, 가관이야."

네가 볏을 달 때가 된 걸 알고 자기가 준비했다면서 휘스퍼라는 생리용품을 터억 하니 내놓았다는 것이다. 징그런 놈, 음흉한 놈, 간특한 놈 그런 놈 자를 잔뜩 달아 욕을 퍼부었다. 그는 아내의 입에서 그런 욕이 나오는 것을 처음 들었다. 그는 사람을 깊이 생각하면 그런 선물도 하는 거지, 그리고 그맘때 뭔 장난은 못 하느냐면서, 뭘 그걸 가지고 그러느냐, 그리고 그런 기억은 오래 달고 다니지 말고 흘려버리라고 어르듯이 달래듯이 이야기를 늘어놓았다. 그의 아내 보비는 하기 싫은 이야기를 한다면서 그에게 들어보라고 했다.

당시 동네에 어떤 처녀가 미군의 아이를 배게 되었는데, 미군이 전속되는 바람에 혼자 떨어져 아이를 낳게 되었다고 했다. 아무도 돌봐주는 사람 없이 혼자 해산을 하다 보니, 해산 빨래를 잘못 챙겨서 들마루에 내놓았던 모양이었다. 동네 개들이 몰려들어 해산 빨래를 물고 늘어져 으르렁거리면서 아귀다툼을 했다. 사흘인가를 굶었다는 산모는 아직 탯줄이 매달린 아이를 들마루에 내놓았다. 금발 머리에다가 눈이 파란 인형 같은 아이였다고 했다. 다음날 개들이 뒷산에서 떼를 지어 난투가 벌어졌다. 온 동네가 개들이 으르렁거리고 껑껑대며 죽어가는 소리로 어지러웠다.

"암튼 나는 맨드라미 보면, 그 닭대가리가 생각난단 말예요. 그리고……"

그의 아내 보비는 말을 마무리짓지 못하고 있다가, 연극 같이 했던 그 닭대가리들은 어디서 마누라 속을 썩이며 늙어가고 있는지 궁금하다면서, 걔들도 늙었겠지, 옅은 한숨과 함께 하는 말이었다.

그가 가꾸는 맨드라미를 작파해버릴까 배려한 것인 모양이기는 하지만, 맨드라미가 더 자리기 전에 토로할 일이지 너무 늦은 셈이었다. 아니 듣지 말아야 할 이야기를 너무 일찍 들어버린 느낌이 들기도 했다.

"맨드라미는 꽃말이 시들지 않는 사랑이라잖아. 그러니 돌려서 달리 생각해."

그는 맨드라미의 꽃 빛깔을 추켜올렸다. 맨드라미는 짙은 자홍색 꽃 빛깔로 한몫을 한다. 로마 귀족들이 입었던 토가(toga)의 자단(紫丹) 빛깔을 닮은 맨드라미의 진자주 빛깔은 얼마나 우아하고 고귀해 보이는가 했다. 물론 종류에 따라 진붉은 색도 있고, 노란 맨드라미도 있다, 그러나 대개의 경우 맨드라미는 자홍색(紫紅色)을 떠올리게 한다, 이 자홍색은 고귀함을 상징한다, 그래서 맨드라미의 꽃말이 열정이고, 시들지 않는 사랑이라고 한다는 이야기를 반복했다. 맨드라미의 빛깔과 연관된 상징적 의미를 가지고 아내의 맨드라미에 대한 불쾌한 기억이 씻어질 것 같지는 않았다. 차라리 정공법으로 맨드라미를 손에 들려주고 자세히 보아 익숙해지게 하는 것이 좋겠다 싶었다. 그는 꽃이 탐스런 맨드라미를 하나 뽑아 들고, 파라솔 아래 앉아 아내를 불렀다. 그리고는 맨드라미가 꽃이 오래가는 이유를 이야기했다.

맨드라미 꽃이 오래가는 데는 까닭이 있다, 외관상 그렇게 보이는 것일 터이지만, 맨드라미는 꽃잎이 따로 없다, 꽃술이 꽃잎을 대신하는 것 같다, 가까이 보면 맨드라미는 자홍색의 작은 가시 같은 돌기로 꽃받침이 덮여 있다, 쉽게 질 만한 꽃잎을 만들지 않는 것이다, 늦가을까지 그런 모양을 유지하면서 화단이나 시골집의 담장 밑에 붉게 피어 줄기차게 견딘다, 그러니 꽃이 지는 안타까움이 없어 연연한 정서를 환기하지는 않으나 변치 않는 열정을 드러내기는 다른 꽃보다 한결 웃길이다. 그런 설명 겸 이야기를 했다. 그의 아내 보비는 맨드라미를 보면서 닭대가리들이라든지 미군의 애를 낳은 처녀 같은 이야기만 생각나는 것은 아니라고 했다.

"어머니도 맨드라미를 심기는 했었어요."

그의 아내는 그렇게 회상하는 한마디를 하고는, 남편에게 자기 어머니 이야기를 했다. 어머니는 뒤란에 봉숭아와 맨드라미를 심으셨지. 장독대 가까운 데는 봉숭아가 자랐고, 토담 가까운 수채 옆에는 맨드라미가 붉으족족한 잎줄기 위에 붉은 꽃을 달고 있었어. 손톱에 봉숭아 물을 들인다고 봉숭아꽃과 잎을 따오라는 심부름을 오빠한테 시키시곤 했었거든. 어머니는 봉숭아 물은 여자애들만 들이는 게 아니라 사내아이들도 들인다면서 내 오빠 손에 물을 들여준다고 손을 내라고 이끌곤 하셨어. 오빠는 그때마다 손을 매섭게 뿌리치고 달아나곤 했는데, 그 이후, 오빠는 곁을 안 주는 쌀쌀맞은 아들로 돌려놓게 되었어요.

"쌀쌀맞긴, 내가 죽어도 눈물 한 방울 안 흘릴 놈. 어머니도 쌀쌀하긴 한가지였지만 늘 그렇게 푸념처럼 오빠를 나무람하곤 했어요."

"당신도 봤잖아, 이민 간다고 해서 식구들이 모였을 때, 당신 오빠가 울었잖아."

"평균치 감상이겠죠, 뭐."

평균치 감상이라면 유행가투라는 말이었다. 그는 호동아(유호)가 작사하고, 박시춘이 작곡한 〈비 내리는 고모령〉이라는 노래를 떠올렸다. 둥그런 눈에 쌍꺼풀이 져 시원하게 생긴 가수 현인이 "어머님의 손을 놓고 돌아설 때는 부엉새도 울었다오 나도 울었소" 그렇게 노래하는 〈비 내리는 고모령〉에 맨드라미가 나오는 것이다. 그 노래 이절(二節)의 가사에 맨드라미가 계절의 변화를, 세월의 흐름을 상징하는 물건으로 등장하는 것이다. 아마 노래에 맨드라미가 나오는 것은 이게 유일한 예가 아닌지 모르겠다고 이야기했다. 그래도 노래에 등장한 꽃이 되었으니 그게 어딘가. 맨드라미로서는 작사가에게 황공할 일이 아닌가 모르겠다는 생각도 들었다. 아무튼 어머니와 이별하고 가랑잎이 휘날리는 고개를 넘어 도시로 나가 방랑생활을 한 지 꽤 오래되는 시점에서, 지난날을 회억하는 내용이 맨드라미를 상관물로 해서 등장하는 것이다.

그는 노래를 흥얼거리기 시작했다. 그가 일절을 끝내고 드디어 이절로 넘어가, 맨드라미 피고 지고 어쩌구 흥얼거리자 그의 아내는 슬리퍼를 끌고 집 안으로 들어갔다.

맨드라미 피고 지고 몇몇 해이던가
물방앗간 뒷전에서 맺은 사랑아
어이해서 못 잊는가 망향초 신세
비 내리는 고모령은 언제 넘느냐

설명을 해도, 노래를 해도 아내가 맨드라미를 좋아할 계기를 마련하기는 이미 물 건너갔다는 생각이 들었다. 맨드라미야 피든 말든, 자신이 고향을 잃은 것만은 틀림없는 사실로 다가왔다. 눈앞이 아슴한 안개가 어리는 것 같았다. 눈자위가 젖어오는 것인지도 몰랐다. 나이를 먹으면 유행가가 실감으로 다가온다고 하더니 그게 헛말이 아니지 싶기도 했다.

그의 아내 보비가 쟁반에다가 맥주병을 받쳐 들고 나왔다.

"물방앗간에서 맺은 사랑?"

그를 바라보는 아내의 눈이 묘한 빛을 띠고 새큰둥하니 돌아갔다.

"자기 얘기야, 엉뚱한 생각하지 말라구."

그는 아내가 들고 나온 쟁반을 받아 테이블에 놓았다. 아내의 태도가 달라진 것인가, 아니면 연극을 하는 것인가 갈피가 잡히지 않았다.

"당신이 분위기를 좀 아는 것 같아. 맥주는 언제 챙겨두었나?"

그는 나름의 의지를 가지고 아내를 두둔하는 태도로 나왔다.

"내가 먹고 싶어서 챙겨둔 거라구요."

넘겨짚지 말라는 듯한 어투였다. 그러면서 그의 아내는 맥주산 이야기를 했다.

소재지에 한아름마트라는 슈퍼가 새로 생겼다. 개업식에 초대한다는 안내문도 돌렸다. 그의 아내 보비는 그런 안내문을 챙겨두고, 세일을 한다든지 사은품을 준다든지 필요할 때는 요긴하게 이용하는 편이었다.

마트에는 배달꾼 서너 명이 같이 일했다. 그의 아내가 추석 때 쓸 제수를 장만하려고 마트에 갔을 때였다. 배달꾼이 명찰을 달고 있었다. 무슨 유통이니, 무슨 운송이니 하는 상호를 새긴 옷을 입고 다니는 배송 기사를 보기는 했지만, 이름표까지 달고 있는 경우는 흔치 않았다.

"아, 청년이 미남이시네."

그러다가는 명찰을 보고는 자기도 모르게 웃음이 빚어져

나왔다. '500 MLS'라는 명찰 이름이었다. 청년은 지나가는 말처럼 고맙다고 했다. 보비는 청년에게 이름이 무슨 뜻인가 물었다.

"노래에 있잖아요."

"화이브 헌드러드 마일즈?"

"맞아요, 호보송이라고, 방랑자의 노래."

"이름 되게 유식하게 붙였네, 누가?"

그의 아버지는 피터 폴 앤 매리의 열렬한 팬이라고 했다. 그래서 자기 이름을 아예 오백리(吳百里)라고 붙였다는 것이었다. 자기 명찰은 오백 리를 오백 마일이라고 영어로 옮긴 것이라 했다.

"추석에 고향에 가요?"

배달기사는 대답을 하지 않았다. 얼굴에 옅은 우수가 지나갔다.

"나좀 봐, 고향을 먼저 물어야지. 고향이 어디예요?"

"고향초, 아세요?"

"조명암 선생이 작사한 그거?"

"맞아요. 여수가 고향입니다."

"멀리 왔네."

"어쩌다가 보니까 여기까지……. 그렇게 되었어요."

"애인은 있수?"

"완료형으로 있지요."

"진행형이 아니고?"

"아마 다른 친구의 아내가 되었을 겁니다."

"내가 공연한 걸 물었나 봐."

"그런 얘기, 자주 들어서 이제 아무렇지도 않아요."

진보비는 제수용 물건을 대강 골라놓았다. 물건을 고르는 사이에 배달원 오백리 씨는 몇 차롄가 차를 몰고 나갔다 오는 눈치였다. 오백리라는 배달원에게 물건을 배달해달라고 하고 싶었다. 특별한 용건이 있어서라기보다는, 들을 만한 이야기가 있을 것 같고, 더 물어보고 싶은 게 남은 듯한 느낌이 들었기 때문이었다.

"우리집이 좀 그렇긴 한데 어쩐다? 칡고개 꽃길 끄트머리에서 좌회전해가지고, 옥련산으로 들어가다가 첫 삼거리에서 우회전해서 올라가면, 거기 송신소 바로 옆에 있는데, 거길 알라나 모르겠네."

"내비에 입력해보죠."

그런데 내비에 그런 곳이 안 뜬다는 것이었다. 하는 수 없이 트럭 옆에 타고 갔다가, 그 차로 곱짚어 내려와 차를 가지고 가기로 했다.

차를 운전하는 오백리의 등판이 듬직해 보였다. 운전대를 잡은 팔에 근육이 불거져 보이고 손등에는 꿈틀대는 정맥이 돋아나 보였다. 보비는 저런 몸을 한번 힘껏 안아보았으면 좋겠다는 생각을 했다. 오백리의 허벅지로 손이 건너가려는 것을, 얼른

떼어 깍지를 끼고 손마디에 딱딱 소리가 나게 뒤집으면서 딴소
리를 했다.

"잠은 어디서 자요?"

"잠요? 그야 침대에서 자죠."

"나 좀 봐, 난 날바닥에서 자는 줄 알고……."

"날바닥에서는 안 자요. 그런 적도 있었지요. 방값이 없어서
식당집에 신세를 졌는데, 영업이 끝나면 상을 좍 밀어서 붙여
놓고, 그 위에다가 모포를 겹쳐서 깔고 누우면, 침대가 끝내
주죠."

"식당에서 만난 아가씨였나?"

"아아, 연진이라고 성은 연나라 연 자에다가 참 진 자, 고울
이 자, 그렇게 쓰는 아가씨가 있었는데 이제 과거완료형, 지난
옛이야기가 되었네요."

이 사람이 교양이 만만치 않다는 생각이 들었다. 그런데 고울
이 자가 생각이 안 났다. 순이, 영이 하는 이름을 한자로 호적에
올릴 때 쓰는 글자라는 것은 알겠는데, 그 글자가 영 안 떠오르
는 것이었다. 고울 이 자가 어떻게 쓰는 거냐고 물어보았다. 인
변에 다스릴 윤 자를 쓰는 거라고 대답했다. 그런데 다스릴 윤
자가 또 생각이 안 나는 것이었다. 그러나 그 글자를 다시 묻기
는 번거롭게 하는 것 같아 입을 다물었다.

"잊고 있었네요, 이거 신상품 홍보용인데요, 요새 꽃차가 대
세잖아요? 맨드라미 차라고……요."

"맨드라미 차?"

"빛깔이 끝내줍니다, 황홀하다고 할까."

"우리 집에도 맨드라미는 지천인데."

"화단에 있는 맨드라미가 그대로 차가 되나요? 수공이 많이 든 물건입니다. 받아두세요."

배달원 오백리의 간곡한 권고를 물리치지 못하고 맨드라미 꽃차를 받아서 핸드백에 넣으려고 하는데, 손이 허전했다. 핸드백을 어디다 놓고 온 모양이었다. 계산대에서 계산을 하고 분명히 들고 나왔는데, 알 수 없는 일이었다. 매장 안에는 명절을 앞두고 사람들이 복작거렸기 때문에 계산대 어딘가 놓았다고 해도 그대로 있을까 싶지를 않았다.

차를 세우게 하고 나서, 한아름마트에 전화를 해보라고 배달원 오백리에게 말했다. 말이 당황스러운 톤으로 나갔는지 오백리는 보비를 흘금 쳐다봤다.

"얼른 전화해보라니까!"

"전화해서, 어떻게 하라고요?"

좀 거친 목소리였다. 이제까지 이야기할 때와는 사뭇 다른 목소리였다. 그렇게 나오는 게 덩치에 어울리는 말투란 생각이 들기도 했다. 다가와서 확 끌어안는다면? 그럴 기미는 안 보였다.

"핸드백을 놓고 왔다니까."

진보비의 목소리에 날이 서 있었다. 오백리가 급히 스마트폰 자판을 두드렸다. 계산대와 연결이 되기는 한 모양인데, 저쪽에서 분명한 이야기를 않는 눈치였다. 계산대에서 그걸 모르면 어쩌느냐고, 따지듯이 들이댔다. 뭐 혼자 일하는 게 아니라고요, 물론 그렇지요, 알았어요, 금방 내려갈 테니 그사이에 좀 알아놔요. 그렇게 이야기하고는 전화를 끊었다.

"핸드백에, 그거 없으면 목숨 달아나는, 그런 중요한 것들 뭐가 들었습니까?"

오백리가 약간 익살스런 표정을 짓고 물었다.

"그건 왜 물어요?"

"전에 연진이 핸드백을 뒤져본 적이 있거든요."

"여자 핸드백을 왜 뒤져요?"

"그런 사이는 넘어섰던 거지요."

이 사람이 과거완료형으로 있다는 연진이 아가씨를 아직 못 잊고 있는 게 틀림없다는 생각이 들었다.

"그 핸드백에 내 사진이 들어 있었거든요. 우리 둘이 꽃박람회에 갔다가 맨드라미 꽃탑 앞에서 찍은 사진이었는데, 그게 변치 않는 사랑을 뜻한다잖아요."

"연진이의 열부?"

"잊을 망 자 망부죠."

"그게 맘대로 잊어지나?"

"정말 그렇더라구요."

"너무 독한 사랑은 사람을 망가뜨려요."

"사랑이 사람을 망가뜨리기보다는 세월이 사람을 망가뜨리는 거 같아요."

이런 한가한 이야기를 할 계제가 아니었다. 진보비는 입을 다물었다. 오백리는 휘파람을 불었다. 자세히 들어보니 〈화이브 헌드러드 마일즈〉라는 곡이었다. You can hear the whistle blow a hundred miles 하는 데서는 보비 자신이 따라서 흥얼거리기도 했다. 내가 왜 이러나 하는 생각이 머리를 쳤다.

"오 기사, 그 휘파람 소리 연진이 아가씨가 들을까?"

"그냥 버릇이 되어서요. 기분이 좀 업되거나, 디프레스트되었을 때 나도 모르게 흥얼거려요."

뒷동산에 동백꽃이 곱게 피는 고향이라면, 거기서 사랑을 나누었다면 그럴 만도 하다는 생각이 들었다. 만나고 헤어지고, 그런 일들이 연속되는 가운데 시간의 물결이 삶의 흔적을 지우면서 밀려왔다가 밀려가고 하는 것이려니 하는 생각 끝자락에서였다.

한아름마트에 도착했을 때, 관리부장이라는 이가 나와서 핸드백에 대해 자세히 물었다. 모양이며, 색깔이며, 내용물이 무엇인지 시시콜콜 기억을 토해내라고 강요했다. 보비는 기억나는 대로 대답했다. 자기 생애에 마지막이 될지 모르는 생리용품은 이야기를 하지 않았다. 관리부장은 몇 가지를 더 묻고는 핸드백의 소유주가 틀림없는 것 같다고 했다. 그런데 매장에서 습득한 물건은 경찰 입회하에 돌려주어야지, 그렇지 않으면 나중에 문제가 생길 수도 있다고 했다. 그래서 입회할 경찰관을 기다려야 한다는 것이었다.

"경찰을요?"

"그래야 뒤탈이 없습니다."

물건을 먼저 보기나 하자고 나섰다. 관리부장은 어리석기는 하는 듯이 실긋 웃었다. 그렇게 하면, 어떤 연극을 꾸며서 그 물건을 자기것으로 만들어버릴지 모른다는 것이었다.

남편은 직업이 경찰관이었다. 아주 평범하고, 정말 유행가 투로 사는 사람이었다. 고향으로 돌아가야 한다는 이야기를 자주 했다. 그때마다 고향에서 장래를 약속했던 아가씨가 있었다는 이야기를 빼놓지 않았다. 고향으로 돌아가야 하긴 하는데, 고향에 돌아갈 기약이 없다고 눈물을 글썽이기도 했다. 남편에게 전화할 것을 잊고 있었다. 아, 그런데 스마트폰이 또, 핸드백 안에 들어 있었다.

갑자기 목이 타들어가는 것처럼 말랐다. 얼굴이 왈왈 달아올랐다. 음료수 코너로 가서 콜라를 한 캔 집어들었다. 전에는 콜라를 입에 대지도 않았다. 그런데 이상하게 콜라가 땡기는 것이었다. 콜라에다가 위스키라도 한 잔 타서 마셨으면 싶었다. 마침 12년산 발렌타인 병들이 진열대에 보였다. 플라스틱 컵도 몇 개를 집었다. 치즈는 집었다가 도로 놓았다. 오백리 기사가 치즈를 좋아할지 알 수 없어서였다. 아무튼 오백리 기사를 찾아서 같이 마시고 싶었다.

그런데 어디 가서 궁둥이를 붙이고 앉을 데가 마당치 않았다. 주방용품 파는 데로 발을 돌렸다. 간이의자가 보였다. 간이의자를 세 개 꺼내서 그 위에다가 잔을 펼쳐놓고 콜라와 위스키를 섞었다. 두 잔을 만들어 가지고 매장을 여기저기 돌아다니며 오백리를 찾았다. 오백리의 모습이 보이지 않았다. 잠시 후 오백리가 만면의 미소를 보이며 나타났다. 위아래 분홍색 아웃도어 비슷한 차림으로 차려입은 아가씨와 함께였다. 골프장 캐디의 유니폼이었다. 등에다가는 '파라다이스 CC'라는 마크를 달고 있었다.

"여기 계시군요."

"우리 이거 한잔해요."

"파라다이스에서 일하는 자영 씨입니다."

그러지 말고 밖에 나가 파라솔 아래 같이 앉자고 해서, 자리가 어우려졌다. 골프장 캐디로 일하는 자영이라는 아가씨는 가끔 마트에 들른다고 했다. 골프장 캐디치고는 맨드리가 고운 아가씨였다. 토마토와 모시조개를 샀다면서, 토마토를 갈아서 조개살 넣고 스파게티를 만들어 먹을 작정이라고 했다. 추석인데 고향에 안 가나, 그런 궁금증이 안에서 머리를 들었다. 두 잔째 마시는데 경찰이 왔다.

젊은 경찰은 주민등록증을 내놓으라고 했다. 그게 핸드백에 들어 있었다. 전화번호를 대라고 했는데, 그것 역시 핸드백에 들어 있었다. 운전면허증이니, 신용카드니 하는 것은 물론, 한

아름마트 포인트 카드도 그 안에 들어 있는 모양이었다.

"성함은요?"

"진보비입니다."

"진보비? 재미있는 이름이네요."

"뭐가요?"

"우리집 거위 이름이 보비거든요."

"내가 거위란 말에요?"

"주민등록번호나 대보세요."

진보비는 자기 이름을 듣고 거위를 생각하는 경찰이 우스개를 아는 사람처럼 느껴졌다. 남편은 자기 이름에 대해 일언반구 말이 없었다. 그러고 보니 이제까지 남편이 자기 이름을 불러준 적이 없는 것 같았다. 그저 저기, 이봐 하는 식이었다. 어쩌다가 여보, 하고 부르면 남의 남자한테 이름을 불리는 것 같은 착각에 빠지기도 했다.

"이분 본인이 맞습니다."

경찰은 관리부장에게 그렇게, 진보비가 본인임을 확인시켜주었다. 핸드백이 돌아왔고, 관리부장은 미안하게 되었다면서, 자기 마트를 자주 이용해달라는 부탁으로 맥주 한 박스를 내놓았다. 오백리가 맥주 박스를 갖다가 차에다 실었다.

남편에게 전화할 일을 잊고 있었다. 진보비는 급히 스마트폰을 작동시켰다.

"어딜 돌아다니느라고 아직 안 오고 그래?"

남편의 목소리에 가시가 돋쳐 있었다. 정황을 대충 설명했다. 알았다면서, 요새는 음주단속이 심해서 명절, 평일 안 가리니까 조심하라고 일렀다. 아마 혀가 좀 꼬부라진 말을 했던 모양이었다. 마신 술이 깰 때를 기다려야 했다.

배달 물량이 뜸해진 모양인지, 배달원 오백리와 자영 아가씨가 파라솔 밑에 앉아 이야기를 하고 있었다. 진보비는 그 옆에 앉아 이야기를 들었다.

자영 아가씨가 오백리에게 추석 연휴를 어떻게 보내느냐고 물었다. 오백리는 연휴래야 즐겁고 좋아할 아무 계획이 없노라고 했다. 특별히 갈 만한 데가 없는 게 사실이었다. 그리고 주머니 사정도 넉넉한 것은 아니었다. 그래서 대답을 못 하고 멈칫대며 충그리고 있는데, 자영 아가씨가 의외의 주문을 했다.

"말이죠, 그럼 우리 골프장에 놀러 오세요."

"나는 골프장에 놀러 갈 그런 팔자가 못 됩니다."

자영은 오백리를 향해 눈을 흘겼다. 남의 속도 몰라주는 목석 같은 사내라는 듯한 원망이 살풋 배어 있는 눈길이었다. 그 눈길이 어쩌면 그렇게도 연진이를 꼭 닮았는지, 오백리는 기겁을 할 뻔했다. 혹시 환상을 보는 것은 아닌가 하는 생각도 들었다.

"오빠 나이가 몇인데 팔자 타령을 하고 그래?"

"사실이 그런 걸, 어쩝니까."

"그럼 일하러 오세요. 진입로 풀을 다 못 깎았거든요."

"그건 생각해보아야 하겠네요."

"그런 걸 뭐 생각을 하고 그래요. 남자답지 않게."

그런지도 모를 일이었다. 오백리는 그 말이 맞는다고 생각했다. 고향에 돌아간다든지, 연진이를 다시 만난다든지, 그게 뭐 그리 어려운 일인가, 남자답지 않다는 자영의 말이 귓전에 사물거렸다. 아무런 결단을 못 하고, 안에는 시들지 않는 사랑을 지니고 있어 혼자 속을 태우면서 청춘을 불살라가는 사내가 되어버렸다는 생가이 꿈틀하고 머릿속을 치고 올라왔다.

잡념을 버리기 위해서라도, 골프장에 일하러 갈 참이었다. 캐디 자영을 만나 살림을 꾸린다면, 무슨 일이라도 할 수 있을 것 같았다. 자영이 착실한 캐디니까 그동안 골프손님들에게 인심을 샀을 것이고, 자영을 통하면 어디 일자리 하나 못 구할까 싶었다. 그래 남자답게 결단을 하자, 골프장 아니라 공동묘지면 어떠랴. 오백리는 건너편 산에 자리잡은 모란동산 공원묘지를 올려다보았다. 추석을 앞두고 일당 15만 원에 제초요원, 예초기 돌릴 일꾼을 구한다는 전단을 받아본 적이 있었다.

"나는 내일 고향에 가요. 잘 쉬세요."

자영이 손을 할랑할랑 흔들면서 파라솔 그늘을 벗어났다. 오백리는 문득 고향에 가서 연진이를 만나야 한다는 생각을 했다.

"사모님, 잠시만 기다리세요."

오백리는 진보비에게 일러놓고는 사무실로 들어갔다. 사무실로 들어가 바지 주머니에서 통장을 꺼내보았다. 그만하면 충분히 고향에 돌아갈 수 있을 만큼 돈이 모여 있었다. 가슴에서 붉은 피가 벌컥거리며 뛰는 느낌이었다. 지금 표를 구할 수 있을까 하면서, 오백리는 연락을 서둘렀다.

"오백리씨 고향 이야기가 신문에 났구먼."

카운터 정 마담이 내미는 신문을 받아들었다. 공연히 손이 떨렸다. 연진이가 야생초로 효소를 만들고, 각종 꽃을 이용하여 차를 만들어 성공했다는 내용이었다. 연진이가 만든 꽃차 가운데 맨드라미차가 가장 인기상품이라고 했다. 시들지 않는 사랑을 약속하는 차라고 해서 연인들이 즐겨 찾는다는 것이었다. 오백리는 꽃밭 가운데 서서 보조개 패인 얼굴에 웃음을 가득 담고 있는 연진이의 얼굴을 뚫어지게 들여다보았다. 입술이 맨드라미 꽃 빛깔이었다.

"아까 드린 맨드라미 차, 그거 어디 두셨습니까?"

"한번 준 걸 다시 걷어가게?"

"뭐 확인할 게 있어서요."

"그 차에 애인 주소라도 있나?"

오백리는 어? 하면서 잠시 멈칫 놀라고는 자기 배달 차로 달려갔다. 진보비가 핸드백이 없어서 넣지 못하고 조수석에 그대로 두었던 꽃차 봉지가 그 자리에 그대로 놓여 있었다. 주소며, 제조인 이름이며 틀림없는 고향의 연진이였다. 오백리는 싱글거리면서 배달을 서둘렀다.

"오늘 뭐에 홀린 거 같아."

"홀리다니요?"

뭐에 홀렸다는 이야기는 하지 않았다. 자기가 차를 몰고 앞서 가고, 오 기사가 따라오면 되는 걸, 왜 뭐에 홀려 오 기사 차를 구태여 같이 타고 길 안내를 하겠다고 한 것인지 알다가도 모를 일이었다.

"내가 앞설 테니 따라와요."

가을 햇살이 따끈하게 내려쬐는 아래 벼가 황금빛으로 익어 가고 있었다. 낮술을 마신 것이 관자놀이를 후끈후끈 달아오르 게 했다. 남편의 목소리가 귀에 쟁쟁하게 울렸다. 음주운전을 하는 중이었다.

맨
드
라
미

"여기가 고향이세요? 추석인데 고향에 안 가세요?"

짐을 들어 나르며 오백리가 물었다. 진보비는 딱히 대답할 말 이 없었다.

"우리 나이 되면, 자기 사는 데가 고향이지."

제법 많은 짐이었다. 하기는 승용차에 싣기 어렵다고 해서 배 달기사에게 부탁을 했던 것 같기도 했다. 오백리는 짐을 하나하 나 챙겨 들고 주방이며 거실이며 돌아다니며 정리를 해놓았다. 방에 들어앉았던 남편이 나와서 아는 체를 했다. 오백리 기사는 이런 골짜기에 이렇게 훌륭한 집이 있는 줄 몰랐다면서 집 좋다 는 칭찬을 거듭했다. 그는 어디서 많이 보았던 사람 같다는 느낌이 들었다. 자기가 많이 보았대야 수사선상에 올라 있는 너절근한 인간들이 대부분이었다. 그런 맥락은 아닌 것 같았다.

"오늘 얘기 잘 들었고, 노래도 인상적이었어요. 우리 또 만나요."

남편이 아내 진보비를 흘긋 쳐다보았다. 아내와 살갑게 이야기를 주고받는 게 배달 기사에 대한 기시감을 불러오는 듯했다. 그럼 오후 내내 저 젊은 사내와 노닥거리고 있었다는 뜻인가. 좀 괘씸하다는 생각이 들었다.

"젊은 남자 만나니까 세상 살맛이 나던가?"

"질투해요?"

언덕을 내려가던 차가 저 아래 과수원 고패길에서 다시 돌아올라왔다. 남편은 저 차가 왜 다시 올라오지? 하면서 밖을 내다봤다. 남편의 눈자위 밑에 짙은 그늘이 드리워져 보였다. 배달 기사 오백리는 잊어버리고 그대로 가지고 갈 뻔했다면서 맨드라미 차 세트를 내놓고는 급히 서둘러 돌아갔다.

"고향에 애인 만나러 간대요."

남편은 아무런 대꾸가 없었다. 속에서 어떤 이야기를 꾸미고 있는지 알 길이 없었다. 아마 직업적 상상력을 동원해서 하루 있었음직한 일들을 추적하고 있을지도 몰랐다. 어쩌면 치정 같은 것을 그리고 있지 않을까 싶었다. 불쌍한 사람이란 생각이 문득 들었다.

"싱겁기는, 그걸 돌려주려고 여길 다시 올라와?"

남편은 아내 진보비에게, 배달 기사가 고향에 간다는데 무어라도 좀 주어서 보낼걸 그랬다고, 슬그머니 떠보듯 이야기했다. 진보비는 고개를 살살 옆으로 저었다. 기사는 기사일 뿐이란 표정이었다. 그런 표정 가운데는 다른 상상은 하지 말라는 뜻도 담겨 있었다.

보비는 남편의 잔에 맥주를 따르면서, 건너편 38번 국도를 바라보았다. 차들이 부산하게 오고 갔다. 고향을 향해, 잊었던 애인을 만나러 저렇게 부지런히 움직이고 있는 것인가 하는 생각이 들었다. 오백 리를 아니 구백 리, 천 리를 달려가게 만드는 맨드라미처럼 붉은 마음자리가 무엇인지를 생각해보았다.

"맨드라미는 갱년기 여성들에게 좋다던데."

남편이 뜬금없는 소리를 했다. 진보비는 남편을 바라보고 빙긋이 웃었다.

"회춘에는 효력 없대요?"

"시들지 않는 사랑이라면서?"

맥주잔을 받고 수굿하니 앉아 있는 남편의 등너머로 닭풀이 연미색 꽃을 피워, 큼직한 꽃송이가 바람에 한들거렸다. 그 밑에 맨드라미가 어지럽게 돋아났다 가라앉는 선혈의 기억처럼 흩어져 있었다. *

뽕나무를 두고 시를 쓰려는
불온한 시도에 대하여

별수 없이 뽕나무를 베어 없애야 하는 형편이 되고 말았다. 그런데 뽕나무를 베어버리기는 아쉬운 구석이 너무 많았다. 뽕나무 잎이며 오디며 뿌리까지 그들 기억의 그물망에 촘촘히 엮여 들어간 뒤였다.

밭을 살 때부터 아내는 뽕나무가 지천으로 널려 있어, 마치 뽕나무 궁전 같다면서 흡족해했다. 그래서 뽕밭 주인이 되었으니 남편의 이름을 상공(桑公)이라고 하자는 아내의 제안이었다. 뽕이 그렇게도 좋은지 이참에 자기 이름도 상순(桑舜)으로 개명한다고 나왔고, 아내의 뜻을 따라 상공도 뽕밭에 살기로 동의했다. 옥호도 뽕나무 여름 궁전이라고 상하장(桑夏莊)이라 명명하고 현판까지 만들어 달았다.

상공과 상순이 이 터에서 알콩달콩 살자면서, 상순이 남편의 옆구리를 간질이곤 했다.

"누에 한번 길러볼까?"

"가당찮은 얘기는 하도 말아."

누에를 친다고? 누에 씨를 받아다가 새끼를 깨고, 그걸 뽕잎 썰어서 먹이고, 뽕나무 가지 쪄다가 버석버석 먹이고, 서너 번 잠재우고, 섶에 올리고 하는 과정이 잠시도 편할 날이 없는 그런 고된 일이라는 것을 상순은 모르는 모양이었다. 상공은 그저 뽕나무 자라는 것 바라보면서 편히 살자고 권면했다.

"누에치는 방을 잠실이라고 하는 거 알지?"

"그럼요, 서울에도 잠실 있잖아."

초연기 - 파초의 사랑

"거기가 왜 잠실인데?"

"왕실에서 쓰는 비단 대기 위해 누에치던 동네라면서요?"

"언제 그런 걸 다 알았어?"

"쳇, 당신은 아직도 유식남이 무식녀 데리고 산다는 생각이나 하지?"

그럴 생각은 전혀 없었다. 그러나 아내 상순의 공격을 받고 나니 그런 의식이 내면에 도사리고 있었던 게 사실이기도 하다는 생각이 떠올랐다.

"잠형이라는 것도 알아요, 이래 봬도."

잠형(蠶刑)이라면 궁형(宮刑)의 다른 이름이었다. 이른바 남자를 거세하는 형벌을 그렇게 불렀다. 거세를 했는데 남은 씨가 살아날까 봐 누에 치는 방, 그 습기 끈적거리고 온도가 높아 균이 번식하기 좋은 데 처넣어 남은 정충이 썩어버리게 하는 형벌을 잠형이라고 하는 것을 상공은 알고 있었다. 아내는 그 잠형을 당한 게 『사기(史記)』를 쓴 태사공 사마천이라는 것도 알겠다는 짐작이 갔다. 말하자면 사마천은 역사에 순교, 아니 그런 말이 있는지 모르지만 순사(殉史)한 최초의 인간이었다.

아무튼 근년 상공과 상순 내외는 뽕나무 자라는 것을 바라보는 재미에 빠져 살았다. 아내 상순은 주로 뽕나무를 이용하는 쪽으로 생각이 뻗어갔고, 남편 상공은 이를테면 뽕나무의 정신이랄까 그런 부면에 부심하며 지냈다.

새로 장만한 밭에다가 집을 세우면서, 내외는 이만한 집터 어디 또 있으랴 하는 자부심으로 가슴이 뻐근하기까지 했다. 더구나 산자락과 다붙어 있는 산 밑이 아니고, 상공의 밭 바로 위에 한 오백여 평이나 됨직한 밭이 얌전하게 자리잡고 있어서, 농약만 뿌려대지 않는다면 아주 쾌적한 집터가 될 만했다. 밭이랑에 비닐 덮어 농사짓더라도 잘만 치워주면 좋겠다고 생각했다. 그런데 그런 걱정은 기우였다. 낯모르는 사람이 와서 콩을 심고 또 기척 없이 거둬가고, 누구 땅인지 주인은 나타나지도 않았다. 그저 상공의 집을 돋보이게 하는 배경으로 자리잡은 밭이었다. 상공은 그런 이야기까지 했다.

"죽어서 저런 양지바른 데 뗏장 이불 덮고 누우면 어둠에 하이얀 촉루가 빛날까."

박두진의 「묘지송」 한 구절을 슬그머니 끌어들였다.

"죽어서까지 산 사람 땅을 욕심내면 좋은 데 못 가요."

상공은 아내가 자기 이야기를 달갑지 않게 듣는 것을 눈치채고는, 알았다고 눙치고 말았다. 애들이 찾아와서 절할 자리는 있어야 교육적으로 의미 있는 일 아닌가 하는 이야기를 하면서 슬그머니 아내의 의중을 떠보았다.

"그런 일은 살아서나 잘 하라고 해요."

그러면서 아이들을 위해 정말 해야 할 일은 따로 있다고 했다.

"그게 뭔데?"

요즘 아이들에게 가장 큰 문제는 역할모델이 없다는 것이었다. 세간에서 떠들어대는 인성교육을 위해서도 역할모델이 꼭 필요한데, 아이들이 읽을 만한 위인전이 없는 게 문제라 했다. 이전에 발간된 책들은 위인을 너무나 위대하게 만드는 바람에 애들이 배울 게 적을 뿐만 아니라 오만한 자존심을 불어넣기도 한다는 것이었다. 무엇보다 안 팔리는 책을 아이들에게 강요해선 안 된다는 주장이었다. 위인들의 생애를 아이들 읽기 편하게 만들어 그림을 곁들인 책을 만들어야 실효성 있는 독서교육이 되지 않겠냐고 기를 세웠다.

"책을 만들자고?"

"동상을 세우는 것보다 한결 나을 거 같아요."

말하자면 정신적 유산을 준비하자는 뜻인 모양이었다. 아내가 평생 애들에게 도덕을 가르치다가 정년했기 때문에 그런 발상을 할 만하다는 생각이 들었다. 상공은 아내가 속이 깊다고 부추겨주고는 틈틈이 자료를 모았다. 그런 일은 나이 들어서 추하지 않게 살아가는 방법이 되겠다 싶은 기대도 가져보았다.

상공이 독일에서 열리는 '한국시 낭송회' 출장을 다녀오는 길이었다. 상공은 뽕나무를 소재로 한 시를 낭송했고, 우렁찬 박수를 받았다. 공항에 내려 전화기를 켜자마자 아내 상순이 연락을 해왔다. 차를 가지고 공항에 나와 있다는 것이었다.

"공항에는 웬일로?"

"어떤 여자랑 공항을 나오나 보려구."

"어떤 여자라니?"

"그 여자 다음 비행기로 와?"

"지금 뭐하는 얘기야?"

상순은 거기까지 천연덕스럽게 나가다가 깔깔 웃었다. 남편 바람난 친구 얘기라고 했다. 같은 비행기 타고 홍콩 가서 질탕하게 놀다가 남자는 베트남에서 돌아오고, 여자는 필리핀에서 출발해서 돌아오는 식으로 눈속임을 하며 밀회를 즐긴다는 것이었다.

"나 같은 시인은 그런 재목이 못 돼."

"앉으나 서나 상순이 생각?"

"아니, 그거 설 때만⋯⋯"

망측하다는 듯이, 상순이 남편 상공의 옆구리를 파고들어 내

질렀다. 그런 농담 하러 나온 것 같지는 않은데, 차를 가지고 나온 맥락이 짐작이 안 되어 궁금증이 슬슬 밀고 올라왔다.

"무슨 일이라도 있는 건가?"

"상하장에 빨리 가봐야 하겠어요. 우리집 위 밭에다가 산소를 썼다고, 이장이 연락해주었어요."

"그게 어때서?"

"땅값 떨어지지 뭘, 어때서가 뭐야?"

땅값이야 그렇거니와 문을 열면 묏동이 눈앞에 곧바로 들어오는 것은 미상불 쾌적한 일일 수 없었다. 상공은 아내 상순의 옆자리 조수석에 앉아 여러 가지로 생각을 굴려보았다. 주인을 만나야 하나, 동네 이장을 찾아가 항의를 해야 하나, 신고를 해야 하나 그런 의문이 줄을 이었다. 아니면 주인을 만나 가림대를 해달라고 해야 할 것인가 하는 아이디어도 스치고 지나갔다. 그러나 주인을 만나서 할 이야기라는 게 아무래도 궁색했다. 내 땅에 내 부모 산소 쓰는데 당신이 뭔데 나서냐면 할 이야기가 없을 게 뻔했다. 이장도 마찬가지였다. 이장이 동네 사람들과 상의를 했으니까 장의차가 밭까지 올라갈 수 있었을 게 당연지사였다. 아내 상순은 전과 달리 차를 거칠게 몰았다. 속도계가 140에서 달달 떨었다.

과연 아내의 말대로, 위 밭에 새 묏동을 하나 덩그렇게 앉혀놓은 게 눈에 들어왔다. 건물 안에 들어가면 묏동이 안 보일까 해서 들어갔는데, 기대와 달리 오히려 정면으로 묏동이 벌건 황토 더미가 되어 다가왔다. 앞으로 계속 마음에 걸리적거릴 것 같았다. 까짓 거 잊고 지내지, 하다가 묏동 주변에 눈이 가자 이건 아니다 싶었다. 시골 장마당을 걷은 뒤처럼 어수선하게 쓰레기가 널려 있었다. 산역(山役)하고 난 뒤 치우지 않은 비닐이며 타다 만 상복, 장갑 같은 쓰레기가 어수선했다. 늙은 개 세 마리가 쓰레기를 뒤지다가 이를 드러내고 으르렁거렸다.

터를 잘못 잡았다는 생각이 들기도 했다. 그러나 속으로 삭이고 나가면서 환경에 익숙해져야지 남을 탓하고만 있을 처지는 또 아니었다. 이의를 제기한다고 해서 땅에 들어간 송장을 파낼 것도 아니고, 그렇게 나간다면 더욱 험한 꼴을 보아야 할 것 같기도 했다.

"묏동 새로 쓰면 밤에 여우가 눈에 불을 켜고 찾아와 흙을 판다던데."

"한다는 소리가, 꼭 납량특집 발상이군."

"당신 거기, 심장도 안 좋은데…… 뭐야?"

"둘이 꼭 껴안고 자란 뜻인 모양이야."

"귀신 나오는 집에서 껴안고 누워 있으면 뭘 해?"

"공연히 너무 신경 곤두세우지 말고, 묏동과 친해지면 되지."

"묏동과 친해져요?"

"우리도 그럴 나이 되었다구. 죽음을 공부해야 할 때가 되었다니까. 박두진 시인 말마따나 향기로운 주검의 내도 풍길지 몰라."

"난 여기 혼자 안 와요."

"누에는 누가 치노?"

"당신 누에? 나 말고 누가 건사할 사람 없지만."

상공은 아내 손을 이끌어 입술을 찍었다. 아내 상순의 등 뒤로 위밭 밭둑에 뽕나무가 자라 올라가는 게 보였다. 그 뽕나무가 좀 더 자라면 묏동이 가려질 것 같았다. 상공은 아내를 돌려 세우고 묏동을 가리켰다.

"한 생애를 성실하게 살아간 인간이 우리 곁에 누워 있다고 생각하기로 합시다. 성실하게 살아간다는 게 뭐겠어요? 순교자처럼 살았다는 뜻이겠지."

"하긴 그래요. 죽음의 끄트머리에 삶이 붙어 있다는 게 옳을지 몰라요."

상공은 비닐봉지를 찾아 들고 나가 새로 만든 묏동 주변의 쓰레기를 주워 담았다. 언제 왔는지 등에 비루먹어 허연 흠집이 난 검정 개가 상공을 쳐다보고는 이를 드러내고 으르렁거렸다. 상공이 한켠에 치워놓은 비닐봉지 옆에, 무슨 뼌지 아직 피가 덜 마른 옹두리 같은 게 놓여있었다. 어쩌면 검정 개가 물고 온 것인지도 몰랐다. 상공이 발을 터덕 구르면서 개를 쫓자 개가 컹컹 짖었다. 개 짖는 소리가 가슴을 쿵쿵 울렸다. 갑자기 가슴이 뻐근해지더니 칼로 찔린 것처럼 아팠다.

위 밭에 묏동이 생긴 이후 잠자리가 영 불편했다. 밤에 잠자리에 누우면 문득 자기가 위 밭 묏동에 누워 있는 고인과 같은 방향으로 누워 있다는 생각이 들었다. 그런 생각이 고개를 들면 눈이 말똥말똥해지면서 잠이 씻은 듯이 달아나고, 묏동에 누워 있는 송장이 일어나 수의를 입은 채로 산자락을 돌아가기도 하고, 이쪽을 향해 뚜벅뚜벅 걸어오기도 했다. 그럴라치면 상공은 자신도 모르게 몸을 뒤쳐 돌려눕곤 했다. 귀신이 다가들어 목을 죄지 않는 것만도 다행이라면 다행이었다. 아내에게 가슴이 아프다는 이야기는 하지 않고 지냈다. 아내는 신경이 날카로워져서 얼굴에 웃음기가 싹 씻은 듯이 사라졌다. 저러다가 신경 쇠약이 되는 것은 아닌가 싶을 지경으로, 그의 아내는 무서움을 탔다.

그런 께름칙한 생각은 시간을 따라 점점 엷어졌다. 그렇게 되기까지는 뽕나무가 위 밭과 아래 밭을 갈라놓는 역할을 톡톡히 했다. 윤기가 잘잘 흐르는 뽕나무 가지가 묏동을 가려주었기 때문이었다. 뽕나무 뒤로 묏동이 벌건 흙을 드러내고 있는 게 안 보이는 것은 아니지만, 그나마 녹음 뒤편의 언덕쯤으로 생각을 돌릴 수 있었다.

"저승에도 뽕나무가 있어 저렇게 윤기를 반짝일까?"

"저승의 뽕나무?"

그 무렵, 상공의 아내는 신장이 안 좋다고 병원 출입이 잦았고 약을 달고 살았다. 일테면 환자인데, 환자가 그런 이야기를 하는 게 마음에 걸렸다. 어쩌면 남편 상공의 마음을 편하게 하려는 배려였는지도 몰랐다. 여름 한 철을 뽕나무에 가려, 묏동 때문에 전전긍긍하지 않고 그럭저럭 지낼 수 있었다. 상공은 심장에 이상이 생겼던 것도 묏동 때문이었을 거라고 짐작했다. 아니면 뽕나무에 너무 몰두하는 터라 그게 몸을 상하게 하는 것은 아닌가 그런 의문도 들었다.

위 밭과 거기 자리잡은 묏동을 에멜무지로 가려보자고 나무를 심었다. 아래쪽 가지가 축 처진 채 자라는 잣나무를 사다 심고, 그 앞에다가는 대왕참나무도 한 줄 심어서 일종의 수벽(樹壁)을 만들기로 했다. 그 이후, 전부터 자라던 뽕나무를 그게 수벽을 배접해주겠거니 하는 셈으로 멋대로 자라도록 내버려두었다. 뽕나무가 그가 심은 다른 나무와 함께 위 밭의 묏동을 가려주기를 기대했던 것이다. 그러한 기대는 쉽게 충족되었다. 뽕나무가 생육이 워낙 왕성해서 두 해 만에 묏동을 가려주는 것은 물론 그의 집을 이름 그대로 완전히 뽕나무 숲 속의 별장으로 만들어주었다.

뽕나무가 하늘을 찌를 듯이 자라나니까 보기는 좋고, 묏동 꼴이 안 보여 마음이 좀 편했다. 그런데 다른 문제가 생겼다. 뽕나무 그늘 아래 다른 나무들이 자라지 못하게 된 것이었다. 뽕나무의 그늘이 짙고 따라서 다른 나무들이 햇볕을 못 받았다. 뽕나무 아래는 겨우 맥문동만 듬성듬성 초라하게 펴져 있을 뿐이었다. 그것도 풀을 베느라고 예초기 칼날에 베어진 상처를 잎 끝마다 허옇게 달고 풀잎이 길게 자라지도 못하고 오종종하니 땅에 붙어 기는 형편이었다. 잣나무는 중도막에서 성장을 멈춘 채 새로 나온 순이 힘없이 시나브로 말라 버리기도 했다. 잣나무가 햇볕을 받아야 자라는데 뽕나무 그늘에 묻혀 시드는 꼴이었다. 가을에 단풍이 아름답다고 심은 대왕참나무는 뽕나무 그늘을 피해 구부정하니 휘어져 자라는 통에 그 미끈한 나무를 보기는 무망이었다.

뽕나무가 제법 왕성하게 자라 올라가는 것을, 얼마나 자라나 보자고 그대로 두었다. 위밭에 있는 묏동을 가려주었으면 하는 기대에 부응해주는 것이 가상하기도 했다. 잎이 무성한 뽕나무는 봄부터 가을까지 그늘이 짙고 잎이 윤기가 반짝여 풍광을 넉넉하게 만들어주었다. 거기다가 오디를 다닥다닥 달고 있어 그걸 따서 입에 넣으면 다디단 물이 입안에 가득 고였다. 그 단맛은 고향의 추억을 불러내 주기도 했다. 상공은 오디를 볼 때마다 신혼적 아내의 유두를 떠올리곤 했다.

어느날 묏동에 누워 있는 주인의 가족들이 몰려왔다. 오 형제 집안이었다. 아들 며느리 해서 십여 명 가까운 사람들이었다. 묘 앞에다가 제물을 진설해놓고는 절을 하다가 아들인 듯한 사람이 통곡을 하자 다른 식구들도 따라서 같이 울음을 터뜨렸다. 가히 베르디의 오페라에 나오는 〈히브리 노예들의 합창〉이나 되는 것처럼, 울음소리가 처연하게 울려퍼져 산자락을 타고 올라갔다. 요새 풍속으로는 보기 드문 일이었다.

"고인이 어떻게 살았는데 자손들이 저렇게 통곡을 할까?"

아내 상순이 의아스럽다는 듯이 물었다. 남편 상공이나 아내 상순이나 집안이 단출해서 그렇기도 하지만, 어른들이 세상을 떠났을 때 그렇게 통곡을 한 기억이 별로 없었다. 워낙 고단한 생활이라 눈물까지 메말랐던 모양이었다.

"울음도 문화의 형식을 따르게 마련이야."

"울음 문화?"

상순은 남편을 향해 의문의 눈길을 던졌다. 그때 상주인 듯한 사람이 잔디밭을 건너와 모자를 벗고 허리를 굽혀 인사를 했다. 남편과 아내가 동시에 일어났다.

"내다보지 못해 미안합니다."

"천만에요. 사실은 전부터 인사를 드리려 했지만……"

무엇 때문에 인사를 못했다는 이야기는 하지 않고 말꼬리를 마무리하지 못했다. 무슨 속이 있는 것인지 자못 궁금했다.

"벌족한 집안이시군요."

"벌족하면 뭐합니까."

"그게 무슨 말씀입니까?"

"아버지가 워낙 험하게 돌아가셔서요."

명함을 내민 남자는 이름이 방화동이었다. 한자로는 '方華東'이라고 병기되어 있었다. 상공은 명함을 받아들고 잠시 비어져 나오는 웃음을 억지로 참았다. 불을 지르고 다니는 아이라는 이름이 떠올랐기 때문이었다. 방화동(放火童)이라면 이름치고는 희한했다. 그런데 그 예감이 적중했다.

"어른은 소방관이었습니다."

자기는 자수성가한 소방관의 아들이라고 했다. 자수성가한 사람 이야기가 대개 그렇듯이 눈물나는 생애를 펼쳐가기 시작했다. 가난한 집안에 태어나서 여러 형제들과 어울려 배곯으며 살아야 하고, 부모들의 생업이 부실해서 가정을 이끌어갈 길이 막막했다면서, 어려서 참 많은 날을 굶기도 했다는 이야기가 빠지지 않았다. 이야기가 그런 대목에 이르렀을 때 방화동의 아내가 막걸리와 돼지 머리고기를 쟁반에 받쳐들고 왔다.

"신문 보셔서 아시겠지만, 저의 부친은 난실골짜기 동네에서 독거노인으로 살다가 불에 타서 돌아가셨습니다."

신문에 그런 기사가 실렸던 기억이 나는 듯도 했다. 자손들한테 부담을 안 주겠다고, 아내와 사별한 후에도 혼자 살았다는 것이다. 자수성가해서 모은 돈은 동생들이 사업을 한다고 하는 중에 다 까불리고 말았기 때문에 자기가 쓸 용돈조차 궁했다. 그래서 난실골짜기에서 쪽방 사글세를 살았다. 갑자기 추위가 닥치자 낡은 석유난로를 주워다 불을 켜놓고 자다가 그만 변을 당했다는 사연이었다. 왕년의 소방관이 불에 타 죽는 게 이 시대, 이 나라의 현주소라는 이야기를 하면서 코를 훌쩍거렸다. 불에 타 죽은 시체가 얼마나 처참한 형상이었는가 이야기를 하려는 참에 상순이 말을 타고 들었다.

"그만 해두세요."

방화동은 눈치빠르게 말을 잘랐다.

"그건 그렇고……"

방화동은 얼마간 눙치다가 말을 이었다.

"묏동에 나무뿌리가 뻗어 들어가 시신을 칭칭 감으면, 속설이긴 하지만, 그 자손들의 집안이 망한다는 이야기가 있지 않던가요?"

"뿌리 억센 대나무라면 몰라도……"

"뽕나무는 괜찮다는 이야길 하려고 그러는 거지요? 다 압니다. 그런데 뽕나무 뿌리가 얼마나 멀리, 질기게 뻗어가는 줄 몰라서 하는 말씀 같은데, 그거 무서운 나뭅니다."

뽕나무를 잘라달라는 부탁이었다. 상공은 그렇지 않아도 뽕나무를 잘라버려야 하겠다는 다짐을 두기는 했지만, 정작 그런 소릴 듣는 순간 이건 아니다 싶기도 했다. 이쪽 형편은 외돌려 놓은 무리한 요구였다.

"우리 아버지는, 말하자면 자식들을 위한 가족주의 신앙에 순교한 폭이지요."

상공은 순교라는 말이 유독 귀에 걸려왔다. 하기는 어른들 살아간 역정이 순교 아닌 게 어디 있을까 싶었다. 순교할 각오로, 형틀을 향해 걸어가듯 허리 휘고 무릎 망가지게 치달리지 않고서는 처자식 거느릴 수 없는 삶이었다.

"잘 부탁합니다."

방화동이라는 사내는 그렇게 말하며 꾸벅 인사를 하고는 일어섰다. 묏동 쪽을 향해 걸어가는 사내의 등 뒤로 희미한 그늘이 어려 보였다. 그것은 어쩌면 상공의 아버지가 등에 걸치고 다니던 그늘을 닮아 보였다. 목수 연장이 든 무거운 가방을 들고 걸어가는 아버지의 뒷모습은 늘 한쪽으로 기우뚱하고 그늘이 져 보였다.

"아무래도 뽕나무를 쳐버려야 할 모양이오."

상공이 아내를 쳐다보며 조심스럽게 말했다.

"그 집더러 그놈의 묏동을 파가라고 하지 그래요."

아내의 얼굴에 희미한 실망의 빛이 어렸다. 자기를 옹호하는 것이 아니라 남의 편을 드는 것 같은 남편의 심리가 고까웠던 모양이었다.

"밭에다가 송장 파묻는 거 위법이라지 않아요?"

"자기 땅에다 자기 부모 묻은 걸 어떻게 말려?"

"저런 무골호인이랑 사느라고 내 속이 다 무너져."

그저 참고 듣기는 거북한 말이었다. 무엇보다 상순이 신경쇠약의 징조를 보이는 게 아닌가 싶어 가슴이 덜컥했다. 상공은 아내의 속을 다스려주기 위해 꼬박 하루를 바쳤다. 남한강에 데리고 나가 산책을 하고, 온천에 가서 목욕한 다음 찜질방에 데리고 가서 쉬었다. 돌아오는 길에는 한우 갈비를 사서 같이 먹기도 했다. 갈비집 벽에는 '오디주 특판' 광고가 붙어 있었다. 상순의 눈길이 광고에 머물러 한참 움직일 줄 몰랐다.

"우리 상하장에서도 오디주 만들어 팔면 어떨까?"

"술장사까지?"

"먹고사는 데 들병이면 어떨까?"

이런 이야기까지 나가면 입을 다무는 게 상책이라고, 상공은 어금니를 지르물고는 술잔을 거듭 비웠다.

화장실에 다녀오던 상순이, 옆자리에 놓인 신문을 집어 들고 왔다. 상공 앞에 펼쳐놓는 지면은 뽕나무를 찬양하는 특집판이었다. 뽕나무의 가치를 칭송하는 이야기가가 천연색 사진을 곁들여 양면을 꽉 채우고 있었다.

"뽕나무는 뿌리부터 열매까지 버릴 것 없이 유용하대요."

뿌리는 말려서 달여 차로 마시고, 잎은 뽕잎차를 만들고, 줄기는 닭을 삶아 먹을 때 오가피나무나 엄나무 같은 것 대신에 쓸 수 있는데, 잡스런 맛을 없애주고 닭의 기름을 중화해준다는 것이었다. 무엇보다 뽕나무의 매력은 오디를 얻을 수 있다는 점이라면서, 오디는 잼을 만들기도 하고, 효소를 추출해서 주스로 마실 수도 있으며, 술을 즐기는 사람은 술을 담그면 프랑스 와인 못지않은 맛을 낼 수 있다고 뽕나무의 효용을 추어올렸다.

"절대로, 절대로, 우리 뽕나무 베어버리지 말아요."

상공은 알았다, 하고는 방석을 짚고 일어섰다. 무릎에서 우두둑 소리가 났다. 머리로 띵하니 충격파 같은 것이 지나갔다.

위 밭 주인 방화동에게서는 한 주일이 멀다 하고 전화가 걸려왔다. 뽕나무 뿌리가 자기 부친 무덤을 파고 들어가 시신을 칭칭 감는 꿈을 꾸기도 한다는 것이었다. 그런 전화를 받는 날은 용서 없이 상공 자신이 무덤에 들어가 눕고 나무뿌리에 감겨 숨이 막히는 꿈을 꾸다가 놀라 깨곤 했다.

그는 한동안 갈등에 빠져 지냈다. 아내의 요구와 방화동이란 무덤 주인의 요구를 어떻게 풀어낼 것인가 하는 게 과제인 셈이었다. 뽕나무에서 나오는 산물을 관리하지 못하는 핑계를 만들어보자 하는 속셈이 들었다. 뽕나무 효용이 아무리 무궁무진이라고 해도, 그걸 간수하고 갈무리하기는 손이 딸리는 것은 물론, 오디주니 오디잼 같은 것을 만들어놓아도 집에서 쓸 일이 없고, 남을 주자 해도 선뜻 받아갈 사람이 없다는 게 상공이 구상한 핑계의 전부였다. 그러다가 떠오른 생각이 뽕나무 그늘이 다른 나무를 못 자라게 하고 결국은 시들어 죽게 한다는 것이었다. 묏동이 보기 싫어 잣나무를 사다가 빽빽하게 심었는데, 뽕나무 그늘에 들어 잣나무가 시들시들 말라간다는 것은 아내 상순도 잘 아는 터였다. 그 사실을 다시 환기하기로 했다.

"뽕나무는 그늘이 너무 짙어서, 아무것도 못 자라요, 그 밑에서는."

뽕나무를 잘라버려야 가슴 안 아플 거란 이야기를 하려다 말았다. 자기 심장이 문제가 되는 것을 뽕나무 핑계를 대기는 너무 거리가 멀었다.

"뽕나무가 보물인걸요."

상순은 이암이라는 고려 사람이 원나라에서 들여온 『농상집요주해(農桑輯要註解)』라는 책을 읽고 있었다. 뽕나무 전문가가 되려는 것인가, 저러다가 뽕나무 귀신이라도 들리는 건 아닌가 했는데 단지 그것만은 아니었다. 그 책을 들여온 이암이라는 인물에 대한 관심이었다. 그의 생애에 대해 훤하게 뀈 정도로 위인 공부가 진척된 게 확실했다. 거기 비하면 신경은 점점 날카로워지는 게 걱정이었다. 눈치로 봐서는 신경계통의 약을 상복하는 것 같았다. 상공은 아내가 환자라는 것을 각성시키지 않는다는 빌미로 말을 아꼈다.

아내가 보물로 여기는 나무를 잘라버리기가 안됐다 싶어 두어 해를 그대로 두었다. 방화동의 전화도 횟수가 줄어들었다. 그런데 뽕나무가 너무 무성하여, 풍치 가림을 위해 심은 잣나무가 자라지 못한다는 게 문제였다. 잣나무가 못 자라는 것은 물론 대왕참나무가 삐뚜름하니 굽어졌다. 거기다가 살구나무 두 그루가 뽕나무에 가려 때아니게 잎이 떨어지고 가지가 말라 고사해버리기까지 했다. 위 밭과 경계를 만들어주는 것, 그것도 봄 여름 잎이 무성할 때 말고는, 뽕나무는 달리 쓸모가 없었다. 거기다가 뜨물이 끼어 균사가 날아드는 통에 유리창이란 유리창은 모두 뿌옇게 얼룩이 졌다. 상공이 아내와 더불어 찬양해 마지않던 뽕나무가 애물로 변해가는 중이었다.

뽕나무가 보물에서 애물로 바뀔 무렵해서, 방화동이 전화를 해왔다. 뽕나무를 베지 않으면 포크레인 동원해서 자기 밭으로 뻗은 뿌리 다 캐내고, 거기다가 콘크리트 옹벽을 치겠다는 것이었다.

"옹벽을 얼마나 높이 치려고 그럽니까?"

"우리 무덤이 안 보이게 하려면 삼 미터는 올려야 하겠지요."

"그래요? 방 사장, 그 묘가 불법 매장이라는 거는 아십니까?"

"당신 지금 불법, 불법이라고 했소?"

매장 허가 제대로 받고 적법하니까 묘를 쓸 수 있을 거 아니냐, 동네 사람들 모두 양해를 해주었다, 양해가 아니라 환영을 받았다, 그런데 당신이 무슨 당치도 않은 소리를 해대는 거냐고 들이댔다. 이어서 관정이며 보안등, 잣나무 심은 것까지 시비를 걸어왔다. 관정을 팠으면 거기 쇠말뚝 박은 거 아니냐, 지맥을 끊고 터억 하니 박아 넣은 그놈의 쇠말뚝 때문에 자기 허리에 디스크가 생겼다는 것이었다. 보안등을 밤새 켜놓으니 부친의 혼령이 잠들 수 없고, 그 때문에 형제들이 불면증에 시달린다는 해괴한 이야기도 했다. 정화조를 매설한 데는 자기 땅이 들어가 있다는 억지도 썼다. 처음 듣는 이야기였다. 전에 들어보지 못한 당찬 어투였다.

아무튼, 당신이 집 짓고 관정 파고, 전기 끌어들이는 바람에 자기 부친의 음택(陰宅)의 혈이 허약해져 자손들이 크게 출세를 못 하게 생겼다, 그러니 뽕나무 베기 싫으면 당신 터랑 집을 자기한테 팔아라 그런 식으로 나왔다. 쿵 하고 가슴에 충격파가 지나갔다.

"알았습니다. 아내랑 상의해서 조처하지요."

"그런 일을 다 사모님과 상의합니까? 뽕나무 베고 뿌리 죽는

약 잘 친 다음에 연락하세요. 내가 확인하러 갈 겁니다."

　더 이상 머리를 썩이고 자시고 할 일이 아니었다. 애물로 자리바꿈을 한 뽕나무를 두고 속을 끓이느니, 묏동 주인의 부탁을 들어주기로 작정을 했다. 눈에 보이는 묏동이야 익숙해지면 그만이지만, 집 앞에 콘크리트 벽이 떠억 하니 버티고 서는 것은 차마 매일 쳐다보고 살 수 없었다. 그는 점차 묏동에 익숙해진다 할 때, 뽕나무를 잘라내야 하는 쪽으로 일이 돌아갔다. 아내 상순은 그저 한숨을 길게 내쉬고 들이쉬고 할 뿐이었다.

　뽕나무를 없애기로 작정은 했지만 또 그 없애는 방법이 문제였다. 나무는 이미 호락호락 물러설 기세가 아니었다. 겨우 한 삼 년 지난 것일 뿐인데 뽕나는 줄기가 직경이 한 뼘은 되게 자랐다. 이 나무를 아주 캐버리자면 장비를 동원해야 하는 일이라 엄두를 못 냈다. 그래서 잔가지만 잘라주려고 전지가위와 꺾낫을 동원해 잔가지를 쳐냈다. 그런데 문제는 잔가지가 아니라 위로 치솟아 올라간 원가지들이 살아 있으면 그늘을 만드는 것은 물론, 나무를 베겠다고 한 약속이 어긋나기 꼭 좋았다.

　그래, 자를 바에는 밑둥을 잘라버리자는 작정이 섰다. 상공이 그 때 생각한 것이 톱이었다. 웬만한 톱이면 간단히 잘라버릴 수 있지 싶었다. 상공은 자기 부친이 날이 선 새 톱으로 나무를 자를 때 석석 먹어들어 가면서 나무 향이 뿜어나오던 기억을 잊지 못했다. 상공의 부친은 직업이 목수였다. 새로 짓는 집 대들보를 올리다가 나무가 떨어지는 바람에 거기 깔려 죽을 때까지, 자기 연장을 품고 자지 못해 안달할 정도로 연모들을 끔찍이도 아꼈다. 오 남매 먹이고 길러 학교 보내는 데 부친은 생애를 모두 털어바친 셈이었다. 그러고는 자기가 다스리던 나무에 깔려 죽은 것이다. 말하자면 목수로서 순직을 한 셈이었다.

가을이 되어 나뭇잎이 떨어지면서 잔디를 곱게 쓴 묏동이 희끗희끗 보이기 시작했다. 묏동을 쳐다보지 않고 무연히 지내자 해도 생뚱맞게 죽음과 연관된 갖가지 생각이 머리를 질깃질깃 파고들었다. 어떤 때는 그 자신이 그 묏동에 누워서 눈을 멀뚱멀뚱 뜨고 세상 구경을 하기도 했다. 아무튼 산이 높아서 산바람이 서늘하고 멀리 조망이 트여서 바라보는 풍경이 호쾌하기는 하였으나, 묏동 하나 때문에 기분이 처져 그다지 유쾌하지 않았다. 상순은 상순대로 가을을 타는지 감상에 젖어 눈물을 자주 흘렸다. 상공은 아내 몰래 병원을 드나들었다. 심장이 아픈 것은 사실인데 의사들은 그 원인을 밝혀내지 못하고 있었다.

상공은 구로공구상가에 가서 길이가 한 발은 되는 톱을 샀다. 아내가 소화불량이 너무 심해서 못 견디겠다고 해서 고대구로병원에 다녀오는 길이었다.

"저 톱 말인데, 나무한테 단두대 같은 거지?"

"말하자면 그렇지."

"그럼 당신은?"

"과도한 의인화는 병이라니까."

그렇게 말막음을 하기는 했지만, 개운치 않았다. 아내가 뽕나무에 몰두하는 한 신경쇠약이 나아질 기미가 안 보였기 때문이었다.

아내가 잠드는 걸 보고 나서, 상공은 새로 산 톱을 들고 밖으로 나왔다. 뽕나무 우듬지의 중도막을 잘랐다. 나무껍질과 목질부 사이에서 뽀얀 진이 송송 솟아올랐다. 뽕나무가 피를 흘린다는 생각이 머리를 스쳤다. 온몸으로 짜릿한 감각이 전율처럼 지나갔다.

뽕나무가 흘리는 하얀 피, 그것은 감정가치가 실리지 않은 수액(樹液)이라는 용어로는 도저히 다가갈 수 없는 대상이었다. 이렇게 무성한 나무를 가차 없이 베어버리는 것은 아내 말대로 단두대의 칼날로 사람 목을 치는 것과 뭐가 다를까 싶었다. 별별 생각이 머리를 부글거리게 했다. 상공은 톱질을 하던 몸에서 수도 파이프에 물이 새어나가는 것처럼 쏴아 소리를 내면서 기운이 새어나갔다. 가슴이 퍼덕퍼덕 뛰는 것도 느껴졌다. 어느 사이 아내 상순이 옆에 와서 톱에 잘려 쓰러진 뽕나무의 시체를 내려다보고 있었다. 뽕나무 시체라니, 상공은 자신의 생각을 짓눌러 주저앉혔다.

"뽕나무에서 하얀 피가 흘러나오느만."

"당신 얼굴이 왜 그래요?"

상공은 손을 들어 얼굴을 훔쳤다. 차디찬 얼굴에서는 식은땀이 흘렀다.

"좀 쉬었다 해요."

연장을 놓고 잠시 호흡을 가다듬었다. 나무의 기운에 주눅이 든 게 틀림없었다. 기가 약해진 탓이리라, 아니면 그동안 상상의 공간에 길렀던 뽕나무가 현실로 풀려나와 자신에게 보복을 하는 건지도 몰랐다. 달리 생각하면 그건 위험한 발상이었다. 상공은 톱이며 낫 같은 연장을 흩어놓은 채 안으로 들어가 소파에 누웠다.

하얀 피, 뽕나무의 생명을 운영하는 그 액체. 그것은 생물학적인 생명을 넘어 이념을 함의하는 생명의 수액이었다. 신라에 불교를 전파하다가 순교한 이차돈(異次頓)이 흘렸다는 하얀 피를 생각하게 되었다. 상공은 심호흡도 하고, 창밖으로 하늘을 쳐다보다가 뒷목을 주물러보기도 하면서 거실을 서성였다.

"위인전기 소재 파일 어디 두었지?"

"순교한 나무 이야기라도 쓰려고 그래요?"

상공은 아내 상순이 찾아가지고 나온 파일 노트를 열어보았다. 전에 써놓았던 이차돈에 대한 글을 프린트해둔 게 거기 들어 있었다. 톱으로 자른 자리에서 뽕나무 진액이 하얗게 흘러나오는 것을 보고 이차돈을 들추는 것은 상공 자신도 신경쇠약으로 다가가는 조짐 아닌가 싶을 지경이었다. 상공은 쉴 겸해서 적어두었던 글을 읽어보았다.

이차돈은 속세의 성이 박씨이고, 이름은 염촉(厭觸)이었다. 그는 501년에 태어나 527년 죽었다. 식민지 시대 작가들처럼 짧은 생애를 살았다. 그는 거차돈으로도 불리며 습보 갈문왕의 아들이라 하여 계보가 왕족과 핏줄이 닿아 있는 것으로 보기도 한다.

이차돈은 내사사인(內史舍人)이라는 말직의 관리로 성질이 곧기로 이름이 나 있었다. 당시 50여 년 전부터 신라에 널리 퍼지기 시작하던 불교를 깊이 신봉했다. 관리라는 신분과 새로운 세력으로 들어오는 종교는 갈등을 일으키기 마련이다. 법흥왕이 진흥하고자 하는 불교는 새로운 세력이었고 관리들은 토속종교에 빠져 있었다. 이러한 갈등은 기독교의 경우도 유사한 사례를 보여준다. 로마의 세바스찬이 그런 경우이다. 로마의 하급 관리 세바스찬은 로마 관리로서는 최초로 기독교를 믿다가 온 몸에 화살을 맞아 순교했다. 당시 법흥왕이 불교를 공인하려고 하였으나, 제신들의 반대에 직면해서 자신의 의지를 관철하지 못하고 있었다. 종교는 한 나라의 임금도 맘대로 하기 어려운 정신 영역이기 때문이다.

이차돈은 법흥왕의 번민을 알아챘다. 법흥왕의 번뇌를 해결하는 것은 자신이 신봉하는 불교를 널리 퍼지게 하는 포교의 더할 수 없는 절호의 기회요 최상의 방법이었다. 그는 왕이 절을 짓는 불사를 하도록 여러 가지 방법으로 간하고 청했다. 왕이 제신들의 뜻을 어기고 수행하는 불사가 말썽을 빚으면 책임을 자기가 대신 떠맡음으로써, 자기를 희생하더라도 왕의 뜻을 펴게 하기로 작정했다. 이차돈은 왕을 만나 진언을 올렸다.

"뭐라 해도 제 목숨만큼 버리기 어려운 것은 없을 것입니다. 그러나 제가 저녁에 죽어 커다란 가르침이 아침에 행해지면, 부처님의 날이 다시 설 것이요, 임금께서 길이 평안하시리이다."

그대가 부처님을 위해 목숨을 내놓겠다는 뜻인가? 왕은 이차돈에게 진지하게 물었고, 이차돈은 머리를 조아리면서 그렇다고 확언에 확언을 거듭했다.

왕은 불사를 일으켰고, 공사가 진행되는 동안 가뭄이 들고 역병이 돌아 백성들이 죽어나가는 자가 헤아리기 어려웠다. 신하들은 물론 백성들까지 궁궐에 몰려들어 임금에게 불사를 철회하라고 압력을 가했다. 그러는 과정에서 왕이 이차돈의 진언을 믿고 불사를 무리하게 거행했다는 비판이 일었다.

이차돈이 다시 왕을 찾아갔다. 이차돈의 얼굴은 환하게 폈고 왕은 얼굴에 주름이 가득했다. 이차돈은 희열이 가득한 목소리로 임금에게 아뢰었다.

"신이 그릇되게 말씀을 전했다 하십시오. 그 벌로 신의 목을 베는 형벌을 주십시오."

절을 짓는 것은 법흥왕 자신의 뜻이 아니고 이차돈이 그런 그릇된 주장을 해서 일이 그리 되었다는 식으로 임금에게 빌미를 만들어주었던 터이다. 다른 신하들은 그런 방자한 주장을 해서 절을 짓게 한 이차돈을 처형해야 한다고 목소리를 높였다. 법흥왕은 안타까운 심정을 잠시 접어두고 이차돈의 목을 베라고 명령했다.

"부처님이 계시다면 제가 죽는 자리에서 반드시 이적이 일어날 것입니다."

형을 집행하는 관리가 이차돈의 목을 베자 머리는 멀리 날아가 금강산 꼭대기에 떨어졌고, 잘린 목에서는 흰 젖이 수십 장이나 솟아올랐으며, 갑자기 캄캄해진 하늘에서는 아름다운 꽃이 비처럼 떨어지고 땅이 크게 진동하였다고 한다. 이차돈의 잘린 목이 경주의 북쪽 산에 떨어져 거기에 묏동을 만들었다는 이야기도 있다.

친구들의 애도가 이어졌고, 많은 사람들이 이차돈의 불심을 칭송해 마지않았으며, 스스로 불교를 믿는 이들이 날로 늘어났다.

여기까지 읽다가 상공은 서재를 둘러보았다. 아내가 컴퓨터 앞에 앉아 무엇인가 입력하고 있었다.

"삼국유사 어디 꽂혀 있지?"

"당신 일하는 동안, 내가 보려고 건넛방 소파에 두었어요."

일연 선사가 이차돈의 죽음에 대해 무엇인가 이야기를 해두었던 게 있었던 듯싶었다. 상공은 건넛방으로 가서 아내가 옮겨 놓았다는 『삼국유사』를 집어들었다. 구입한 지 오래되기도 했고, 여러 차례 들쳐보는 바람에 책가위가 너덜거렸다. 상공은 자기들 내외도 이 책가위처럼 낡아가고 있다는 생각을 했다.

이차돈의 행적에 대해 『삼국유사』를 기록한 일연 스님의 평가가 나와 있는 부분에는 간지가 꽂혀 있었다. 아내 상순이 남편 상공과 같은 생각을 하고 있었던 모양이다. 상공은 다음 구절을 소리내어 읽었다.

"개자추가 자기가 섬기는 임금의 건강 회복을 위해 허벅지 살을 베어 바쳤다 한들 이 엄청난 절개에는 비교할 바가 아니요, 홍연이 임금을 위해 배를 갈랐다 한들 이 장렬함과는 견주지 못할 것이다. 이가 곧 임금의 믿음에 의지해, 힘써 아도의 본마음을 이룬 성자이다."

상순이 듣고 있다가 얼굴에 웃음을 지펴올렸다.

"당신도 나랑 같은 생각을 했구만."

"충성과 성스러움의 차이가 뭔지 알고 싶어서……."

남편이 하는 일을 방해하지 않으려고 자기도 내심 고심했다면서, 흰 수액과 흰 피가 같을 수 없지만 자기가 짚어본 맥락을 이야기했다. 상순의 이야기 내용은 대개 이런 것이었다. 상순은 남편 앞에서 마치 메모한 내용을 읽는 투로 이야기했다.

개자추라든지 홍연이란 인물의 행동은 정치적인 충성, 임금에 대한 신하의 일방적인 단심의 발로라는 의미의 심벌로 충분해. 그런데 이차돈의 경우는 달라, 그렇지요? 사실 임금은 전도나 포교를 위한 장치에 불과한 걸로 설정되었거든. 이차돈의 행동은 충성이라기보다는 불교의 전도에 중심이 가 있어. 그런데 아도라는 인물이 궁금해진 거야. 아도의 본마음이라는 게 뭐겠어?

"불도의 전파?"

"전도가 신앙의 가장 확실한 증거라잖아요?"

아내 상순의 이야기를 듣던 상공의 상상은 아도를 향해 날개를 달았다. 근간에 상공은 인간에게 성스러움이란 무엇인가, 인간의 인간다움은 무엇인가, 인간의 위의(威儀)는 무엇인가 하는 데 대해 관심을 모으는 중이었다. 그 가운데 하나 설정된 것이 순교라는 항목이었다. 일괄해서 순사(殉死)라고 하는 행위, 또는 그러한 사건이 관심의 대상으로 떠올랐다. 나라를 위해 목숨을 바치는 순국에서 비롯해서 종교적 신앙을 위해 목숨을 바치는 순교, 직장에서 일하다 죽는 순직, 그런 계열체들의 단어가 의식의 수면에서 부산하게 명멸했다. 아도, 그리고 아도의 본마음이란 무엇인가, 그런 어휘에 잠시 골몰했다. 마침 얼마 전에 찾아서 정리해두었던 인물 메모가 떠올랐다.

"당신이 이거 좀 읽어볼래?"

상순은 남편 상공이 넘겨주는 쪽지를 들고 천천히 읽었다.

아도(阿道)는 신라에 불교를 전한 인물로 그의 신분에 대해서는 여러 설이 있으나, 신라의 불교 전파에 공헌한 다문화적 인간상의 하나인 것은 틀림없다. 위나라 사신 아굴마가 고구려에 왔을 때, 고구려의 고도령이라는 여인이 관계를 갖고 그 사이에 난 아들이 아도라고 전해진다. 부계로는 중국인이고, 모계로는 고구려 사람이다. 신라로 보면 이웃나라 사람이다. 이러한 아도의 포교 정신을 이차돈이 계승해서 순교를 했다는 것은, 불교 전파가 국제적인 사건이었음을 암시하는 단서다. 거슬러 올라가면 인도에 이르게 된다. 인도에서 중국을 거쳐 한반도에 고구려 신라 백제가 솥발처럼 버티고 있을 때 불교가 이땅에 들어왔다는 것은 당대가 동아시아 문화의 한 정점을 이루는 시대와 맞물려 있다는 점과 무관하지 않을 것이다. 석가모니, 아도, 이차돈, 신라의 법흥왕 그리고 그 후 100년이 지나서 원효와 의상이 신라 정신을 불교와 연관지어 불국을 이루게 하는 맥락이다.

"너무 거칠어요."

"장시간 주물러야 물건이 되겠지."

"김교신 선생은 포플러의 사상을 이야기하더니, 당신은 뽕나무의 사상을 꾸며내는 건가?"

"누가 보면 웃기는 부부라고 하겠지?"

상순은 남편을 무연히 쳐다보다가, 서재에서 나갔다. 거실을 건너가다가는 어깨를 들썩거리면서 키들대고 웃었다. 허브차를 타가지고 서재로 들어오는 상순의 얼굴이 하얗게 세어 보였다.

"요새 정치에는 영혼이 없어요. 세콤 정치 같아요."

"언제는 영혼 있는 정치 보면서 살았던가."

생각해보면 종교와 정치가 아무 연관 없이 각놀라는 법은 없는 것 같았다. 이차돈이 포교를 위해 임금과 마음을 같이했다는 점은 종교와 왕권의 관계를 생각하게 하는 모티프가 되는 셈이다. 그런데 이차돈이 순교한 이후, 법흥왕은 왕위를 진흥왕에게 물려주고 스스로 중이 되어 법공(法空)이라고 불렀다고 한다. 그리고 그가 세운 정사를 대왕흥륜사(大王興輪寺)라고 했다고 전한다. 이후 신라는 나라가 융성하고 불교가 널리 퍼지게 되었다는데 법흥왕이 스스로 중이 되었다는 사실을 어떻게 보아야 할 것인가는 쉽게 풀리지 않을 화두로 남았다.

상공은 그쯤에서 생각을 정리하기로 했다. 뽕나무 몇 그루 잘라버리려는 일을 하면서, 생각이 너무 비약을 거듭하는 것은 현실감이 적은 공상 같기도 했다. 이차돈이야 성인의 반열에 오른 인물이고, 순교라는 기막힌 길을 스스로 택한 것이 아니던가. 범부가 따르지 못할 길을 이십 대 후반의 신라 사내가 훤칠하게 앞서 갔다는 것은 그 동인이 무엇인지를 다시 더터봐야 할 일이었다.

성인이 목숨을 내놓고 전파한 불교가 나라를 흥왕하게 하고, 불법을 널리 펴는 데 공을 세웠다면, 오늘 내가 자르는 이 뽕나무가 흘리는 하얀 피는 무엇을 위한 희생 혹은 무엇을 위한 순교가 될 것인가. 화식하는 속연의 세상에서 잘려나간 뽕나무는 화덕의 불쏘시개는 될 법하다만, 순교가 되기는 연이 안 닿는 듯하다. 나무가 순교를 한다? 그런 시적 발상은 자칫 산문의 강골에 위해를 가할 수 있는 암적 존재가 될 수도 있다는 생각을 하면서, 뽕나무 잘라낸 흰한 언덕으로 내다뵈는 묏동을 한참 아무 말 없이 쳐다봤다.

얼핏 눈앞으로 그림자 같은 것이 스치고 지나갔다. 상공은 머리를 흔들고 눈을 비볐다. 아무것도 보이는 게 없었다. 자기도 모르는 사이에 이렇게 웅얼거리고 있었다.

> 톱으로 자른 뽕나무 가지들을
> 땅에 고이 묻으면
> 하얀 피가 흐르던 끄트머리마다
> 빛깔 고운 사리가 열릴까.

아내 상순이 다가와 상공이 읊는 시를 엿듣다가는 빙긋이 웃었다.

"아지 못할 노릇이다."

그런 아득한 소리가 들려온 것은 묏동 뒤로 펼쳐진 산자락에서였다. 상공은 눈을 치뜨고 산자락을 훑어나가 하늘에 닿은 산봉을 쳐다보았다. 산봉 위로 쟁기를 진 사람, 자귀를 어깨에 멘 사람, 소화기를 등에 진 사람, 걸망을 어깨에 멘 사람 해서 거대한 행렬이 지나가는 중이었다. 하늘로 이어지는 계단을 밟아 올라가는 무리들 가운데 상공의 부친과 상공 자신도 섞여 있었

다. 햇무리가 져서 무지개 같기도 하고 안개 같기도 한 그림자
가 설렁설렁 돌아가는 바퀴가 되어 하늘끝을 향해 굴러갔다. 그
것은 거대한 환상이었다. 그러나 단순한 환상이 아닌 것은 그
가운데 자신과 아내의 얼굴이 너울거리고 있었기 때문이었다.

　상공은 그런 이야기를 아내 상순에게는 물론 다른 사람 아무
한테도 하지 않았다. 다만 상공이 나무를 심고 풀을 매던 이 땅
이 어째서 그런지는 몰라도 거룩한 땅이라는 목소리가, 상공의
집과 뫼둥을 감싸면서 울려퍼져 상하장이 뽕나무가 있는 동산
이라는 뜻은 훨씬 벗어나는 일종의 성림(聖林)처럼 느껴지는 것
이었다. ＊

페치카가 있는 집

바깥에서 바람이 눈을 몰아가는 소리가 들렸다. 밤이 이슥해지면서 바람은 더욱 거세게 몰아쳤다. 바람 소리가 꺼끔해지자 잠시 적막이 깃들었다. 늑대 울음소리가 꺼엉 꺼엉 음산한 여운을 끌고 지나갔다.

"너무 추워, 장작 더 없어?"

녹샘이 핏기가 가셔 하얀 손을 문질러 비비면서 말했다.

"마지막 한 덩이가 남았어."

레보는 페치카 안에서 삭아드는 불 위에 장작을 얹어 넣으며 녹샘의 어깨에 모직 숄을 걸쳐주었다. 숄에서 늙은이 머릿내로 찌든 냄새가 풍겼다. 불씨가 너무 삭았는지 장작에 불이 잘 붙지 않았다. 레보가 부젓가락으로 불씨만 모아 문앞으로 긁어내 놓고는 입김을 후후 불었다. 연기 사이로 여린 불꽃이 피어오르기 시작했다. 연기가 얼굴로 달려드는 바람에 레보는 눈물을 질

금거렸다.

"장원의 도련님이 부엌데기가 됐네."

녹샘이 어깨로 흘러내리는 숄을 걷어올리면서 파리한 얼굴로 레보를 쳐다봤다. 레보가 녹샘을 한참 멍하니 바라보았다. 초점을 잃은 눈이었다. 아무런 기대도 희망도 가지지 못한 패배한 자의 절망어린 눈빛이었다.

"우리 처음 만날 때는 잘살았잖아?"

녹샘은 그간의 내력을 은근히 재촉하고 있었다. 아이 우는 소리를 닮은 짐승 소리가 문틈을 비집고 집 안으로 들어왔다.

"이야기가 너무 길어."

레보는 벽에 걸린 초상화를 흘금 바라봤다. 초상화 액자 한 구석에 노란 딱지가 붙어 있었다. 녹샘도 레보의 눈길을 따라 방 안을 둘러보았다. 장식장이며 그 위에 놓인 빛이 번쩍거리는 군도, 훈장이 반듯하게 달린 장교복, 은으로 만든 그릇들이 역시 노란 딱지를 달고 추연하게 널브러져 있었다.

"아버지가 정말 그렇게 큰 잘못을 한 거야?"

녹샘이, 자기라면 얼마든지 너그럽게 그러안을 수 있을 건데 하는 얼굴로 반물음을 던졌다.

"외삼촌 때문이기는 하지만, 아버지의 잘못도 있어."

레보가 짧은 한숨을 쉬었다. 밖에서 우지직하면서 소나무 가지 찢어져 내리는 소리가 들렸다. 페치카 안에서는 겨우 불이 붙은 장작이 파란 불꽃을 제법 나풀거리면서 타올랐다.

"외삼촌이 아버지 죽였다고 그러더니?"

녹샘이 왼손 손꺼스럭을 이빨로 물어 뜯어내면서 물었다. 레보에게 목도리를 떠준다고 뜨개질을 하느라 생긴 손꺼스럭이었다.

"어차피 지난 일이야."

레보가 쓴 입맛을 쩍 다시면서 쇠꼬챙이를 들어 불을 돋구었다. 벌써 장작은 불기운이 사그러들고 있었다. 아직 밤을 지나려면 장작이 한 아름이 있어도 모자랄 판인데, 마지막 하나까지 페치카에 넣어버린 뒤였다. 녹샘은 어깨를 들먹이며 속으로 울기 시작했다.

"이제 우린 어떻게 되는 거지?"

녹샘이 눈물이 번질거리는 얼굴을 들고 물었다. 레보는 못 들은 건지 듣고도 못 들은 체하는 것인지, 아무 대답도 하지 않았다. 앞으로 어떻게 될지, 어떻게 할지 아무 마련이 없는 처지였다. 그야말로 저택의 그늘에서 자라고 그 저택이 그대로 유지되는 한 살아가는 걱정은 천박한 우려라고 치부해놓고 지냈다.

"뭐 땔 게 없을라나?"

레보가 남의 집처럼 낯설어하면서 방 안을 둘러보았다. 그사이 지난 갖가지 추억이 머리를 스치고 지나가는 듯, 아련한 비애가 묻은 얼굴로 방 안을 거푸 둘러보았다. 불을 지필 만한 물건은 눈에 들어오지 않았다.

"콜럼버스의 장화 같은 거?"

콜럼버스가 항해 중에 식량이 떨어지자 장화를 삶아 먹으면서 항해를 계속했다는 이야기를 하는 중일 거라고 레보는 짐작으로 알아들었다. 녹샘의 눈은 어느 사이 서가를 더듬고 있었다.

"우리는 죽은 사람의 몸뚱이 위에다가 뿌리를 내리지."

레보가 『현대국방사』라는 금박 문자가 찍힌 책을 꺼내 표지를 뜯어내려고 잡아당겼다. 책표지는 앙버티면서 뜯어지지 않았다. 회칠한 무덤이 그렇다고 했지. 무덤을 너무 장식하면 파묘에 고생하는 것처럼, 지난 일을 과도하게 치장하면 뒷사람들이 폐기하기 쉽지 않지. 레보는 그렇게 중얼거리며 겉장을 넘기고 속표지부터 뜯어내어 페치카 안에 던져 넣었다. 불꽃이 살아나 타올랐다.

"역사를 불살라버리는 거야?"

녹샘이 힘없는 목소리로, 그래도 되는가 물었다.

"다른 방법이 없어."

레보는 이 책이 어떤 내용인지 궁금하지 않은가 물었다. 시큰둥해하는 녹샘 앞에서, 레보는 그 책 이야기를 건성건성 늘어놓았다. 밖에 바람이 잦아든 모양으로 조용했다. 달이 구름을 비집고 나왔는지 창이 희부윰했다.

이 책은 우리나라가 국방을 위해 분투한 기록이야. 영웅들의 이야기로 가득 차 있어. 우리 아버지는 통신장교였다고, 명단에 겨우 이름이 하나 나오지. 일개 통신장교라는 걸 아버지는 한탄하는 투로 웃어넘기곤 했어. 아버지는 술이 거나해져 들어오는 날은 그렇게 말하곤 했어.

"전쟁은 오케스트라야."

지휘관이 돼야 전쟁을 하는 맛이 나는 거란 말야, 지원부대에 속하는 이들은 이름을 내지 못해. 그냥 땅에 묻히고 말지. 전에 아버지는 그런 이야기를 했어. 컨덕터가 되라고 말야. 악단 뒤에 러시아 병정처럼 서 있다가 4악장쯤에 가서 아무리 꿍당대면서 드럼을 울려봐야 헛거다. 드럼은 본래 부속품, 조연 그런 거야. 위대한 심벌리스트나 세계를 빛낸 팀파니스트 그런 건 없어. 악단 단원들에게 된장국 끓이고 밥 해준 아주머니 이름은 전사에 기록되지 않아. 식사영웅, 제복영웅, 제화영웅, 견장영웅 그런 존재는 없어. 마찬가지로 통신영웅도 없어. 통신? 그거 통신선에다가 목숨을 걸지만 돌아오는 것은 잘못되었을 때 처벌뿐이란다. 어떤 처벌일까? 그건 네가 몰라도 된다. 아무튼 나는 그 처벌이 늘 마음을 찢어놓곤 했지. 나는 전쟁의 컨덕터가 되고 싶었다, 너 그 심정 알겠어? 그런 이야기 끝에 아버지는 늘 어머니와 등을 돌리고 눕곤 했대.

"그래서 일찍 옷을 벗었다고? 전에 한 얘기걸랑."

녹샘이 신통치 않게 이야기를 받아들였다.

"외삼촌은 어머니를 먼저 생각한 거야."

레보의 눈이 번득했다. 외삼촌이 아버지를 죽게 했다는 이야기를 하면서 레보는 몸을 부르르 떨었다.

"어떻게?"

녹샘이 물었다. 레보가 이야기를 정리해서 간추렸다. 레보는 표정이 증발하기라도 한 것처럼 퇴석퇴석한 얼굴로 이야기를 했다. 그러면서도 손은 여전히 책장을 찢어 페치카 안에 던져 넣었다. 불꽃이 이울 만하면 다시 책장을 찢어 넣어 불꽃을 살려내곤 했다. 밤이 어느만큼 깊었는지 밖에서는 이따금 바람이 몰아치다가 조용히 잦아들었다.

"원산 출신 여가수가 있었어. 따지자면 나의 작은어머니가 되는 셈인가, 죽은 어머니가 들으면 무덤에서 일어나 나와 자지러질 테지만."

사람이 얽히는 맥락은 참으로 알 수 없다는 이야기에 이어, 레보는 장교들의 사진이 인쇄된 책장을 뜯어서 페치카에 넣었다. 불꽃이 일어났다가 주저앉고 책지 종이를 뜯어 넣으면 다시 불꽃이 일었다.

"너무 춥다, 장작이 있어야……"

녹샘은 레보에게 장작을 더 찾아보라고 다그치듯이 쳐다보았다. 그러나 관리인이 패놓았던 장작은 이미 다 끝장이 난 뒤였다. 관리인은 이렇게 눈이 내리고 바람이 설레는 밤을 지낸 다음 날은 사냥을 나가 토끼니 꿩이니 하는 사냥감을 풍성하게 걸머지고 돌아와 요리까지 깔끔하게 해 내놓았다. 집안에 고기 굽는 냄새와 보드카 향이 자욱했다. 아버지는 아코디언을 연주하고 어머니는 그 옆에서 흘러간 옛 노래를 불렀다. 레보는 그 사이에서 브라보를 외치며 짙은 포도주를 마셨다. 술을 하기는 아직 이른 나이였다. 아버지는, 너는 컨덕터가 되어야 한다고 거듭 레보의 귀에다 틀어댔다.

"아버지는……"

레보는 그렇게 허두를 떼고는 녹샘을 무연히 바라보았다. 이런 이야기를 해도 아무 소용이 없다는 표정이었다. 아버지는 여자가 둘이었지……. 아버지가 선택한 천안댁과 강제로 맡겨진 원산댁. 물론 뒤에 안 일이지만 말야.

그날, 레보의 대학 졸업시험이 끝난 날이었다. 크리스마스를 얼마 앞둔 시점이었다. 육 개월 만에 돌아온 아버지는 송년음악회 초청장을 들고 와서 같이 가자고 서둘렀다. 아버지는 무언지 기대에 가득 차 있는 듯했다. 아버지는 말하자면 집안의 그림자와 같은 존재였다. 가장이 나서서 해야 하는 모든 일을 어머니가 도맡아 처리했다. 매월 액수를 알 수 없는 거금이 집안 통장에 들어왔다. 아버지는 늘 정체를 알 수 없는 거인의 그림자처럼 집안을 움직였다. 그렇다고 어머니가 아버지에게 불만을 털어놓는 적은 별반 없었다. 아버지가 출장이 잦아 함께 지낼 수 없는 게 레보에게는 불만이었다. 정보장교로 전역했다는 것은 알지만, 전역 후 어디 가서 무슨 일을 하는지 함구를 하고 지냈다. 그것은 말하자면 낡은 부적 같은 음습한 냉기였다.

"나라 일을 하자면……"

그렇게까지만 이야기를 하고는 뒷이야기를 잇지 않았다. 어머니가 알 만한 이야기라면 아들에게 숨겨야 할 까닭이 없었다. 그러나 어머니는 늘, 아버지는…… 큰 일꾼이라는 한마디를 할 뿐, 그 다음에는 말끝을 흐렸다.

음악회가 끝나고 나오는 길이었다. 예상치 못하게, 작곡가 변훈 곡 〈명태〉를, 여성으로서는 소화하기 힘든 그 노래를 낯선 창법으로 근사하게 불렀던 여가수가 출구에 나와서 아버지에게 인사를 했다. 가수는 아버지의 손을 붙잡고 눈에 눈물이 어리는 것을 손수건으로 찍어냈다. 아버지와 여인은 연민과 회한이 깃든 눈으로 한참 서로를 바라보았다. 아버지는 여가수에게 애들은? 원산 집은? 그렇게 안부를 물었다. 아버지는, 또 연락하자는 간단한 한마디를 하고는 돌아서서 음악회장 계단을 밟아 내려갔다. 애들은? 하는 한마디가 어머니에게는 가슴을 치는 충격이었던 모양이다. 어머니의 가슴이 명태처럼 '짝짝 찢어지는' 순간이었을지도 모를 일이다.

"그 여자, 누구야?"

어머니가 얼굴이 파래져가지고 물었다. 아버지는 흠칫하며 놀라는 얼굴을 했다. 레보가 보아도 아버지의 표정은 어떤 터놓지 못할 비밀을 들킨 것처럼 난감함과 계면쩍음이 뒤섞여 있었다.

"탈북 가족이야, 원산, 사범학교…… 나온, 본래 공훈가수지."

아버지의 음성이 떨리면서 굳어져 들렸다. 레보는 저 여자가 지금의 어머니를 대신해서 새어머니가 되어 들어앉을지도 모른다는 예감을 했다.

"당신 왜, 내 앞에 그 여자를 내세워?"

어머니는 겉으로 드러나지는 않지만 속이 타고 있는 듯했다. 얼굴 빛깔이 푸르둥둥하게 변하고 뺨의 근육이 실룩거렸다.

어머니는 그날 밤 외삼촌에게 전화를 하면서 사설이 길었다. 한 남자를 독점할 생각은 없어, 그치만 나 몰래 원산에서 애까지 낳아 기른다는 건 용납 못해. 여자가 어떤 건지를 보여줄 거야, 국가가 사랑을 사기치는 일이야 차라리 흔해빠진 멜로야⋯⋯. 그러면서 죽어서 눈에 흙 들어가기 전에, 나는 그냥 못 죽어⋯⋯ 흐느끼는 소리가 벽을 넘어왔다. 어머니 전화를 듣고 있던 레보는 한 짬도 잠을 이루지 못했다.

"원산 여자가 누군데?"

이야기를 듣고 있던 녹샘이 물었다. 바람에 유리창이 덜컹거리며 흔들렸다. 밖에 누군가 와서 기다리다가 주인을 급작스레 불러내는 듯한 소리였다.

"짐작해봐⋯⋯ 그렇잖아?"

녹샘은 한참 입을 다물고 타들어가는 불꽃을 바라보았다. 레보가 뜯어서 페치카에 넣던 책이 표지만 남았다. 레보는 일어나서 다시 책장으로 다가갔다. 역시 금박으로 책가위가 장식된 책을 하나 꺼냈다. 마저 불을 때자는 셈인 모양이었다. 책등에 다이어리라는 금박 글자들이 보였다.

"우리가 처음 키스를 한 날, 기억나? 만우절이야."

레보가 어떤 페이지인가를 들추어보다가 그렇게 한마디를 띄웠다. 녹샘은 잠시 얼굴에 웃음을 떠올리다가는 팔을 뻗어 레보의 손을 잡았다. 그리고는 춥다면서 레보의 허리에 팔을 감아돌렸다. 레보가 슬그머니 녹샘의 팔을 제쳐놓았다.

"이건 현실이야."

밖에서 바람소리가 문을 덜컹거리며 몰려갔다.

"그래서?"

녹샘은 항의하듯이 레보를 밀어제쳤다. 레보는 책장에서 꺼낸 일기장을 찢기 시작했다. 레보는 녹샘을 향해 이야기를 귀에 틀어박듯 했다. 우리가 결국 그렇게 된 것처럼, 아버지도 세상이 정한 선을 넘은 거야. 어머니가 히스테리 발작을 보이기 시작하면서, 자네가 우리 동생을 미치게 하고 결국은 죽음으로 몰고 가는 장본인이니 그 죄과를 받아야 한다, 그러면서 참으로 어이없게도 정보기관에 아버지가 간첩이라고 신고를 한 거라, 그게 어떤 과정을 거쳐 사람이 어떻게 되는 건지 녹샘은 모르지? 아니 잘 알지? 아버지는 완전히 탈색된 인간이 되어 집으로 돌아와 짚덤불처럼 무너져버렸어. 내막은 모르겠는데 아버지가 운영하던 어떤 업체가 밀수를 하고, 거기다가 세금을 포탈했다는 거야. 어머니는 정신병원엘 다니다가 결국은 정신분열증이 되어 입원, 치료, 재발, 심화, 그런 과정을 겪은 다음 공식처럼 저승길로 들었지. 그리고 나서, 외삼촌의 그림자가 검은 사신처럼 우리 집안에, 아니 아버지의 운명에 드리우기 시작한 거야. 아버지는 어머니가 병을 털고 일어나기를 기대하면서 온갖 재력을 다 동원한 건 물론 의문의 여지가 없어. 믿을지 모르지만 미국에서 노벨상을 받은 의사 메드커밍스를 초청해서 어머니를 보이기도 했는데 허사였어. 레보는 졸고 있는 녹샘을 안아서 들어올려 침대에 눕혔다.

"추워."

녹샘은 침대 위에 몸을 옹송그려 누우면서 중얼거렸다. 레보가 녹샘의 입술에다가 자기 입술을 가볍게 포갰다 떼었다. 레보는 몇 장 남지 않은 일기장을 찢어서 불 위에 던졌다. 6월 15일, 우리는 첨으로 섹스를 했다. 녹샘의 몸은 파충류처럼 차가웠다. 라이방으로 눈을 가린 사내들이 다녀간 뒤였다. 6월 25일 전쟁이 일어난 날, 아버지가 석 달 만에 집에 들어왔다. 원산에 있는 네 동생, 그런 잠꼬대를 했다면서 내외가 다투었다. 아니 다투던 기억이 난다. 10월 3일 아버지가 죽었다. 남북교 다리 밑에서 변사체로 발견되었다.

그 후로 세금이며 추징금이며 해서 집안이 분해되는 과정이 일기장 속에 기록되어 있었다. 레보는 일기를 쓰는 거 말고는 할 줄 아는 게 아무것도 없었다. 아버지의 배려가 레보를 음지식물로 자라게 한 결과였다.

"내일, 우리 어디로 가?"

녹샘이 잠꼬대를 했다. 어디로 가야 할지 알 길이 없었다. 눈이 너무 많이 쌓여 집달리들이 오지 못하면, 며칠 견딜 수 있을라나. 아니면 소나무 가지가 부러져내려 길을 막으면 차량 통행이 안 될지도 모르지. 그러나 헛된 기대였다.

레보는 녹샘이 잠든 옆에 앉아서 쉬지 않고 불을 지폈다. 일기장에 이어 녹샘과 다니면서 찍어두었던 앨범에서 사진을 하나하나 빼내서 페치카에다 태웠다. 앨범을 묶었던 스프링이 빨갛게 불이 달았을 때, 졸음이 쏟아졌다. 녹샘과 나눈 사랑의 흔적은 모두 재가 되어 날아갔다. 흔적이 없으면 새로 시작할 수 있는 것인가. 녹샘과 어떤 새로운 시작을 할 수 있을까. 아무리 생각해도 헤어져야 한다, 다른 길은 없다. 혼자 견뎌야 하는 시간이 아득한 길처럼 앞에 깔려 있을 뿐이었다.

창문이 훤하게 밝아왔다. 페치카는 불꽃이 완전히 사그라들고 방안은 싸늘하게 식었다. 몸이 떨려오기 시작했다. 레보는 노란 딱지가 붙은 모포로 녹샘을 덮어주었다. 집을 비우고 떠나야 할 시간이 주춤주춤 다가오고 있었다.

"아버지 잘못이라는 게 뭐야?"

녹샘이 눈을 감은 채 물었다. 눈만 뜨지 않았지, 레보의 동정을 살피고 있던 모양이었다.

"원산 여자, 독하게 견뎠어야…… 했던…… 거."

레보는 말끝을 마무리하지 않은 채 녹샘을 바라보았다. 레보는 이를 악물고 부드득 소리가 나게 턱을 돌렸다. 입안에서 부서진 잇조각이 혀에 걸렸다. 입안에 비릿하고 찜찔한 피가 고였다.

　마을 입구에, 사냥꾼처럼 검정 외투를 입은 사람들 대여섯이 이쪽을 향해 눈속을 걸어 올라오는 게 보였다. 페치카 안에서 투둑 투둑 열 달았던 돌맹이들 깨지는 소리가 들렸다.

페
치
카
가
있
는
집

영각을 하는 기계와 더불어

　　창고에서 예초기를 꺼내 그라인더로 날을 갈아 바꿔 끼우면서, 도아무는 등골로 서늘한 느낌이 지나가는 것을 느꼈다. 절반 남은 연료통에 기름을 채워 넣었다. 작은 통에다가 휘발유를 팔 부쯤 채우고 그 위에 윤활유 통을 기울여 조심조심 따라 붓는다. 맑은 휘발유에 악마의 검은 피가 섞이는 것처럼 기름이 탁해진다. 이렇게 섞어야 힘이 난다고 한다. 휘발유만으로는 힘이 약하다는 것이다. 맑은 영혼에 악마가 잘 끼어든다는 것은 희한한 아이러니지만, 역시 마력으로 표시되는 힘은 악마의 소관사인지도 모른다.

　예초기로 일을 해본 사람은 대개 실감을 하겠지만, 예초기를 돌려 작업을 하다 보면 짜릿한 쾌감과 함께 살의충동에 가까운 욕망에 휩쓸리게 된다. 이러한 욕망은 방향을 잃어서 무작정으로 치달리는 통에 위험하기 짝이 없다. 방향을 잃고 치달리는 걸로는 이 나라 청춘들의 군대 체험을 넘어설 게 없을 듯하다. 예초기를 메고 언덕을 내려가면서, 도아무는 아득한 기억의 저 편을 더듬기 시작했다.

구포역에서 김해로 들어가자면 구포 다리를 건너야 했다. 낙동강에 걸쳐놓은 구포다리는 청춘의 운명을 갈라놓는 체크포인트였다. 호송차 나온 중사는 말했다. 너희들은 이제 공병으로서 영광된 길로 행진하라는 나라의 부름을 받았다. 공병삽 알지? 미군에서 지원된 공병삽 다섯 자루를 다 닳려야, 그때 비로소 다시 구포 다리를 건너서, 고향 앞으로를 외칠 수 있다. 그렇지 못하면 너희들은 백골로 귀향해서 자갈논에 엎드려 땀흘리던 부모들이 피눈물을 뿌리게 하는 불효자가 된다. 알겠나? 예. 메아리가 아득하게 귓전을 스치고 지나갔다. 그 메아리 속에는 자신의 목소리도 포함되어 있었다. 당시 공병대를 골병대로 부른 것도 혹독한 육체적 고통으로 몸이 일그러져 골병이 든다는 뜻이었다. 과연, 육군공병학교 운동장 가에는 공병교육을 받다가 희생된 훈련병들의 위령탑이 침울한 빛깔로 서 있었다. 잘못하면 저 탑에 이름이 오른다는 뜻이리라, 도아무는 막연히 막연히 그렇게 잠작했다.

도아무가 이 마을로 농사를 짓겠다고 들어온 것은 세 해 전의

초연기 — 파초의 사랑

일이었다. 말이 농사지 골병드는 일을 자초하는 꼴이었다. 풀을 제대로 제쳐주지 못한 밭농사는 처음부터 작물에게 포학을 하는 짓이었다. 참외를 몇 개라도 따서 아이들에게 먹이면서, 이 할애비 손으로 기른 황금빛 열매다, 너희들도 맛을 보고 참외꽃처럼 예쁜 웃음을 웃으면서 어른들 앞에서 재롱 부려보아라. 그리고 공부도 잘해서 나중에 훌륭한 사람이 되거라. 아이들이 참외 수박 먹으면서 햇살처럼 웃기를 기대하는 소망으로 참외와 수박 모종을 사다 심기는 심었는데 잡초를 제쳐주지 못해 여린 넝쿨이 풀 속에 묻히고 말았다. 성주참외처럼 황금빛으로 정갈하게 빛나는 금참외를 따자면 골병이 들도록 풀과 싸움을 해야 하는 게 현실이었다. 풀을 뜯어주다가, 급히 들어가 원고를 주무르다가 결국 풀을 제거하는 작전에 실패한 나머지 참외순과 수박 덩굴이 풀섶에 묻히고 만 것이다. 작물, 그 생명을 방치한 셈이었다. 교관은 말했다. 대한민국 근대사는 풀 속에 묻힌 공병 무명용사의 유골 위에 건설되었다. 그들의 고귀한 생명을 생각하라. 과연 그런 희생이 고귀한 것인지는 확신이 안 섰다.

풀과 함께 참외 줄기와 수박 줄기를 베어버리기로 작정하는 데는 시간이 한참 걸린다. 낫으로 제쳐주면 참외를 몇 개는 먹을 수 있지 싶기도 하다. 그러나 등을 볶는 것 같은 땡볕 아래서 소금쩍 돋는 땀을 흘리기는 몸이 견딜까 싶지를 않았다. 허리가 납덩이 채워놓은 것처럼 묵직했고, 무릎뼈에는 불로 지지는 것 같은 통증이 지나갔다. 참외 줄기는 살리면서 바랭이 같은 잡풀을 골라서 베어주는 방법은 없었다. 예스야 노야? 강요된 양분법 속에서 갈등하며 견뎌야 하는 군 생활이었다. 작물과 잡초를 가르는 양분법에 문제가 있는 것인지도 알 수 없었다. 바랭이 속에 환삼덩굴과 함께 얼크러진 참외 줄기에 예초기 날을 대고 기어를 올렸다. 예초기가 부웅 소리를 내며 고속으로 돌아가기 시작한다. 기왕 버리기로 작정한 것, 풀 속에 참외가 익어 있으리라는 기대는 낡은 속옷처럼 버리기로 작정했다. 그런데 어디서 참외 냄새가 예초기 소리를 타고 코로 올라와 스민다. 아이들 머리통만 한 참외 한쪽이 예초기 날에 맞아, 돌덩이가 튀어 들어간 개굴창 물처럼 단물을 풍기면서 나뒹그러진다. 아, 풀섶에서도 참외가 익었구나. 예초기 시동을 끄고 풀섶을 뒤진다. 참외 다섯 개에다가 수박도 한 덩이를 얻었다. 풀 속에서 열매를 익힌 게 신통하다.

어느 사이 도아무의 아내가 나와 참외를 쳐다보다가. 땡잡았네요, 콧방귀 섞인 한마디를 던졌다. 아내와 결혼하고 처갓집에 신행 갔을 때였다. 자네는 땡잡은 거야. 땅을 잡았는지 피딱지를 잡았는지는 쉽게 갈라볼 수 없었다. 골병들게 일해서 얻은 참외 몇 개를 두고, 땡잡았다는 말이 귀에 거슬렸다. 군대에 갔다가 땡잡는 젊은이가 없는 바도 아니었다. 군대에 대한 기억은 아직도 꿈에 나타나 도아무를 진땀나게 하는 그 공병학교에서 시작되었다.

훈련소에서 배출될 때, 도아무의 인사기록카드에는 부르도자 운전병으로 기록되어 있었다. 장래, 청운의 꿈, 그런 생각을 잠시 했다. 공부 때려치우고 부르도자 운전을 하면 하루 삼사십만 원은 식은죽 갓둘러먹기로 건진다는 계산이 속에서 착착 진행되고 있었다. 당시 십만 원이면 도아무가 다니던 학교 한 학기 등록금이었다. 그런데 공병학교 대운동장에 더플백과 함께 구겨 앉아 배속을 기다리는 중에, 소령 계급장을 단 분류관이 대열 가운데를 왔다 갔다 하면서 뭔가를 찾는 눈치였다. 너 일어나봐, 학벌이 괜찮은데에, 하면서 말꼬리를 채올렸다. 그는 한국대학교에 입학해서 한 해를 다니고 나서, 더 이상 서울 바닥에서 견딜 수 없게 되자 군대나 가서 호흡을 조절하자고 군에 입대했던 것이다. 이런 인재를 왜 미련퉁이 도자반으로 넣었어? 귀관 직속상관한테 미운털 박히는 일 있나? 없습니다, 충성. 넌 보일러 운전반으로 간다. 알았습니다, 충성. 그렇게 해서 공병학교에서 군기가 빡세게 엄하고 교육기간이 가장 길다는 보일러반에 배속이 되었다. 지하 보일러실에서 기름 냄새 맡으면서 불이나 쳐다보고 삼 년을 버텨야 할 생각을 하니 한심하기 짝이 없었다. 더구나 목수 일로 뼈가 일그러진다고 하염없이 한탄을 하던 부친의 직업을 생각하면 그 악운을 반복한다는 생각이 들어, 야속하기까지 했다. 국문학을 공부해서 내로라하는 학자가 되겠다는 꿈을 익혀가던 도아무에게, 못된 악령의 검은 그물이 둘러씌우는 셈이었다. 돈 벌어서 목숨 부지하면 그게 성공이지, 성공이 어디 딴 동네 널브러져 있다더냐, 부친 도대성의 성공철학은 그렇게 단순했다. 무슨 일을 하는가는 아무 상관이 없다고 했다. 개같이 벌어서 정승같이 쓰란다고 했다지 않던. 개와 정승이 동렬에 놓이는 부친의 비유를 도아무는 인정할 수가 없었다.

도아무의 아내 신지니 여사가 앞치마를 두른 채 나와서 예초기 작업을 하고 있는 남편을 불렀다. 처음에는 기계 돌아가는 소리에 눈치를 못 챘다. 그러다가 발에 밟히는 그림자를 보고서야 아내가 와 있는 것을 알고, 도아무는 몸을 주춤했다. 그림자라고 해도 역시 사람의 형상이었다. 도아무는 팔이 소름이 돋는 것을 느끼면서 급히 버튼을 눌러 예초기를 껐다. 어머, 딱하기도 해라, 참외가 박살이 났네. 박살났다는 말을 드든 순간 도아무의 뒷골로 저르르 전류가 흘렀다. 일하는 거 돕지는 못할망정, 왜 쌩이질이야? 변기가 막혀서 영 안 뚫려요. 화장실에 뚫어뼁인가 있지 않소? 파이프가 어디 막힌 모양인지 물이 거꾸로 솟아요. 도아무는 아내 신지니 여사를 따라 집으로 들어가면서, 생각은 아득한 저쪽을 헤매고 있었다. 파이프…… 이것은 파이프가 아니다. 아니, 도아무의 기억 속에서, 파이프는 흉기였다.

화부, 보일러공, 거기까지야 그렇다고 해도, 배관에 대한 교육을 같이 받아야 했다. 파이프를 절단한다든지 나사를 내는 작업이 고작 실습이었다. 화장실 위생시설 실습은 양변기 갖다가 늘어놓고 구경하는 걸로 끝이었다. 그런데 교관의 파이프 철학은 말이 되는 것 같기도 하고 안 되는 것 같기도 했다. 현대는 세계 자체가 파이프라인으로 연결되고, 그 파이프라인을 통해 사회를 움직이는 에너지가 혈액처럼 돌아간다는 것을 생각하고, 보일러를 공부하는 데 대해 자부심을 가지라고 교관들은 귀가 아프게 틀어넣었다. 인간도 따지고 보면 몸 전체가 파이프로 연결되어 있다는 주장을 들고나오기도 했다. 그 파이프라인 안에, 물도 돌아가고 피도 순환되어야 하는 것은 물론 인체 기관으로 보아도 자기의 이론은 자명하다는 것이었다. 입에서 시작해서 식도를 거쳐, 위에서 조금 부풀었다가, 대장 소장을 지나 항문으로 빠지는 그 파이프라인 시스템이 생명의 기본적인 작동구조라는 것이었다. 여러분들의 가장 중요한 파이프, 여자라면 모르는 게 없으니 무소부지, 하고 싶은 대로 맘대로 움직여주니 전지전능, 때를 알아 벌떡벌떡 서주니 능소능대, 안 그래요? 교육생들이 와 웃었다. 그래서 영웅은 파이프가 세다, 그런 격언이 나온 겁니다, 알았나? 예. 당시 내무반장은 파이프가 새는지 얼굴이 노래가지고 구보를 하다가는 헉헉거리기도 했고, 향도에게 구보 인도를 맡기고, 자기는 어슬어슬 걸어서 교육장으로 올라갔다. 그가 공병학교를 마칠 무렵 해서 내무반장은 어딘가 요양소로 전출되었다는 소문이 돌았다.

　난 위생시설 관리자 면허증은 안 땄어. 감히 누구의 영을 거역하려고요? 뭐 자격증으로 일하나. 도아무는 허하게 피식 웃었다. 자격증? 교관은 그렇게 늘어놓았다. 보일러 자격증 하나 터억 따가지고 나가면, 그거 끝내주게 좋은 건 사회 나가서 끝발이 팍팍 선다는 거 아이가. 보일러기사, 열관리사 자격증을 터억 하니 따가지구 벽에다가 처억 걸어놓으먼 여자들이 침을 게게 흘리면서 집 앞에 줄을 서는 게라. 마아 하면, 고개에 힘 빡세게 주고, 되야따 가보그라, 하면서 담배 하나 꼬나물고 건넛산 바라보면, 여자들이 치마 걷어붙이고 달려와 품에 팍팍 안긴다 않더나. 또 여관 주인들은 어떻고. 돈 적게 들인다고 날나리 기술자한테, 짝퉁이 보일러 어설프게 놓은 여관 주인들, 겨울만 되면 낡은 파이프 그게 속을 팍팍 썩이는 거야. 그 주인이 와서는 손바닥 살살 비비면서, 보일러 좀 봐주시소 애원을 하제. 어이 도아무, 졸지 말고. 마아 그러먼 딴 데 알아보소 그렇게 퉁겨, 아 좀 봐주소, 딴 데, 우리가, 남이지, 딴 곳, 선상님…… 그렇게 나가다가 나중에는 눈을 찡긋하면서 우리 여관 조바 아지매 끝내준다, 내 붙여주끼……, 선상님, 제발 살려주소, 그렇게 대접을 받는다 아이가. 그러니 제대하기 전에, 그나마 박통 대강 돌아갈 때 자격증 꼭 따가지고 나가라 그런 말인기라. 그러나 도아무는 보일러 자격증을 안 땄다. 제대하고도

화부라는 노비문서 같은 걸 달고 살아야 하는 일이 끔찍했다. 목수 아버지와 보일러공 아들, 도아무는 고개를 홰홰 저어 머리로 파고드는 잡념을 털어냈다.

하긴 도아무도 군대에서 보일러 자격증을 따가지고 나오려는 생각을 안 한 바 아니다. 그리고 교관의 이야기를 꽁꽁 마음에 새기고 있다가, 부대 배치를 받고 내무반 생활이 익숙해진 뒤 틈틈이 자격증 시험 문제집을 달달 외워가지고 터억 하니 자격을 갖춰 나간 친구들이 있었다. 그러나 도아무는 뭔가 더 중요한 게 있지 싶어 주춤주춤 자꾸 미루다가 결국은 자격증 획득 미수에 그치고 말았다. 그 사이 불어 공부를 한다고 이휘영이 편집한 거던가 콩트 선집(콩트 쏴아지) 같은 걸 읽는다고 시간이 건정건정 다 지나고 말았다. 교관 말대로 보일러 자격증을 받았으면 어느 여관 일하는 아지매 만나 알콩달콩 셋방살이를 하고 있을지도 모를 일이다. 도아무는 아내 신지니 여사가 뭘 그렇게 꾸물턱거리냐고 닦달을 하는 바람에, 이마에 땀을 훔치면서 변기에 손을 집어넣고 안에 걸린 물티슈 뭉치를 끌어냈다. 변기 속에서 구정물이 두어 바퀴 휘돌다가는 방향을 잡아 좌르르 소리를 내며 쏟아져 내려갔다. 수고했어요, 도아무는 손을 내밀었다. 그의 아내 신지니 여사는 그에게 손에 만원권 지폐를 얹어주지는 않았다. 그러나 아내의 목소리가 사령관 부인의 목소리를 닮았다는 기억이 떠올랐다. 아무튼 도아무의 아내 신지니 여사는, 집은 그저 내부 파이프시설이 확실해야 한다면서 딴청을 부렸다. 기왕 딴 거니까 참외는 맛봐야지요. 좋지.

도아무는 참외를 안고 무화과나무 그늘 아래에 가서 가지런히 정리해놓았다. 공구를 정리할 줄 모르는 놈은, 흩어진 공구 나부랭이 찾느라고 꾸물거리다가 적군의 총에 맞아 죽는다. 참외가 공구는 아니지만, 정리를 강조하던 교관의 말은 그렇게 그의 뇌리에 살아 있어서, 1.5볼트 약전의 작은 자극에도 되살아나곤 했다. 공구에는 눈이 없다는 말과 함께였다. 다시 예초기 시동을 걸었다. 처음보다 편하게 시동이 걸렸다. 잠시 연기를 빼고 회전이 정상화되기를 기다려 기계를 짊어진다. 온몸으로 기계 진동이 덜덜덜 전달되어온다. 아직은 날이 무뎌지지 않아 풀이 설겅설겅 가볍게 잘려나간다. 위아래로 좌우 옆으로 예초기 대를 움직이는 데 따라, 풀이 차근차근 눕기도 하고 예초기 날에 잘려나간 풀잎이 메뚜기 떼처럼 푸르르 날아가기도 한다. 그런데, 기계는 살필 줄을 모른다. 기계에는 눈이 없기 때문이다. 기계를 쓰는 사람이 눈이 어두우면 기계는 아무거나 갈아버리고, 자르고, 토막내고 해서 날려버린다. 눈 없는 기계가 잡아먹은 과일나무 묘목이 수없이 많았다. 도아무의 팔뚝으로 저르르 전류가 흘렀다. 예초기 날에 무언가 쩌저적 걸려 돌아간다. 봄에 심은 사과나무 줄기가 잎을 몇 장 겨우 피운 채

풀 속에 그대로 누워 있었던 모양이다. 예초기 속도 레버를 한 단 높인다. 부웅 하는 굉음과 함께 풀이 차곡차곡 쓰러진다. 일어설 줄 모르는 풀이다. 헌데 아, 그 속에 배를 허옇게 내놓고 뒤집힌 개구리가 풀잎과 함께 분해되어 흩어진다. 몸으로 짜릿한 전율이 지나간다. 존재의 산화, 산화는 산화로되 공덕과는 거리가 아득하다. 도아무가 살아간다는 것이 삶을 누리는 게 아니라 죽음을 담보한 견뎌내기라는 것을 알게 된 것도 군대에서였다.

보일러 운전을 하다가 죽을 고비를 넘긴 일을 생각하면, 도아무는 아득한 느낌에 휩싸이곤 했다. 당시는 보일러가 자동으로 조절되는 것이 아니었다. 물 공급이며 연료 양을 조절하는 것이며, 불의 세기를 조절하여 배기 압력을 알맞게 맞추는 등의 일들을 모두 수동으로 하다 보니, 담당 사병이 꼬박 보일러를 지키고 앉아 있어야 했다. 정대석인가 하는, 얼굴이 맷돌만하고 성질 더러운 병장이 보일러실에 와서 목욕을 하다가 등을 문질러달라고, 도아무를 지하실로 불러내렸다. 남의 몸에 손대는 것을 유독 싫어하는 터라 대강 문질러주고는 물을 끼얹었는데, 위째 신통치 않다, 고참을 숏으로 본게 그라제, 짜식이 먹물 좀 먹었다고 튕겨? 도아무는 속으로, 그래 먹물 좀 먹었다, 어떻다는 거냐, 이를 악물면서 병장을 측은하다는 듯이 훑어보았다. 병장의 성기가 유별나게 작았다. 저게 교관 말대로 능소

능대, 제 역할을 할 것 같지 않았다. 거기다가 아직 포경인 채였다. 좃도 좃 같지 않은 놈이 성질은 개 같아서. 인상 긁지 말고 라면이나 끓여, 쫄따구야. 라면봉지와 냄비를 내놓고는, 나는 보일러 운전해야 하니 당신이 끓여 드시라고 하고는, 도아무는 근무실 겸 침상을 설치한 방을 벗어나 보일러실로 나왔다. 이리 들어와 보래이, 야아, 쫄병, 겁대가리가 외출 중인가, 고참을 졸로 보네, 군기가 탈령했다냐, 하면서 문틀을 짚고 서서 꼬나보기를 계속했다. 병장님은 성한 손 두었다가 용두질에 쓰려고 아낍니까? 순간 병장의 손이 도아무의 귀빼기를 올려쳤다. 도아무는 한 방에 바닥으로 나동그라졌다. 손으로 바닥을 짚고 겨우 일어섰는데 병장의 주먹이 명치끝을 강타했다. 아찔한 현기증이 몸을 나꿔챘다. 도아무의 몸뚱이는 다시 바닥으로 굴렀다. 엄살 부리지 말고 뻗쳐 새꺄! 그러고는 수도 파이프가 엉덩이며 허벅지에 퍽퍽 소리를 내며 몽둥이 맞은 뱀처럼 마구 튀었다. 얼마를 몸으로 뻗치는 통증을 견뎠다. 이러다가 저 인간한테 맞아 죽을 수도 있겠다 싶었다. 도아무는 바닥에 몸을 굴리면서 마구 딩굴었다. 단순히 정 병장의 매질을 피하기 위함이었다. 짜샤, 가방끈이 목숨줄은 아냐. 바닥에 침을 퉤뱉고 나가는 정병장 등뒤로 도아무는 총을 겨누고 있었다. 주번사관이 보일러실을 삐끔 들여다보는 바람에, 그는 급히 총기 손질을 하는 시늉을 하다가 일어서서 경례를 붙였다. 라면가닥이 아직 둥둥 떠 있는 냄비를 우두커니 바라보는데 눈물방울이

툭 떨어졌다. 인간…… 저런 인간과 똑같은 방향의 적진을 향해 총을 쏘면서 진격할 수 있을까 싶지를 않았다. 고참이 아니라 내부의 적이었다. 혹심한 모멸감이 도아무의 속에서 부글거렸다.

공병학교에서 교관을 하던 중위가 그의 부대로 전입되어 왔다. 보일러는 사람과 똑같습니다. 교관은 보일러병으로 근무하는 데 기술만으로는 안 된다고 거듭 강조했다. 책임감과 함께 애정이 있어야 한다는 것이었다. 보일러를 여러분의 애인처럼 생각해야 합니다. 살그머니 끌어안고 살살 문질러주고, 불이 들어갈 때도 부드러운 전희가 있어야 합니다. 대추나무 몽둥이 같은 걸로 드립다 쑤셔버리면 보일러가 터집니다. 전투에 진 병사는 용서를 받지만 경계에 실패한 병사는 총살형을 당해야 합니다. 마찬가지로 열효율을 높이지 못한 병사는 용서를 받을 수 있지만, 졸고 앉았다가 보일러가 확 녹아버리면, 그 보일러병은 총살감입니다. 그날 밤, 도아무는 그 무시무시한 총살감이 되고 말았다. 그의 조수 배 상병은 애인을 만나기 위해 외출 중이었다.

엉덩이가 화끈거리고 허벅지가 쓰리고 아파 침상 바닥에 대굴대굴 굴렀다. 단걸음에 쫓아가서, 정병장인가 하는 작자를 총으로 갈겨버리고, 영창을 가든지 총살을 당하든지 하는 게 차라리 낫지, 치욕을 더 견뎌내고 싶지 않았다. 분노가 단계를 밟아 내려가면서 몸은 바닥으로 가라앉았다. 분노가 불쾌함으로, 무식한 자의 폭행 정도로, 불쌍한 인간으로, 국토가 분단된 조국의 현실로 그리고 이 시대에 태어났다는, 그래서 설명이 안 되는 자신의 신세로 나아가는 중에 눈가에 소금기 밴 물기가 어렸다. 그는 총기걸이에 놓인 소총을 집어 들었다. 그러나 그것은 아니었다. 의식이 머릿속에서 싹을 틔우기 시작했다. 스씨 네 파 엉 퓌지으, 르네 마그리트가 파이프를 그려놓고 이것은 파이프가 아니라고 스스로 부정하는 문장을 밑에 써놓아, 사물과 언어의 관계를 뒤집어보도록 했던 것처럼, 총은 총이 아니고 총이라는 이름의 물건이었고, 이름을 고치면 총은 총이 아닌, 다정하게 감싸는 물건이 되었다. 좀 어지러운 생각을 하다가, 부모 형제 너를 믿고 단잠을 이룬다, 그런 군가를 중얼거리면서 스스로 잠에 빠져들었다. 아버지 어머니가 세들어 사는 함석집을 불길이 널름널름 핥아대고, 몸이 달아오르는 중에 얼굴까지 화끈거렸다. 화들짝 깨어났을 때는 뒷골을 띵 하니 울리면서 현기증이 지나갔다. 어디선가 총성이 울리기도 했다. 배 상병이 통닭을 사들고 와서 보일러실 문을 빙긋이 열고 고개를 디밀었다. 술냄새가 확 끼쳤다. 개같이 장교가 쫄병 애인 빼앗아가면 어떻게 되는지 몰라. 먼저 취침해, 술 먹고 말이 길면 원한으로 간다니까. 예초기 날이 돌을 쳐서 불꽃이 퍽퍽 일고 짜릿한 감각이 손끝을 지지고 지나갔다.

보일러는 이미 용광로가 되어버렸다. 팬은 여전히 후아앙 돌아가고, 불길은 멎어 있었다. 보일러 안은 벌겋게 녹아내린 파이프들로 어지러웠다. 영창, 총살, 영창, 총살…… 배를 허옇게 내놓고 나가자빠진 개구리는 아직도 사지를 바르르 떨면서 바랭이 줄기 사이에 얹혀 있었다. 손에 맥이 풀렸다. 예초기는 회전수가 늦추어져 풀풀풀 돌아갔다. 회전 레버를 당겼다. 통제되지 않는 격정이 우앵 소리를 내며 뿜어져 나갔고, 예초기 날이 땅바닥을 치면서 불꽃을 튀겨냈다. 그렇게 여러 차례 흙바닥을 치고 돌에 갈리고 하는 바람에 날이 무뎌져 풀이 잘 안 먹는다. 잠시 후 엔진이 푸덕 소리와 함께 멈췄다. 다시 시동을 걸었으나 말을 안 들었다. 여기서 일을 멈추어야 할 것 같기도 했다. 그러나 절반만 베어놓은 입구의 잔디밭은 쥐 뜯어먹은 것처럼 보기 흉했다. 전쟁은 컴퓨터 원리로 작동한다, 영과 일 두 영역밖엔 없다, 70점짜리 전투는 없다, 보일러도 마찬가지다, 그런 생각과 함께 그는 늘어지는 몸을 간추려, 땀으로 범벅이 된 채 예초기를 메고 창고를 향해 걸어갔다. 그는 창고 앞에서 낄낄 웃었다. 의무실에 있던 친구를 꼬드겨 포경 사병 구제 프로젝트라고 해서, 정 병장에게는 마취제를 주사하지 않고 생으로 수술을 해주라고 했다. 그리고 그 계획은 그대로 실천되어 정 병장은 일주일 넘게 사타구니에 종이컵을 차고 다녔다.

공구를 둔 창고 앞에는 그늘이 져 있고 바람기가 감돌았다.

땀을 대충 훔치고는, 예초기 날을 바꾸어 끼웠다. 단순하기 짝이 없는 기계지만 부속 하나만 잘못 끼워도 돌아가지 않는다. 나사를 풀어 가지런히 정리해놓는다. 칼날을 빼서 바이스에 물리고 그라인더로 간다. 불꽃놀이를 하는 것처럼 불꽃이 인다. 쇠를 살갑게 먹어 들어가는 그라인더 날이 옆으로 비끗하면서, 불꽃이 튀어 눈에 들어갔다. 하마터면 앞으로 고꾸라질 뻔했다. 그는 가까스로 몸을 가누고 눈을 감은 채 기둥을 붙들고 서 있었다. 눈에 무엇이 들어가면 눈물이 나도록 해서 이물질이 쓸려나가게 하곤 하던 어머니의 얼굴이 떠올랐다. 이물질은 눈구석에 박혀 알알한 통증으로 남아 있었다. 그는 아내를 소리쳐 불렀다. 아내가 쫓아나와 보고는, 점안액을 갖다 넣어주었다. 힘들면 쉬든지, 일을 그만두든지 그래야지, 일에 미친 사람처럼 그게 뭐래요, 도무지. 잠깐 쉬고, 칼이나 갈아줘요.

정 병장에게 구타를 당한 이후, 도아무는 잠시도 쉬지 않고 속으로 칼을 갈았다. 마취 않고 하는 고래잡이 정도로는 성이 풀리지 않았다. 언제든지 기회를 만들어 보복을 하겠다는 다짐으로 이를 악물곤 했다. 도아무의 아내 신지니 여사가 칼을 무려 다섯 자루나 가지고 나왔다. 작은 살림에 비하면 칼이 너무나 많았다. 아내 신지니 여사는 식재료에 따라 칼을 바꿔가면서 쓰는 눈치였다. 칼 한 자루 못 갈아 쓰는 주제에. 그래 주제가 어떻다는 건데요? 아내 신지니 여사의 말에 각이 서 있었다. 칼을 갈 땐 숫돌과 각도를 잘 맞추어 문질러야 날이 선다. 삼십 년 전 어느 공업고등학교에 근무할 때, 대머리가 훌렁 벗겨진 건축과 목 선생이 준 숫돌을 아직 쓰고 있었다. 목 선생은 일찍 상배를 해서 아내의 칼을 갈아줄 일이 없었다. 칼 하나는 돌을 찍은 것처럼 무드러져 있었다. 그라인더를 돌려 칼날을 갈 수도 있으나, 작은 칼에 그런 기계 동원하는 것은 그야말로 벼룩 잡는 데다 식칼 들이대는 격이었다. 아무래도 버거운 일이었다. 칼을 갈아주고나서 그는 풀어놓았던 예초기 날을 다시 끼웠다. 조립은 분해의 역순이다. 총기 손질을 할 때 늘 듣던 이야기였다. 물건을 가지런히 정리하고 쓰임을 헤아려 일이 잘 돌아가도록 하는 것을 행정이라고 한다. 말하자면 그는 예초기와 연관된 행정을 점검하고 있는 셈이다. 행정은 기술이나 기능과 맞서는 말이었다.

상병으로 진급을 하면서, 도아무는 보일러실에서 행정실로 올라갔다. 당시 행정실에는 대한대를 나온 고참 둘을 모셔야 했다. 강 병장은 얼굴이 깔끔하고 두터운 뿔테안경 너머로 선한 눈을 송아지처럼 굴렸다. 강 병장은 글씨 또한 달필이었다. 제주가 본관이라는 부 상병은 키가 훤칠한 미남형이었는데 얼굴은 말상에다가 뻐덩니가 불거졌다. 강 병장은 그에게 공부하는 시간을 갖도록 배려를 하는 편이었다. 그러나 부 상병은 달랐다. 공부하기 싫어 군대 온 것들이, 군대에 오니까 청개구리 새끼처럼 책이나 붙들고 자빠졌다고 비난이 자심했다. 부 상병이 병장으로 진급하고 나서 얼마 지나지 않아 한국대 건 축과를 나온 조수 배일병이 상병으로 진급했다. 일은 잘하고 머리를 기막히게 굴리는 수재형이었다. 자재를 계산하고, 작 업 일정을 정리하고, 기안을 해서 자재를 보급받게 하는 일들 이 공병부대 행정실의 주요 업무였다. 언제나 행정실에 가서 일하게 될까, 보일러실을 벗어날 수 있을까 고대하던 터라, 행 정실로 올라가라 했을 때는 오라, 때가 왔도다 만세를 불렀다. 거기다가 건축 전공의 후배가 상병이 되었으니 신세가 고양이 허리 펴듯 쭉 펴져 늘어질 판이었다. 그런데 도아무는 고양이 가 천만 아니었다.

사무실은 도아무의 기대와는 달라도 너무 판이하게 달랐다. 사무실에서 일하려면 복장부터 청결하고 정갈해야 한다는 고 참들의 단속에 못 이겨 세탁소를 부지런히 드나들었다. 거기에 따라붙는 게 고참들의 구두를 반들반들 윤이 나게 닦아주는 것 이었다. 신사의 멋은 구두와 혁대 버클에서 나오는 것처럼 군인 의 멋도 그렇다는 것이었다. 대팻밥 털어내고, 손에 묻은 페인 트 휘발유로 닦아낸다고 금방 멋쟁이가 되는 것은 아니었다. 아 무튼 보일러실에서는 안 하던 일들이었다. 그는 그런 잡스런 일 들을 조수 배 상병에게 슬그머니 떠넘겼다. 배 상병은 눈가에 주름을 잡으면서, 쫄병의 책무를 훤칠하게 수행했다. 그런데 한사코 그에게 밀어두는 일이 있었다. 위병소를 나가 막걸리를 받아 오는 것이 그것이었다. 언제였던가 자기 여친이 막걸리 받으러 가는 꼴을 보면 자기는 바이바이, 영원한 안녕을 당할 것이라는 이야길 한 적이 있었다. 쫄병의 여친, 생각만 해도 웃음이 절로 나왔다. 도아무에게는 여친은 고사하고 편지 한 장 보내오는 여고생도 없었다.

　좀 힘든 작업이 끝나면 대개는 회식으로 이어졌다. 시멘트 한 포대를 갖다 주면 막걸리 한 말을 양동이에 담아주었다. 그런 일은 행정병이 해야 한다는 것이었다. 하기는 다른 쫄병들을 작업하느라고 흙투성이가 된 채로 병영 밖으로 내보내는 일은 볼썽사나운 게 틀림없었다. 시멘트나 막걸리나 무게가 나가는 것들이라 수송부 차량을 이용했다. 막걸리 통을 싣고 위병소를 지나면서, 헌병 사병들이야 같은 처지라서 대개 이해를 해주지만 밥풀이라고 불리는 장교들이 지키고 있을 때는 궁색한 변명을 하곤 해야 했다. 행정병이 작업에 나가는 것은 보일러실에 있다가 작업에 불려나가는 것과 달리 명실이 상부하지 않아서 마음이 여간 불편한 게 아니었다. 특히 콘크리트 작업을 하는 날은 아버지 얼굴이 떠올라, 이게 결국은 내가 가야하는 길인가 싶은 생각으로 마음에 묵직한 돌덩어리가 가라앉았다. 뒤에 안 일이지만 배 상병은 새과부집의 단골이었다. 과부라면 인생 꽃철 다지나서 빛이 낡았다는 뜻인데 과부 앞에 '새'를 다는 것은 쌩뚱맞은 발상이었다. 아무튼 공병대와 수송대 장교들을 고객으로 하는 요식업소가 거기였다. 그 집에 배상병의 애인이 근무한다는 것이 사실로 확인되었다. 병장 달고 막걸리 사다가 조수한테 먹이는 격이었다. 도아무가 막걸리 맛을 제대로 익힌 것도 공병으로 복무한 덕분이라면 덕분이었다. 목이 컬컬하고 혀가 입천장에 들러붙을 지경으로 갈증이 왔다. 갈증과 갈망이 뒤엉켜 스스로 몸을 주체하지 못하는 세월도 있다는 것을, 도아무가 깨달은 것도 군대에서였다.

혀가 입천장에 들러붙는 갈증을 다스리면서, 도아무는 집 안으로 들어갔다. 알알한 눈을 거울에 비춰보았다. 벌겋게 충혈된 눈이 이쪽을 바라보았다. 그는 냉장고에서 막걸리 병을 꺼내 한 잔을 쭉 들이켰다. 그러고는 밖으로 나왔다. 언제 날아왔는지 까치들이 살구나무 위에서 까각까각 울었다. 배 일병은 내무반 창가에 까치가 날아와 울면, 공연히 얼굴에 생기를 잃고 우울증에 빠지곤 했다. 오래된 기억이지만 배 일병의 얼굴이 떠올라 눈가에 잔주름을 잡았다. 눈가의 잔주름은 그의 내면에 가시풀 덩굴처럼 얽혀 있는 분만(憤懣)의 표징이었다는 것을 알게 된 것은 한참 뒤의 일이었다. 가시풀 덩굴 숲을 헤치고 나가는 시간, 그런 때도 까치는 반갑게 울었다.

예초기 날을 바꿔 끼우고 나서, 도아무는 다시 작업을 시작했다. 이쪽에는 환삼덩굴이 유별나게 무성히 자랐다. 줄기에 가

시가 있어서 피부를 긁히면 쓰리고 아프고 가렵기까지 한 걸로 보아 독이 있는 풀 같다. 그런데 이 풀은 줄기가 땅으로 기다가 나무나 다른 풀을 감고 올라가기 때문에 예초기 날에 줄기가 쉽게 잘려나가지 않는다. 환삼덩굴 속에서 예초기를 돌리다 보면 줄기가 예초기 날을 감고 돌아가는 바람에 자주 엔진을 끄고 풀어주어야 한다. 더구나 힘이 달리는 경우, 예초기 날의 회전 속도가 낮아지고 환삼덩굴이 바랭이와 함께 예초기에 잘 걸리곤 한다. 동작은 단순화하고 일에 몰두하지 못하는 데도 예초기에 풀이 얽히는 원인이 있었다. 단순하게, 풀베기만, 예초기 돌리는 것만 생각하라고, 딴전을 피우지 말라고, 기계는 악을 바락바락 쓰면서 그의 몸을 압박해왔다. 열정에 논리를 대는 것은 어리석은 짓이다. 욕망에 이유를 얽어놓는 것은 바보의 얼띤 행동이다. 그렇게 생각하면서도 그의 머리는 온통 잡풀로 얼크러져 가지런히 정리가 되질 않았다.

도아무는 고참이 되고 조수도 상병으로 진급하는 중에, 내무반 생활도 편해졌고, 공병으로서 해야 하는 행정실 일도 그런대로 추워나갈 만했다. 그런데 드무딱 드무딱 전속이 되어 오는 장교들은 신경이 쓰였다. 특히 삼사관학교 출신 공병장교들은 안에 맺힌 게 많아서 그런지 사병들의 여유시간을 용납하지 못하는 편이었다. 어느 봄날 아침이었다. 공사가 한 단락 마무리되고 기안을 해야 할 일들도 없었다. 모처럼 관물대에 들어 있던 아셰트판 『어린왕자』를 꺼냈다. 사무실에서 시간을 보아 읽을 참이었다. 책을 폈는데 "본질적인 것은 눈에 잘 안 보인다"는 대목이 들어 있는 페이지가 접혀 있었다. 그래 본질은 눈에 잘 안 보이지, 그런데 본질은 무엇인가, 본질은 어떻게 규정되는 것인가, 우리가 본질이라는 것에 익숙해져 그렇거니 하고 속고 사는 것은 아닌가, 그런 생각에 잠겨 있을 때였다. 등 뒤에 누가 와서 어깨를 넘어보는 느낌이 들었다. 고개를 돌려보았다. 부대장 민 소령이었다. 그때, 모주꾼으로 평판이 자자한 주명중 중위가 사무실로 들어오다가 부대장에게 경례를 붙였다. 부대장은 건성으로 손을 들어 인사를 받았다. 미간에 세로 주름이 일어서면서, 워커발로 바닥을 굴러댔다.

초연기─파초의 사랑

　쫄병들이 군기가 개판이 되었구만, 주 중위, 말야 쫄병들을 어떻게 지휘하는 거야, 그래가지고 대위 진급하겠어? 쫄병들이 영어책이나 읽고 있으면, 삽질은 누가 하나? 레 페티트 프린스, 부대장은 어린왕자 불어판 제목을 그렇게 읽었다, 쫄병들이 그따위 소설책에나 빠지면 군기가 해이되어 일을 어떻게 해? 시정하겠습니다. 도아무는 영어책이 아니라 불어책이라는 이야기가 목에까지 올라오는 것은 가까스로 참았다. 주 중위는 시정하겠습니다, 하면서 벌건 얼굴로 도아무 쪽을 바라봤다. 어제 저녁에 마신 술이 덜 깬 것처럼 얼굴이 퇴석하니 눈에 핏발이 서 있었다. 그날 저녁 사고가 터졌다. 배상병이 일을 저지른 것이었다. 도아무는 얼마 남지 않은 풀을 제치려고 예초기 속도 레버를 올렸다. 우앵 하면서 칼날이 돌아가고 풀잎이 새 떼처럼 흩어졌다. 새가 나무숲으로 돌아오는 시간이었다.

어느 사이 산머리에 걸려 있던 해가 넘어가고, 땅거미가 슬슬 몰려들기 시작할 무렵이었다. 일을 마무리해야 할 시점이었다. 주 중위가 작업 나갔다가 돌아와 책상 앞에 앉았다. 자재창고 기초 큰크리트 작업이 끝나고 오는 참이었다. 어이 도 병장, 배 상병 어디 갔어? 설계책상 옆의 배 상병 자리가 깔끔하게 치워져 있고, 사람은 안 보였다. 당장 찾아와. 예, 알았습니다. 막사를 들들 다 뒤지고 창고로, 보일러실로, 펌프실로 돌아다녔지만 배 상병은 그림자도 보이지 않았다. 못 찾겠습니다. 쫄병놈의 자식이 과부집이나 드나들고 이거 군대 개판 되었군. 누가할 이야긴지 모르겠다면서 머주하니 서 있는 도아무에게 명령이 떨어졌다. 선임하사 불러와. 알았습니다. 그리고 저녁식사가 끝나자마자 완전군장 집합이 있었다. 운동장 구보 삼십 바퀴 벌칙이 내렸다. 배상병은 인원보고에서 사고인원이었다. 뒤에 들은 얘기로는 이런 사달이었다.

주명중 중위는 자재창고 콘크리트 치는 작업 지시를 해놓고 위병소를 벗어났다. 어제 저녁, 퇴근하고 나서 주 중위는 새 과부집에 들렀다. 저녁 간단하게 하고 술 한잔 한 다음 비오큐로 들어갈 작정이었다. 주인마담이 신풀잎이라는 아가씨가 새로 왔다고 소개를 했다. 이름처럼 얼굴이 싱싱한 활기가 돋아나 빛을 뿜고 서글서글한 눈에는 형언하기 어려운 불꽃 같은 게 일렁거렸다. 주중위는 아가씨를 낚아채보려고 슬금슬금 파고들었다. 이 동네에서 배겨날라면 기둥서방이니 하는 것 말고라도 누군가 후원자가 있어야 하는데, 자기가 후원자로 나서 주겠다며, 오빠쯤 생각하고 믿고 따라오라는 것이었다. 신풀잎이라는 아가씨는 냉연했다. 남친이 있걸랑요. 네가 무슨 춘향이 사촌이라도 된다냐, 이리 와봐라. 주중위가 신풀잎의 허리를 둘러 안으려 하자 신풀잎은 주중위의 팔뚝을 꼬집어 비틀었다. 그 때 어찌 된 영문인지 배 상병이 철모에 집총을 한 채로 대문을 밀고 들어서는 게 창틈으로 보였다. 이미 시간이 땅거미가 지는 무렵이었다. 주 중위님, 대대장님이 찾으십니다. 대대장이 날 찾는지 자네가 어떻게 알아? 맘대로 하세요. 콘크리트 공사장에서 사람이 죽었습니다. 사람이 죽다니? 가보시면 알아요. 알았어, 헌데 자네는 이 시간 여기 왜 왔나? 지금 그런 질문할 시간이 아닙니다. 배 상병은 총에다가 탄창을 끼우고는 허공을 향해 연속 발사를 했다. 하늘에 찬란한 불꽃이 피어올랐다. 주 중위가 미처 워커 끈을 매지 못한 채 새과부집을 뛰어서 도망쳤다. 배 상병은 출동한 헌병들한테 잡혀갔다. 그것이 어디서 구한 총알인지는 밝혀지지 않았다. 불꽃놀이 탄환이었기 때문이다. 그리고 배 상병이 발사한 총은 중부소방서에서 구한 불꽃놀이 발사용 총이었다. 주 중위는 다른 부대로 전출되었다. 배상병이 신풀잎과 맺어져 산다는 이야기는 내내 못 들었다.

아직 날이 그렇게 저물 시간은 아닌데 눈앞이 어둑하니 현기증 같은 게 몰려왔다가 지나갔다. 기억의 안개가 현실을 가린 것인지도 몰랐다. 보안경을 벗었다. 제법 훤한 빛이 몰려들다가는 깜막하고 어둠이 다가왔다. 안개에 풀린 듯한 어둠 때문에 예초기를 어디에 들이대야 할지 알 수 없었다. 무리하게 일을 하다가는 사고가 날 수 있다. 작업은 절반밖에 못 했지만 어쩔 수 없는 상황이었다. 예초기 엔진을 끄고 천천히 걸어서 집으로 향했다. 밝은 불빛이 흘러나오는 안에서 아내가 저녁을 준비하느라고 칼도마 소리가 또닥또닥 들려왔다. 씻고 책상에 앉으면 통제할 수 없는 졸음이 몰려올 것이다.

퉁소를 불어도 세월은 간다, 해서 그는 제대를 맞았다. 그사이 닳려버린 공병삽만 해도 다섯 자루는 넉넉히 되지 싶었다. 그 덕에 몸의 근육은 탄탄하게 잡혔고, 몸이 잘 만들어졌다. 최소한 겉으로는 그랬다. 그러나 문제는 공병삽을 몇 자루나 닳렸는가 하는 거라든지 몸이 어떻게 만들어졌는가 하는 게 아니라, 파이프로 얻어맞은 후유증이었다. 뼛골이 쑤시고 아팠다. 의무실 친구는 너 틀림없이 디스크 앓을 테니까 조심해라 하면서, 허리가 동강난 국토의 비애가 네 허리에도 그대로 전이되는 거라고 이야기했다.

선임하사가 제대를 앞둔 사병들 앞에서 축사 삼아 이야기를 했다. 자네들 사회에 나가면 만세삼창 할 수 있을 것 같지? 천만의 말씀이다. 나라에서 밥 먹여주고 옷 입혀줄 때가 좋았다고, 아 옛날이여 어쩌구 안 하는 놈 있을 줄 알아? 군대가 좋다는 이야기는 수도 없이 들었지만, 그것은 대개 비야냥이 섞인 말이었다. 사회에서 만나면 내가 자네들 선임하사였으니까, 잘했거나 못했거나 인연은 인연이이잖아, 잊지 말고 인사하고 지내자고. 세상살이할 때 군에서 맺은 인연이 아주 긴요하다는 걸 깨달을 때가 올 겁니다. 도아무는 선임하사와 어울려서 남의 집 변기나 휘젓고 다닌다는 생각을 하다가, 버릇대로 고개를 홰홰 옆으로 저었다.

초연기 - 파초의 사랑

중대장은 이런 이야기를 했다. 제대할 때는 원한, 분통, 불만, 혐오 그딴 거 다 반납하고 아름다운 추억만 가지고 나가란 말이지. 그게 정신건강에 좋단 말이야. 군인정신으로 사회생활을 하면 성공이 보장되며, 직장은 따놓은 당상입니다. 시대는 바야흐로 산업 시대, 공병의 가치가 날로 높아가는 시대입니다. 공병이 지나가면 지도가 바뀐다고 하지 않던가. 여러분도 그러한 공병 정신으로 앞날을 개척하고, 여러분 삶의 지도를 공병

정신에 입각해서 바꾸어나가기 바랍니다.

선임하사가 강조한 인연과 인간관계는 철 지난 옷가지 같은 것이었다. 중대장이 일깨우는 현실은 실상과는 거리가 너무 멀었다. 농사를 하는 일도 마찬가지였다. 현실과 이상은 늘 엇박자로 나갔다. 그런데 그 엇박자 가운데 가장 난처한 것은 농사는 시간을 기다려주지 않는다는 점이었다. 파종이 늦으면 다시일 년을 기다려야 하는 게 농사였다. 그런데 그의 허리 통증은 지연이라든지, 유예라든지 하는 것을 몰랐다. 하루는 고사하고 한나절만 풀을 베도 허리가 끊어지는 것처럼 아팠다. 문제는 쇠파이프였다. 눈으로 봐서는 분명 파이프로되 말로는 아니올시다 하는 파이프. 도아무는 끊어지는 것처럼 아픈 허리를 주먹으로 툭툭 치면서 엉거주춤하니 서쪽 하늘을 바라봤다. 노을이 물들기 시작하는 중이었다.

일 남았으면 내일 해요. 도아무의 아내 신지니 여사가 창에다 머리를 내밀고 이쪽을 향해 손사래를 쳤다. 내일도 예초기가 황소처럼 영각하는 소리를 들어야 할 모양이다. 장마가 끝났다니 땡볕이, 존재의 소금물을 짜내면서 등판으로 내리쬘 판이었다. 그리고 쇠파이프는……. *

287

영각을 하는 기계와 더불어

적멸(寂滅)의 종소리

1.

차가 진창에 쑤셔박히면서 혀가 쑹덩 잘리는 바람에, 꼭 두 달을 묵언수행을 하듯이 지냈다. 아직도 말끝이 잘 채지지 않았다. 혀가 목구멍으로 말려 들어가 달라붙은 것처럼 움직여 주지를 않았다. 입안에 있으되, 입안의 혀처럼 움직여주지 않는 남의 혀나 다름이 없었다.

다른 데는 거의 회복되어 그런대로 돌아다닐 만했다. 퍼렇게 멍이 들었던 가슴은, 멍든 상처는 시간이 약이라는 듯이, 멍자국이 벌겋게 돋아났다가는 노리끼하게 변색된 다음 그대로 가라앉았다. 굳어붙었던 목도 그런대로 움직여졌다. 어깨는 여전히 무너지는 것처럼 결리고 아팠다.

두 달 사이 가장 궁금하고 안달을 하게 하는 것이 여주에 있는 상림원(橡林園) 별채였다. 집 주변에 상수리나무가 많다고 해서 지어 붙인 이름이었다. 월동 준비는 하나도 못 한 채 두 달을 고스란히 비워두었던 것이었다. 거기다가 일기예보는 혹한이 몰려오고 대설주의보가 내린다고 했다. 재난관리본부에서는 농가의 시설물 관리에 특별히 유념하라고 했다.

안 돌아가는 혀를 놀려 데데거리면서 상림원에 다녀오마고 아내에게 말을 건네보았다. 김장 배추며 무는 물론, 화분들이 방치된 채 널브러져 있을 터였다. 밖으로 노출된 상수도 파이프도 보온을 해주어야 했다. 처음에는 만류하던 아내도 마지못해 다녀오라고 했다. 석고붕대를 한 왼팔은 걸머진 채, 담당 간호사의 외출 허락을 받아 와서는, 집 안을 돌아다니면서 옷가지며 반찬 같은 것을 챙겨 내놓았다.

"운전하는 거 겁내지 말아요?"

아내가 현관문을 밀고 나가는 그에게 다가와 입을 맞춰주었다. 혀끝에 짜르르하니 통증이 지나갔다. 아파도 혀를 놀려야 한다는 의사의 방침을 그렇게 실천하는 꼴이었다.

영동고속도로로 들어서는 판교 나들목에는 차들이 빽빽하게 몰려 꼼짝을 못했다. 꼭 두 달 전에 설악산을 향해 출발할 때도 도로가 그렇게 막혔었다. 상림원에 도착하는 데 무려 세 시간이 걸렸다. 점심 먹자마자 출발한 것이 해가 뉘엿뉘엿 기울 무렵에야 도착했다. 중간에 잠시도 쉰 적이 없었다.

철제로 된 현관문을 열자 집안에서 냉기가 뻗어나와 품으로 몰려들었다. 비워둔 집이 내뿜는 냉기였다. 집은 사람의 온기로 버틴다던 도목수의 이야기가 떠올랐다. 벽난로에 불부터 넣어야 하겠다는 생각을 했다. 벽난로 앞에는 손도끼며 쇠갈구리, 부집게, 부삽 같은 것들이 어지럽게 널려 있었다. 흩어진 물건들이 고문 도구들 모양으로 소름을 돋게 했다.

장갑을 찾느라고 아내가 꾸려주었던 가방을 열었다. 아내의 살냄새 같은 비린내가 가볍게 풍겼다. 장갑을 분명히 챙겨 넣었는데 어디에 처박혔는지 거의 바닥까지 뒤졌는데도 나타나지 않았다. 가방 바닥에 환자복이 한 벌 차곡차곡 개어져 들어 있었다. 강릉 아산병원 마크가 찍힌 환자복이었다. 그 환자복을 보는 순간, 아내가 가방 안에 태워버릴 것도 들었으니 꼭 소각해버리라던 이야기가 떠올랐다. 사고를 당하고 강릉아산병원 응급실에 실려가 한나절 입고 있었던 환자복이었다. 아내는 그날의 기억을 불살라버리고 싶었던 모양이었다. 장갑은 어디다 흘렸는지 영 보이지 않았다.

가방을 추스럭거리자 수술실에서 코끝으로 스며들던 피 냄새가 풍겨왔다. 오싹하는 한기가 날선 칼날처럼 등을 긋고 지나갔다. 서쪽 창가에 둔 장식장 안에 성냥이며 라이터 양초 같은 것들이 들어있었다. 성냥을 찾으러 장식장 앞으로 다가갔을 때 서쪽 하늘에 주황에 가까운 황동빛 북새가 떠올라 꽃구름과 함께 회오리를 일으키며 맴돌고 있었다. 그는 문득 피바다란 말을 입 안에서 중얼거렸다.

쏘시개가 마땅치 않아 신문지 한 장으로 불을 살려야 했다.

쏘시개 몇 가닥을 참나무 장작 아래 넣고 신문지에 불을 붙여 그 밑으로 밀어넣었다. 신문지가 호르르 타버리고 불이 붙을 기미가 안 보였다. 기왕 소각할 것인데, 아내의 환자복을 쏘시개로 삼아 불을 붙이기로 작정했다. 환자복에 몇 군데 핏자국이 말라붙어 있었다. 마치 단풍잎이 내려앉은 모양이었다. 아내는 팔뼈 둘이 모두 작신 부러졌는데 다행인 것은 출혈이 없었다. 의사는, 신경과 인대가 끊어지지 않은 게 천만다행이라고 했다. 아내의 환자복에 묻은 핏자국은 필시 그의 입에서 나온 피였다. 환자복을 찢어 불을 피우면서, 지난 두 달 동안 있었던 일들이 떠올라 불이 붙기 시작하는 불꽃을 따라 너울대기 시작했다.

2.

오대산 상원사에 다녀오는 길이었다. 처음 목적지는 설악산이었다. 한글날이 법정공휴일로 되살아난 것이 일을 그런 방향으로 몰고갔다. 10월 9일이 그들의 결혼기념일이었다. 신혼여행의 추억을 되살릴 겸해서 설악산 단풍을 보러 가자는 셈이었다. 속초 해변에 있는 호텔에다가 바다가 내다보이는 방을 예약해두기도 했다.

신혼여행은 설악산으로 배낭을 짊어지고 갔었다. 그런데 그

사이 일들이 많아 결혼기념일을 제대로 챙기지 못하고 지냈다. 모친이 고혈압에다가 뇌졸중으로 십여 년 병치레를 했다. 거기다가 공식처럼 낙상, 골절, 폐렴에 이르기까지 늙은이 고생하는 과정을 하나도 빼놓지 않고 겪었다. 말년에는 치매까지 겹쳐 그의 아내가 고생이 자심했다. 무슨 기념일을 챙길 여가가 없었다. 그의 장모 또한 노인병원에서 장기간 요양을 하고 있어서, 가끔이지만 짬을 내서 들러봐야 했다. 아이들 결혼, 출산, 육아 그런 말들로 이어지는 분주한 일정 가운데, 그야말로 영일이 없는 날들이었다.

서울에서 설악산으로 직접 출발하면 거리가 멀고, 차가 막혀 고생하니 여주 상림원에 가서 자고, 다음 날 아침 일찍 여유롭게 출발하기로 했다. 그는 시간을 대강 짚어 보았다. 다른 데 들르지 않고 설악산으로 차를 몰면, 시간은 절약되지만 단풍 구경 나온 인파 속에 묻혀 시달리다가 녹초가 되어 돌아오고 말 것 같았다. 그럴 바에야 오대산에 들러 월정사와 상원사를 둘러본 다음, 느긋하게 속초에 가서 바닷바람 쐬면서 회를 안주해서 소주나 강냉이 막걸리를 마시고 호텔에 들어가 쉬는 게 한결 낫겠다는 계산이었다. 그리고 설악산 단풍은 사람이 좀 빠져나간 다음 날 잠깐 보아도 충분하지 않은가 하는 복안이었다. 그의 아내 또한 그런 계획에 크게 이의를 달지 않았다.

서둔다고 한 것이 아홉 시가 넘어서야 집을 나설 수 있었다. 영동고속도로는 호법 분기점부터 막히기 시작한다고 했다. 교통방송 아나운서는 국도를 이용하는 게 현명한 선택이라고 국도 이용을 종용했다. 그들은 38번 국도를 이용하기로 했다. 제천 나들목에서 중앙고속도로로 접어들 무렵이었다.

"이럴 줄 알았으면 영월까지 가볼걸 그랬네요."

"영월에 뭐가 있는데? 래프팅할 때도 아니고."

"단종, 그 생각이 나서요."

"단종이라니?"

그는 단종수술이란 것을 떠올리면서, 짐짓 그렇게 물었다. 이따금 전에 없던 이상한 연상이 되는 경우가 잦았다. 안성유기라는 이야기는 유기견으로, 전자상가 하이마트는 독일어로 고향을 뜻하는 하이마트로, 상처에서 나는 피를 보고는 논에서 피사리를 하던 기억을 떠올리는 식이었다. 여간 불편한 게 아니었다. 그의 아내도 남편의 일그러지는 연상망을 아는지 이따금 손뼉이 맞아 들어가듯 답변을 하곤 했다.

"맞아요, 결국 단종이 되기는 했지. 방에다가 처박아 넣고 불을 처때가지구 쪄서 죽였다니까."

"그게, 열다섯 살이라지?"

"멧돼지한테 물려 죽은 거나 마찬가지라구요."

남편은, 단종의 삼촌 세조를 멧돼지에 비유하는 정도로만 들어 넘겼다. 아내가 그리스 신화에 나오는 미소년 아도니스 이야기를 연상하는 것은 짐작이 안 되는 모양이었다. 근원적으로, 자기 딸과 관계를 해서 낳은 아들, 불윤의 인간이라는 점은 남편의 상상력 저쪽이었다. 연상력이나 상상력으로 말하면 그보다는 아내가 정상이고 한질 앞서는 셈이었다.

중앙고속도로에서 그는 차를 좀 과속으로 몰았다. 120에서 140 사이를 오르내리는 속도였다. 운전 말고는 다른 생각을 일체 안 한다는 태도이기도 했지만 몸을 긴장하게 하는 것이었다.

오대산에 들어가면 월정사는 제쳐두고, 상원사(上院寺)와 적멸보궁(寂滅寶宮)을 우선 보고 싶었다. 월정사는, 이른바 월정사탑이라고 하는 팔각구층탑을 기억하는 것으로 충분했다. 월정은 적광의 이미지였다. 구층탑은 적광전(寂光殿) 앞에 서서 푸른 하늘로 풍경 소리를 쟁강쟁강 울려 그 소리가 삼십삼천을 넘어 날아가서 도솔천에 이르는 상념을 불러일으킨다. 적광이나 적멸이나 아득한 고요함을 떠올리게 한다. 차창 앞으로 펼쳐진 고속도로가 아득하게 뻗어나가다가 산모롱이를 돌아 자취를 감추곤 했다. 그때마다 의식이 맑아졌다 흐려졌다를 반복했다.

그는 근간 죽음 저편을 생각하곤 했다. 생각해보면 탐(貪), 진(瞋), 치(癡)의 삼악도 안에서 헤매는 삶이나 다를 바가 없었다. 욕망에 대한 욕망을 스스로 부추기기도 했고, 논리와 정의를 빙자해서 눈을 부릅뜨고 성냈으며, 학식은 어리석음과 미혹으로 둔갑하기를 거듭했다. 이걸 벗어나야 한다는 생각이 골똘했다. 그런데 그런 의식이 살아 있는 존재라야, 그 존재 안에서 그런 의식이 작동하는 것이 아닌가. 살아 있는 자의 의식만이 문제일 것이다. 그렇다면 죽음 저편에는 아무것도 존재하지 않는 허적의 세계일 수밖에 없는 일이었다. 한없이 고적하고 모든 게 고요히 스러지는 가운데 내 존재마저 가뭇없이 잦아 들어가 소멸하는 그러한 세계일 터였다. 거기서 비로소 살아나는 만다라 같은 불꽃. 그래서 그는 자기 시신을 대학병원에 기증하려는 작심을 두고 있었다. 그 말없이 나부끼는 적멸의 끝자락을 보고 싶었다. 그래서 적멸보궁이었다.

3.

시에 원색이 등장하는 것은 치졸하다. 봄을 이야기하면서 개나리 진달래를 달고 나오는 것과 다를 바가 없다. 가을 단풍 또한 그렇다. 어디 여행을 가면 선혈처럼 붉은 단풍나무 아래서 사진을 찍어 가지고 와서는 단풍이 기막히더라고 이야기하는 여행객 치고 여행의 진미를 아는 경우는 희한하게 드물다. 그런데 그는 요즈음 선혈처럼 타오르는 단풍과 노을이 자꾸만 그의 마음에 안겨오는 것이었다. 그리고 유행가가 가슴에 와 닿는다는 이야기를 자기도 모르게 털어놓기도 했다. 〈비 내리는 고모령〉 가운데 "맨드라미 피고 지고 몇 해이던가" 하는 구절에 눈물을 지멸거리기도 했다. 상원사로 올라가는 계곡을 따라, 청청하게 자라 올라간 전나무 사이로 단풍이 그야말로 선혈처럼 붉게 타오르고 있었다. 단풍나무 밑을 걸어가면서 자꾸만 등이 시려왔다.

주차장을 돌아서 상원사로 올라가는 길목에서였다. 커피와 음료수를 파는 가게 앞에서는 백석의 「여승」이란 시에 나오는 여인 같은 젊은 아낙이 옥수수를 쪄서 팔고 있었다. 그 옆에 어떻게 보면 갓버섯 같기도 하고, 표지석 같기도 한 돌이 석 자 키의 몸뚱이 위에 지붕돌을 얹고 앙바탕하게 서 있는 게 눈에 들어왔다.

"저게 관대걸이라는 건데, 당신 알아요?"

그는, 아내가, 당신 알아요? 하고 물음표를 달 때마다 약간 긴장을 하기도 하고, 그 탐구심을 그냥 묵혀온 게 아깝다는 생각이 회한처럼 밀려오기도 했다. 생활에 찌들리는 가운데라도 조금 시간을 내서 대학원이라도 가서 공부를 더 하게 했더라면 하는 생각이 들곤 했기 때문이었다. 기억력이 남다르고 어떻게 공부를 한 것인지 아는 게 많기도 했다. 아까운 인물이 사람 제대로 못 만나 썩는다는 생각이 이따금 떠올랐다. 그나마 아이들이 속 안 썩이고 대학에 진학하고 일자리를 잡을 수 있었던 것은 오로지 아내의 유전자 덕이 아닌가 싶었다. 그는, 관대걸이가 관대한 불심을 거는 데냐고 하려다가, 당연히 모른다는 표정으로 아내의 설명을 기다렸다.

그의 아내는 상원사 표지석을 가리켰다. 높이가 3미터는 실히 되는 거대한 돌이었다. 그 돌을 바라보아 오른쪽에는 오대산 상원사(五臺山上院寺)라고 먹으로 내려쓰고, 왼편 위에는 적멸보궁 네 글자를 금박으로 새겨 넣었다. 그 밑에는 문수성지라는 글자를 같은 모양으로 음각해 새겨 넣었다. 떠오르는 게 있었다. 세조가 오대산 골짜기에서 문수보살을 만났다는 일화를 어디선가 들은 기억이 났던 것이다. 그래서 문수성지인 모양이라는 짐작이었다.

"세조가 여기서 문수보살을 만났다는 건가?"

그의 아내는 환하게 웃으면서, 세조가 그 골짜기로 피를 씻으러 왔었다고 했다. 피를 씻다니? 그는 잠시 망설였다. 씻을 세자[洗]와 피 혈 자[血]로 된 지명이 떠오르는 게 없었다.

"종기, 그게 혈이 제대로 안 돌아가서 피가 상한 거라구요."

핏빛 단풍을 올려다보는 아내의 얼굴이 발갛게 달아올라 보였다. 그의 아내는 관대걸이 옆에 이끼 앉은 돌 위에 엉덩이를 걸치고 사물거리는 눈으로 남편을 쳐다보았다. 그러고는, 언제 샀는지 옥수수를 뜯으며 관대걸이 이야기를 시작했다.

조선은 건국 초기부터 피로 물든 역사를 엮어갔다. 태조 이성계가 아들 방과에게 왕위를 물려주어 정종이 되었다. 그러고는 왕자들의 다툼을 보기 싫어 함흥으로 훌쩍 달아났다. 후에 태종이 된 이방원이 사신을 보내면 보내는 족족 활로 쏘아 죽였다. 그때 돌아오지 못한 신하를 일러 함흥차사라 한다. 서울로 돌아온 태조는 아직 분이 삭지 않아 방원을 활로 쏘아 죽이려 했다.

방원은 아내 민씨가 의도적으로 거창하게 만든 두리기둥 뒤에 숨어 아버지의 화살을 피해 살아날 수 있었다. 그 태종이 「하여가」를 불러 정몽주를 꼬였으나, 「단심가」로 응대하는 바람에 철퇴로 때려죽인 그 인물이 아니던가. 그 아들이 아버지의 피값을 하느라고 성군이 된 게 세종이다.

세종의 아들 둘이 임금 노릇을 했다. 하나는 세자 하나 달랑 남기고 서른아홉에 죽은 문종이고, 다른 하나가 세조가 된 수양대군. 그는 세종의 손자, 자신의 조카 단종을 폐위하고 스스로 왕이 되어 궁궐을 온통 피범벅으로 만들었다. 세조는 영특하고 무인 기질이 있어 분을 참지 못하는 성격이었다. 서른여섯 나이에 계유정난을 일으켰다. 아버지 때 육진 개척을 해낸 김종서를 철퇴로 쳐서 격살했다. 현상과 명상을 겸했던 황보인 또한 같은 방법으로 죽였다. 그리고 문인들의 신망이 높았던 명필, 동생 안평대군을 강화도로 귀양 보내고 한명회를 끌어들여 피칠한 살생부에 올라 있는 대신들을 무참하게 죽이고 세력을 구축했다.

자신이 영의정이 되어 단종을 상왕으로 추대하고, 스스로 왕이 된 것은 1455년이었다. 단종은 영월로 귀양보내고 권력을 강화하기 위해 살육 행위를 계속하는 중 사육신 사건이 일어났다. 세조가 조카에게 왕위를 빼앗은 이듬해였다. 성삼문이 주모자였다. 단종에게 옥새(玉璽)를 받아 넘겨주면서 통곡을 하던 그놈이었다. 세조가 수염을 부르르 떨면서 물었다.

"신하 된 자로서 어찌 임금을 배반하는가?"

성삼문은 검지를 들어 하늘을 가리켰다. 세조는 잠시 눈살을 찌푸리다가는 껄껄껄 호쾌하게 웃었다. 천상불이일((天上不二日)이요 신불사이군(臣不事二君)이라는 말이렷다? 천박한 작자들 같으니라구. 공자가 꿈에도 못 잊어하던 주공을 어찌 너희들이 모르는가. 떨리는 손을 놀려 교서를 쓰던 유성원의 침통한 얼굴이 임금의 눈앞에 휘익 지나갔다. 버러지 같은 것들을 신하라고 믿고 일을 도모한 내가 어리석었도다. 혀를 물면서 말은 내뱉지 않았다.

"저놈 사타구니를 인두로 지져 제 입으로 간특한 자들의 이름을 낱낱이 불게 하라."

벌겋게 달군 인두로 사타구니를 지지자 살이 타는 냄새가 궁궐 뜰에 자욱했다. 그러나 성삼문은 입을 열지 않았다. 뿐만 아니라 여전히 팔을 들어 하늘을 손가락으로 가리켰다. 저놈의 손가락, 해를 가리키지 못하게 팔을 잘라라. 진노한 왕의 고함 소리는 목구멍에서 피가 튀길 기세였다.

"뜻이 같음을 하늘에 밝혀 천리의 도도함을……"

그렇게 해서 박팽년, 하위지, 이개, 유응부, 유성원 등의 이름이 성삼문의 입에서 튀어나왔다. 왕은 그들을 하나하나 불러, 정녕 너희들이 임군을 사랑하는가 물었다. 하나같이 '나으리'라고 왕을 낮춰 부르며 치를 떨 뿐 사죄를 할 기미는 보이지 않았다. 단근질로 입이 열리지 않자 뽄을 보인다고 수레에 몸을 묶고 찢어 죽이는 거열형(車裂刑)을 명했다. 하위지는 이미 참살을 당한 뒤였다. 왕이 자신을 주공에 비겨 왕위 계승을 정당화하는 교서를 작성하라고 했을 때, 도망치지 못하고 잡혀서 글을 썼던 유성원은 아내와 함께 칼을 물고 고꾸라져 자결했다. 남편을 따라 죽지 못한 아내들은 다른 신하 집안의 노비로, 개밥처럼 던져졌다.

"피고름이 묻은 몸을 이끌고 오대산 골짜기까지 찾아온 건, 그나마 용서받을 일일지도 몰라요."

아내가 옥수수 자루를 들고, 깔고 앉았던 바위에서 일어나면서 남편의 손을 이끌었다. 관대걸이 옆에 안내판이 초라하게 서 있었다. 냇물에 손이나 씻고 가자 했다. 그는 한 걸음 앞에서 아내의 손을 잡았다. 맨손으로 물을 다뤄서 그런지 손길이 거칠게 느껴졌다.

왕이 등창을 씻기 위해 골짜기로 내려섰을 때였다. 얼굴에 달빛 같은 웃음이 잘잘 넘치는 아름다운 소년이 나타나서, 등을 밀어주겠다고 했다. 등을 미는 소년의 손길이 비단결처럼 부드러웠다. 조금 전까지만 해도 몸을 제대로 가눌 수 없을 정도로 쓰리고 아프던 등이, 물살이 흘러내리면서 깃털로 바람을 일으켜주는 것처럼 시원했다. 소년은 수행 신하가 받쳐들고 있는 수건을 받아 등을 문질러주었다. 통증은 간데없고 오히려 시원한 기운이 음낭에 고이다가 음경에까지 뻗쳤다.

"다 나았습니다, 가보세요."

"자네 누군가?"

소년은 그저 빙긋이 웃고만 있었다. 왕은 소년의 웃음 뒤에 어떤 계략이 숨어 있는지 헤아려지지 않아 가슴이 답답했다.

"이 골짜기에 칼 든 놈들이 숨어 있을지도 모른다. 여기서 상감마마 만났다는 이야기는 함구해야 한다."

"겁도 많으신 분이 왜 그런 짓을. 아무튼 피 묻은 입으로, 이 골짜기에서 문수보살 만났다는 이야기나 하지 마세요."

자기가 문수보살이라고 하던 소년은, 어디서 고양이를 키우는지 고양이 밥을 주어야 한다면서 가뭇없이 사라졌다. 고양이는 쥐나 잡아먹어도 충분한데, 왜 밥을 따로 챙겨준다는 것인지 의아스러웠다. 하기는 절집에 쥐먹이조차 끊길 터였다.

"우리도 고양이 보러 가요."

"한암 선사랑 탄허 스님 부도를 먼저 보면 어때?"

"그 양반들도 고양이 밥 주러 나갔을지도 몰라."

그의 아내 머리 위에 노란 단풍이 자잘자잘 익어 일산처럼 펴져 있었다. 단풍잎 사이로 푸른 하늘이 문득문득 보였다.

4.

문수보살이라는 소년이 등을 밀어주어 등창이 거뜬하게 나은 것은 기적이었다. 목욕을 마친 왕은 주지를 만나고 싶었다. 소년 문수상을 조상(彫像)해서 절에 안치하는 것이 마땅한 일이었다. 문제가 있었다. 날이 어둑어둑해지는 것이었다. 곧 저녁 예불을 올리는 시간으로 다가가는 중이었다.

"산이 깊고 한기가 있어 산사에서 밤을 나면 옥체에 해가 될까 염려됩니다."

"다른 말 말고 절로 올라가자."

임금이 다른 말 말라는 데다 대고 아니 되옵니다를 되풀이할 수 없었다. 문수전 지붕 날맹이가 너울거리며 가마 위로 오르내릴 무렵해서였다. 상원사의 젊은 중이 급히 달려 내려왔다. 주지스님이 내려와도 뭣할 판인데 젊은 중 내려와서 한다는 소리가, 저녁 예불이 곧 시작되니 가마를 멈추라는 것이다. 가소로운 일이었다. 예불 시간을 좀 뒤로 미룰 수 없느냐고 물어보라는 목소리가 가마 안에서 새어나왔다. 예불을 드리는 일은 하늘이 돌아가는 시간을 받고 우주의 운행에 율조를 맞춘 것이기 때문에 불가하다는 것이었다.

"잘 되었다. 여기서 가마를 멈춰라."

뜻밖으로 낮고 안온한 음성이었다. 젊은 중이 올라가고 곧 예불이 시작되었다. 신하들은 이 밤에 임금의 잠자리를 어떻게 할 것인지 하는 게 걱정이었다. 임금은 신하들에게 조용히 하라고 일렀다. 종소리가 콰르릉 콰르릉 울리기 시작했다. 처절한 비원을 담은 종소리였다. 몇 차례 종소리에 귀를 기울이고 있던 임금은 신하에게 손을 내밀면서 가마에서 내리고 싶다는 의향을 보였다. 신하가 손을 잡아 주었다. 임금의 몸이 휘뚱하며 옆으로 기울었다. 임금은 손사래를 치면서 가마 채장을 붙들고 몸을 가누느라고 안간힘을 썼다. 종소리가 콰르르릉, 콰르르릉 내면으로부터 무너지는 소리를 냈다. 그것은 아득히 아득히 울려나가는 허무의 금속성이었다. 드디어 임금이 두 손을 허공에 흔들면서 눈을 홉뜨고, 아 매죽헌, 매죽헌 하고 헛소리까지 했다. 매죽헌은 성삼문의 호였다. 신하들이 임금을 부축해서 가마에 다시 오르게 했다. 어의가 임금의 용포 윗도리를 들치고 등을 살폈다. 등창은 씻은 듯이 나아 살갗이 보송보송했다.

"종소리가 너무 광포하다, 바꿔 달도록 하라."

범종 타종이 끝나고 법고가 드르렁거리며 울리기 시작했다. 임금은 머리를 감싸쥐었다. 매죽헌이 문수보살을 동원해서 자기를 여기까지 끌고 온 게 틀림없었다. 축생의 혼을 저승으로 인도한다는 법고가 으르렁거리는 울림이 뱃가죽까지 들썩거리게 했다. 매죽헌이 명줄을 놓기 전에 읊은 대로 인명을 재촉하는 것 같은 무서운 울림이 이어졌다. 마침 서쪽 하늘로 노을이 붉게 붉게 피어올랐다. 황천에는 주막도 없다는데, 오늘 밤은 어느 집에서 쉬어갈거나, 읊조리며 이를 부득부득 갈던 매죽헌 성삼문의 얼굴이 피투성이가 되어 떠올랐다. 그리고 그의 팔 하나가 둥실 떠올라 임금을 향해 서러운 손짓을 하며 흔들리다가 노을 속으로 묻혔다.

그것은 문수보살의 장난이었다. 아니 잔인한 보복이었다. 운
판 울리는 소리가 떠엉 떠엉 산자락을 감고 퍼져나간 다음, 주
지스님이 총총걸음으로 내려와 가마 앞에서 절을 올렸다.

"소승이 불법을 어길 수 없사와 성상을…… 모심에 소홀하였
사오니……."

임금이 손사래를 쳤다. 먼저 올라가 거처를 마련하라는 뜻이
었다. 주지스님이 임금을 바라보며 뒤로 너덧 걸음을 물러나 읍
을 하고는 법당으로 올라갔다.

"이 돌계단이 계율의 층계라는 계단으로 가는 길인가?"

"그러하옵니다, 적멸보궁까지 이어져 있습니다."

"오늘 이 계단은, 내 발로 내가 오르겠다."

신하들을 손짓을 해서 뒤에 따라오게 했다. 상원사에서 적멸
보궁까지는 한 마장은 착실히 되는 거리였다. 임금이 가마 타
지 않고 걸을 수 있는 길이 아니었다. 그러나 너무 단호한 어
투라서 제지하거나 말릴 염이 나지 않았다. 문수전에 들러 염
불이 끝나면, 그 옆에 마련된 요사채로 모시도록 하자는 주지
스님의 제안이 있었다. 임금은 자기 몸을 닦아준 동자보살의
이름을 딴 문수전에 들어가기 전에 고개를 숙이고 마당을 두
어 바퀴 돌았다. 이미 땅거미가 진 마당에 고양이가 나타났
다. 냐앙, 냐아앙 요사로운 소리를 내며 눈에 불까지 밝혀가지
고 돌아다니는 고양이는 아무리 잘 보아주려 해도 요물에 가
까웠다.

신하들이 고양이를 이리 몰고 저리 쫓고 하면서 임금에게 달려들지 못하게 제지했다. 그러나 고양이는 암수 두 마리가 임금의 주변을 쉼 없이 맴돌았다. 드디어는 임금의 어의 자락을 물고 늘어졌다. 신하가 요망한 짐승이라며 칼을 빼 들었다.

"그대로 두어라. 미물이나 또한 뜻이 없겠나."

고양이 두 마리가, 임금이 발을 옮기면 따라와 앞을 가로막곤 했다. 주지스님의 안내를 따라 문수전에 들어설 때였다. 문수전 불상 뒤에서 젊은이 하나가 복면한 얼굴을 휙 돌리면서 바람처럼 어둠 속으로 숨어들었다. 임금은 낮에 누가 절에 다녀갔는지 물었다.

"사흘 전에 낯선 서생 하나가 출가를 하겠다고 조르는 것을, 얼굴이 중질할 상이 아니라서 돌려보내기는 했습니다만……"

짚이는 데가 있었다. 사육신의 시신을 걷어다가 동작나루 산자락에 묻은 생육신이라는 선비들 가운데 남씨 가문과 잘 통하는 집안이 있었다. 거기 남전(南恮)이라는 자가 궁궐을 등지고 관악산에다가 절을 올린다는 소문이 돌았다. 관악산의 화기를 궁궐로 불러들여 대역죄인 임금을 응벌해야 한다는 것이었다. 그리하여 이름처럼 수양산(首陽山)에 들어가 고사리나 캐 먹다가 죽으라는 뜻이라고 짐작하는 이들이 있었다. 어쩌면 그 작자가 뒤를 밟아 여기까지 추적해온 것인지도 몰랐다. 사방에 칼날이 번득이는 검산지옥을 헤매는 느낌이었다.

경계를 단단히 하도록 이르고, 침소에 들기 전에 한 신하가 물었다. 혹시 낮에 등을 닦아준 그 얼굴 고운 소년이 밤에도 등을 닦아주려고 왔던 것 아닌가 하는 의문이었다.

"의심은 양심을 굳혀 눈을 어둡게 하는 법, 매죽헌이 독야청청, 그런 독한 말을 했을 때 의심을 거두어야 하는 것이었어. 결과적으로……."

그렇게 말하면서 자객을 피할 수 있었던 것은 고양이 덕이니, 절에서 고양이를 기르도록 하라고 이르고는 잠자리에 들었다. 그날 밤은 온 절에 쥐 한 마리 얼씬하지 않았다. 그리고 임금은 새벽에 가벼운 몸으로 일어나 다시 범종 소리가 하늘로 아득하게 퍼져나가는 웅장한 맥놀이를 들었다. 하늘하늘 옷자락을 날리면서 비천하는 원혼들의 맥놀이를 들은 것이었다.

5.

그는 아내의 이야기를 들으면서, 피를 씻는 데는 삼대 이상이 걸린다는 생각을 했다. 태조 이성계가 지은 피의 업은 세종 때 와서야 조금 씻어진다. 그런데 다시 세종의 아들들이 벌인 피범벅의 난투극은 성종 때에나 가야 조금 씻긴다고 할까 싶었다. 그리고 다시 연산군이 피멍석을 펼쳤던 것이다.

그런데 신통한 것은 아내가 이야기를 풀어가는 맥락이었다. 역사적 사실이며, 불가의 습속 같은 것을 제법 익히고 있었다.

참으로 다행이었다. 아내에게 해준 게 없었다. 집안의 크고 작은 일을 아내가 도맡아 처리했다. 그렇다고 내주장(內主張)을 호락호락 용납할 그도 아니었다. 그러다 보면 공연히 안팎으로 짜끄락거리게 마련인데, 그의 아내는 대범한 구석도 있었다. 남자들이 허세를 부리다가 단박에 나동그라지는 것은 역사가 증명한다며, 웬만한 것은 자기가 찬찬히 챙겨 감장하고 넘어가는 편이었다.

"현비가 성군을 만들지."

그의 아내는 깔깔깔 웃었다. 논리가 거꾸로 섰다는 것이었다. 성군에 현비라는 것이었다. 결국 남자 중심으로 일을 처리하게 되는 이치를 용인하는 폭이었다. 그는 궁금한 게 있었다.

"상원사에 왔으면 종소리를 들어야 하는데."

"세조가 상원사 종을 바꿔 달라고 했다는 거지? 정말 바꿔 달았나?"

"아마, 내 기억이 맞는지 모르지만, 세조의 아들 예종이, 안동 문루에 달린 종을 상원사로 옮겨다 달았다고 해요."

그게 국보라는 이야기는 들은 적이 있지만, 아버지의 명을 잊지 않고 종을 바꿔 달았다는 것은 처음 듣는 내용이었다. 상원사 종과 연관된 내력은 처음 듣는 것이라 꽤 신선했다.

그는 범종루로 올라가 동종을 바라보고 서서 넋을 잃었다. 종신에 새겨진 비천상은 절품이었다. 에밀레종이라고 하는 봉덕사 신종의 비천상은 옷자락을 너울거리며 하늘로 날아오르는 천녀(天女)의 모습이 종소리를 아름답게 조율하는 듯한 느낌을 받게 하는 것은 사실이었다. 그러나 하늘로 날아오르는 비천상이 악기를 연주하는 모양은 다른 데서 보기 어려웠다. 앙바틈하니 상하가 깔끔하게 마무리된 종의 전체 모양이며 중간부 약간 아래에 새겨진 비천상은 종소리와 어울려 완벽한 예술품이 될 만한 것이었다. 왼쪽에는 생황(笙簧)을 부는 여인의 상이, 오른쪽에는 공후(箜篌)를 켜면서 옷자락을 나풀거리는 모양으로 새겨진 신상이 가히 절품이었다. 당좌에 종메가 유연하게 다가가 종신을 때리는 순간 꾸웅 하고 울리다가, 우웅, 우웅, 으음, 으으음 그런 맥놀이가 계속되는 가운데 다음 타종을 기다리게 된다.

서양 성당의 종들은 경쾌하고 좀 경박하다고 할 정도로 땡가랑 땡가랑 울렸다. 사박자로 연주되는 자유를 향한 행진을 떠올리게 하는 종소리였다. 그에 비해 산사에서 울리는 범종은 웅혼하고 맑은 울림이 있는 소리가 영혼을 맑게 정화해줄 것 같은 기대를 하게 한다. 기대를 한다기보다는 종소리에 동화되어 청정무구(淸淨無垢)의 세계로 잠겨들게 하는 힘이 있다. 번뇌가 차디찬 물결을 타고 아득히 흘러내려 가며 소멸하는 소리다. 보름달이라도 떠오르면 월정(月精)을 온 천지에 흩뿌리며 물 위에 물비늘로 부서져 지심으로 내리는 소리다.

임금이 들었다는 종소리는 자신의 죄업으로 인해 종소리가 악성(惡聲)으로 변질된 것이었을지도 모른다. 산자락을 넘어 아

득한 바다 수평선으로 번져가는 종소리, 소리가 망각된 악기를
연주하면서 하늘로 날아오르는 천녀들의 아득한 염원과 닮은
것일 턱이 없었다.

　전쟁은 사리분별이 없다. 밀고 올라갔다가 남하하던 국군이,
절을 그대로 두면 적군의 소굴로 쓰일 터이니 불살라버리라는
군령이 있었다. 한암 스님이 절을 태울 거면 내 몸도 같이 불살
라버려라, 하면서 불상 앞에서 버티는 바람에 국군 장교는 법당
문짝만 떼내어 태우고 절을 내려갔다고 적혀 있더라는 이야기
를 하면서, 늦은 점심을 먹었다. 산채백반 상에 올려진 나무새
가 하나하나 진귀한 안주였다. 그는 탁주일배의 유혹을 물리치
지 못하고 막걸리를 한 되 시켰다. 문수동자 형님쯤 되어 보이
는 젊은이가 술주전자를 받쳐 들고 나왔다. 옥수수로 빚은 술은
맛이 탁하지 않고 입에 착착 안겼다. 한 주전자를 다 비우고 일
어나는 그의 몸이 기우뚱했다.
　"여기부터 설악산까지는 당신이 운전하는 거요. 나는 오늘 소
임 완료야."
　"알았어요. 그런데 낮술을 그렇게 해도 돼요?"
　그는 대답을 하지 않았다. 열댓 가지가 되는 산나물을 일일이
음미하는 중에 자신도 모르게 잔을 들어 마시고, 다시 따르기를
거듭했던 것이었다. 산채별미 보살대좌 탁주일배 만산홍엽, 그
렇게 중얼거리다가 사레가 들렸다.

오대산을 넘어 소금강으로 해서 주문진으로 빠지는 국도는 한산한 편이었다. 산을 넘는 고개가 좀 가파라 그렇지 운전하는 데 그리 힘든 길은 아니었다. 그는 아내가 운전하는 차 조수석에 앉아 카메라를 무릎에 놓고는 포인트를 물색하면서 풍경을 살폈다. 오대산 안쪽의 늠름한 솔숲은 청신한 향을 풍겨내는 것 같았다. 그러나 카메라를 들이댈 만한 나무들은 좀처럼 나타나 주질 않았다. 고개를 다 내려와 평지로 진입하면서 소나무들이 독립수(獨立樹)로서 위용을 드러내기 시작했다. 그러나 달리는 차 안에서 바라보고, 아 저거! 하는 순간 차는 금방 소나무 그늘을 지나곤 했다. 그는 세조가 한양으로 돌아가는 가마 안에서 밖을 내다보며 무슨 생각을 했을까 하는 게 궁금했다.

아마 핏빛으로 너울대는 인간들의 아우성에 귀를 틀어막았을 것 같았다. 단근질과 살이 타는 노린내, 거열형과 사지가 찢어지는 신하들과 그 집안사람들의 아우성, 팔이 잘려나간 채 허둥허둥 걸으면서 피를 뿌리는 성삼문, 그 분노와 원망과 저주의 눈빛, 그리고 아득히 들리는 종소리와 북소리, 한 인간의 목숨을 재촉하는 북소리…… 그 앞으로 문득 나타나는 소나무, 미인송을 닮은 독야청청한 소나무…… 그리고 토종닭집…… 옥수수 막걸리, 그 앞에 길을 건너가는 고양이…… 낮닭 우는 소리……

그때였다. 그의 아내는 아아아, 아득하게 울려 나가는 비명을 질렀다. 차가 기우뚱하면서 도로 오른쪽 언덕으로 밀려 내려갔다. 차 앞유리가 자작자작 깨어져 나가면서 번갯불을 튀겼다. 하얀 갈대가 차창으로 휘휘휙 소리를 내며 눈보라처럼 밀려들었다. 그것은 아주 우아한 불꽃놀이를 닮아 보였다. 그리고 쿵 하는 충격과 함께 목이 꺾였다가는 뒤로 제쳐져 정신이 아득했다. 천녀들이 악기를 연주하면서 서쪽 하늘로 날아가고, 조용한 공기를 가르면서 칼날 섞인 바람이 세차게 불어 몸뚱이를 깎아냈다. 하늘은 금세 핏빛으로 물들었다.

그가 정신을 차렸을 때, 입안에 피가 가득 고여 입이 부풀어 오르고 고깃점이 입이 뻐걱거릴 정도로 물려 있었다. 입에 고인 피와 함께 살덩이를 내뱉았다. 그는 고개를 홰홰 저어 자기가 살아 있는가를 확인했다. 살아 있었다. 옆에서 아내가, 아이구 허리, 이 팔, 아 내 팔, 이 팔 어떡해…… 그렇게 외치는 소리를 들으면서, 차가 진창에 처박힌 채 불불 연기를 뿜고 있는 것을 보았다.

그는 입에서 계속 흘러나오는 피를 갈밭에 뱉어내면서 아내가 앉은 운전석 문을 열었다. 다행히 문은 쉽게 열렸다. 의자를 뒤로 제쳐주었다. 아내는 후유 한숨을 쉬고는, 발작을 하듯이 꺽꺽 한참을 울었다. 왼팔 팔목이 축 처져 있었다. 그는 자기 혀가 없어진 것보다 아내의 팔이 더 걱정이었다. 뼈가 부러졌다는 것에서, 뼈아픈 고통이 평생 갈지도 모른다는 생각이 들었기 때문이었다.

그는 아내의 전화에 119를 찍어주었다. 아내는 정신을 추스르고, 사고 지점을 정확히 이야기했다. 119 앰뷸런스와 정비소 차량이 달려왔다. 얼마 뒤에 나타난 경찰은 누가 사고를 냈는가 묻고는 전화번호를 적어가지고, 아무 일도 아니라는 듯이 슬그머니 가버렸다. 차는 정비공장에 부탁하고 아내와 함께 119 구급차로 강릉 아산병원으로 가서 응급처치를 받은 다음, 앰뷸런스를 불러 타고 내쳐 서울로 돌아왔다. 앰뷸런스를 타고 강릉에서 서울로 돌아오는 길은 종메에 맞아 온몸을 부르르 떨며 전율하는 종의 한가운데, 종 속으로 이어지는 터널을 여행하는 느낌이었다. 쿠르릉 두어 번을 울리고, 그러고는 구역질을 돋궈내면서 우웅 우웅 하는 맥놀이가 계속되었다. 번쩍이는 경광등, 앵앵대는 경적, 저 자식은 운전 매너가 저따위야, 지옥에나 갈 놈 하는 운전사의 악담, 말은 못 했지만 세조가 상원사 골짜기로 등창을 고치려고 갔을 때의 심정이 그렇거니 했다. 한판의 격렬한 악몽이었다.

6.

마침 그의 아파트에서 그리 멀지 않은 길가에 교통사고 전문 정형외과 병원이 있었다. 그의 아내는 팔을 절개하여 뼈를 맞추는 수술을 했다. 허리의 요추가 충격으로 주저앉았다고 해서, 뼈주사 시술을 받았다. 그는 8주 진단이 났다. 그의 아내는 허리 때문에 남편보다 4주를 더 병원에서 지내야 한다고 했다.

그는 혀가 아픈 것을 지나, 온몸이 혀에 매달려 뒤흔들리는 바람에 어찌할 바를 몰라했다. 잘려나간 살덩이를 엉겁결에 뱉아버리고, 챙기지 못한 벌이었다. 혀를 뽑아버리는 형벌을 생각했다. 그동안 내뱉은 하고많은 말들이 칼이 되어 혀를 숭덩 잘라버린 것이 아닌가 싶기도 했다. 사람이 자기 피나 살을 삼키는 것은 하등 부자연스러운 일이 아니다. 밖으로 나가려는 체액을 체내로 다시 집어넣는 일이기 때문이다. 그런데 그는 피와 함께 살덩이를 뱉어버렸다. 비린내가 돋구는 구역질을 이겨낼 수 없었기 때문이었다.

그런데 의사는 타박 비슷한 질책을 했다. 혀 잘린 도막을 병원까지 가지고 왔으면 꿰매서 이어 붙일 수 있잖소, 의사의 말이었다. 자신의 몸 일부를 챙기지 못하고 뱉어버린 게 책망의 꼬투리였다. 잘린 혀 끄트머리를 꿰매어 봉합하고, 거기서 살이 자라나기를 가다려야 한다고 했다. 후회막급이었다.

의사의 설명은 간단했다. 사람의 신체조직이라는 게 신비해서 점막이 있는 부분은 쉽게 상처가 아문다. 입안의 상처라든지 여성들의 질 속에 나는 상처는 하루 자고 나면 씻은 듯 아무는 편이다. 그리고 신체는 자신의 본래 모양을 기억하고 있다는 것이다. 손톱이 빠지거나 발톱이 빠져도 다시 제 모양을 갖추고 돌아오는 것이 그 예라고 했다. 그러니 혀가 잘려나갔어도 본래 모양대로 자라난다면서, 정히 고통스러우면 간호사한테 연락해서 진통제를 맞으라고 했다. 그러고는 손가락이 콘돔처럼 생긴 고무장갑을 벗어서 간호원 앞에 던지고는 뒤도 안 돌아보고 나갔다.

차 사고를 낸 것은 식구들한테 이만저만 미안한 일이 아니었다. 어른들이 피운 말썽에 젊은 자식들이 고생해야 하는 판이었다. 아무소리 못 하고 자식들 하라는 대로 할 수밖에 없었다. 병실도, 애들이 하라는 대로 특실을 쓰기로 했다. 팔이 부러지고 허리를 다쳐 운신을 못 하는 아내와 혀가 잘려나가 말을 못 하는 남편이 한 병실에 누워 지내게 되었다. 둘 다 치매 환자가 아닌 게 다행이었다.

"저기 말예요, 우리 종 하나 근사한 걸로 사면 어때?"

그는 말이 안 나왔다. 물론 말을 할 수 없었지만, 아내의 아이디어를 들어보고 싶었다. 노트를 펴들고 써서 아내에게 보여주었다. '얼마짜리로?' 아내는 값이 문제가 아니라고 했다. 집에서 아침마다 종을 울려 정신을 쇄락하게 하면 좋겠다는 꿈이었다. 그러나 현실적으로는 돈이 문제였다. 절에 희사하는 종들은 20억이 넘는 것들이었다. 인사동 같은 데서 돈 십만 원이나 주고 살 수 있는 장난감 같은 종은, 종의 반열에 들지 못하는 지질한 치레기였다.

'빈자일등은 내가 감당할 수 있지만 가난해서 종은 장만하지 못해. 貧者一燈可之 貧者一鐘不可也.'

그는 종을 장만하려면 돈이 있어야 한다는 뜻으로, 한자를 이용해서 그렇게 써서 내밀었다. 그의 아내는 금으로 입힌 송곳니를 드러내고 환자답지 않게 살가운 웃음을 내보였다.

그의 아내는, 상원사 동종이 자꾸 떠오르더니 마침내 꿈에도 보인다는 것이었다. 그러니 그 종을 모델로 한 작은 종이라도 사다 놓자고 졸라댔다. 그는 퇴원한 다음, 당신이 원하는 종을 여주 상림원에다나 사다 두자는 이야기를 종이에 적어 아내에게 보여주었다. 그의 아내는 또 송곳니를 드러내고 환하게 웃으면서, 좋다고 했다. 그는 고양이의 송곳니를 떠올렸다.

그날 밤 그는 죽는 꿈을 꾸었다. 바닥을 알 수 없을 정도로 높고 가파른 절벽이었다. 절벽 꼭대기에 고찰이 자리잡고 있었다. 고찰 마당에 깔끔하게 세워진 범종각에는 커다란 종이 덩그렇게 달려 있었다. 그는 살금살금 범종각 계단을 밟아 올라갔다. 그러고는 범종을 감싸안고 쓰다듬었다. 그가 쓸어안은 범종은 여인이었다. 옷고름을 풀고 젖가슴을 어루만졌다. 발갛게 달아오른 유두가 가로 세로 세 개씩 아홉 개가 나란히 박혀 있었다. 유두마다 끝에서 예쁜 연꽃이 피어나는 중이었다. 연꽃 향기도 풍겼다.

연꽃 피어나는 유두를 더듬다가 자맥질하듯 아래로 내려가 종신을 어루만졌다. 아, 거기 다른 여인들이 악기를 연주했다. 생황과 공후를 연주하는 중이었다. 손을 뻗으면 여인들은 저만큼 멀어져갔다. 옷자락을 잡을라치면 또 한 걸음 앞으로 나아가 손에서 벗어났다. 여인들은 서역으로 간다고도 했다. 아득한 사막을 지나는 낙타의 눈에 푸른 달빛이 어렸다.

　그는 머리로 당좌(撞座)를 들이받았다. 종이 콰르르릉 울기 시작했다. 그리고 이어지는 맥놀이가 생황의 소리처럼, 공후의 음향처럼 골짜기를 빠져나가 산을 넘고 바다에 이르러 다시 한 번 우우웅 하는 맥놀이를 하고는 수평선 저쪽으로 잠기는 것이었다.

　그 수평선 위에 불꽃이 팍팍 소리를 내며 터졌다. 터지는 불꽃 가운데 남녀들이 어울려 몸을 씻었다. 바다가 붉은 노을을 반사해서 벌겋게 물들었다. 멀리서 종소리의 맥놀이가 이쪽을 향해 다가왔다. 그 순간 몸이 둥실 떠올라 흰구름 위로 치솟았다. 저 아래 논밭과 집들이 아득하게 정화된 풍경으로 가라앉아 있었다. 손에 잡았던 동아줄을 슬그머니 놓았다. 그는 몸이 무지개가 되어 피어나는 것을 바라보다가 흐느끼기 시작했다. 혀가 빠져나가 이끼 낀 탑을 돌아 날아갔다.

　그는 잘린 혀를 입술 사이로 내밀어보다가 소스라치게 놀라 깨어났다. 아직은 말을 할 수 있을 만큼 상처가 아물지 않아 짜릿한 통증이 혀를 감아 잡았다. *

본전 건지는 소설 읽기에 대하여

우한용(wookong@snu.ac.kr)

이 소설을 손에 든 당신은 어떤 식으로든지 책값을 냈을 것이다. 책이 상품이란 뜻이다. 상품은 어디든지 쓸모가 있어야 제값을 한다. 이 책을 사기 위해 지불한 돈은 라면 여남은 봉지 값이다. 맥주 대여섯 병, 레깅스 한 벌을 살 수 있는 돈이다. 이런 것들은 배고픔과 목마름을 면하게 해줄 수 있고, 몸을 보호해주고 멋을 내주기도 한다. 그런데 소설은 어떤 쓸모가 있는 것인가? 소설은 현실적으로 별 쓸모가 없다. 소설은 작가에게나 독자에게나 상상의 작업이기 때문이다.

게다가, 소설은 시간을 들여서 읽어야 한다. 시간은 돈이다. 소설을 읽자면 책값과 시간, 즉 돈이 이중으로 들어가는 셈이다. 다른 책도 그렇지만, 소설은 속을 한꺼번에 내보이지 않는다. 소설은 나를 열고 속을 들여다보고 더듬어보라는 유혹으로 뭉쳐진 마물(魔物)이다. 소설을 읽자면 시간을 들여 이 개방의 유혹을 받아들여야 한다. 이는 소설 읽기가 소설 속에 전개되는 이야기에 빠져들어 해찰해야 한다는 뜻이다. 달리 말하자면 소설과 더불어 상상의 공간에 들어가 진땀나는 겨루기를 해야 한다는 것. 그런데 책으로 된 소설이라는 이 물건은 다 들쳐보아야 그게 무엇인지를 알 수 있는 꾀까다로운 성미를 지니고 있다.

하긴 이야기의 속성이 그렇기도 하다. 그게 어떤 이야긴지는 다 들어봐야 안다. 그가 어떤 인간인지는 관 뚜껑을 덮고 나서야 비로소 판단할 수 있다고 한다. 지금 일을 도모하는 중간에는 그 인간이 어떤 인간인지 알 방법이 없다. 알 방법이 없기 때문에 평가도 뒤로 미루어야 한다. 소설도 그렇다. 끝까지 읽어보아야 무슨 이야긴지 알게 된다. 소설은 독서 노동을 강요한다. 물론 독자 스스로 선택한 것이기는 하지만.

우리는 소설을 읽으면서 지금 읽고 있는 이야기가 어떻게 끝날지 궁금증에 마음을 졸인다. 끝나지 않는 이야기의 '그다음'이 궁금해서 이야기가 진행되는 동안은 죽음까지도 멀리 물러서서 기다린다. 세헤라자데(Shehrazade)가 죽지 않고 살아날 수 있었던 것은 바로 이 '결말의 유예'라는 마력 덕분이었다. 유예된 결말은 소설책의 마지막 장을 덮었을 때도 확연하게 모습을 드러내주지 않는다. 독자에게 이게 무슨 이야기 같은가를 거듭 질문한다. 독자는 자기가 읽은 책을 다시 들쳐보면서 상상의 작업을 얼마간 지속한다. 잘 쓰지 못한 소설은 대개 먼저 결론이 나 있거나 그 결말을 독자에게 용코없이 들키곤 한다.

독자는 작품을 다 읽고 나서, 과연 이 소설에 시간과 돈을 투자

할 만한가 하고 진지하게 질문한다. 독자의 그런 질문에 대한 답으로 소설가는 소설책을 만들어가지고 거기다가 값을 매겨서 장바닥에 깔아놓는다. 일단 읽어보시라 하는 것이다. 결론도 분명하지 않은 작품을 사서 읽어보라고 하는 짓은 모험에 속한다. 달리 말하자면 소설의 독자는 해답을 사는 것이 아니라 골치 아픈 질문을 사는 셈이다. 질문을 사다니? 불교에서 말하는 화두를 얻기 위해 돈을 지불한다고 생각해보자.

소설은 현실의 문제를 해결해주는 양식이 아니라 문제를 제기하는 양식이다. 이상사회를 염원하는 나머지 국가전복을 도모하는 '못된놈'이 있다고 하자. 이러이러하게 못된놈이 있는데 어떻게 할까요? 하는 물음에 답을 주는 것은 소설이 아니라 법전이다. 소설은 어떻게 그런 못된놈이 생겨나게 되었는지를, 복합적으로 묘사하고 서술하면서 줄기차게 묻는다. 독자는 그런 문제를 그저 넘어가기 십상이다. 소설가는 인간 형성의 과정, 개인과 사회의 관계, 이상과 현실의 갈등 같은 문제에 대하여 슬그머니 밀어내 보여주면서 당신은 어떻게 생각하는가 질문한다.

독자 자신이 하지 못하는 질문을 대신해주는 소설가의 질문에 돈을 지불하는 것, 그것이 소설의 책값이다. 내가 잊고 살았던 질문, 내가 몰랐던 문제에 대한 질문, 나도 질문을 가지고 있었지만 몽롱했던 질문 등을 소설가가 대신해준다. 독자는 이러한 질문을 자기 것으로 하여 고통과 환희를 함께 느낀다. 세계에 대한 질문의 자각화를 도모하게 해준 데 대한 대가가 소설의 책값이다. 이는 말하자면 사서하는 고생일지도 모른다. 스스로 고생을 사는 것은 그런 질문이 인간

삶에 본질적인 요건이기 때문이다.

자기가 제기하는 질문에 대해 소설가는 마땅히 책임을 져야 한다. 돈 받고 하는 일은 언제든지 책무가 따른다. 본전 생각하지 않는 독자는 없는 법이다. 자기 질문에 성실한 것이 소설가의 책무이다. 그런데 소설가의 그러한 책무는 소설가의 삶의 양태에서 비롯되는 것이기도 하다.

소설가는 소설을 쓰면서 이중의 삶을 산다. 소설가는 남들처럼 먹고, 자고, 사랑하고, 일하면서 일상을 살아간다. 그런데 그 하는 일이 조금 남다르다. 소설 가운데 전개되는 남의 삶을 소설가가 자기 삶으로 전환하여 살아가기 때문이다. 이러한 이중성은 소설 장르의 독특한 면모이다. 수필은 자기 경험을 진솔하게 털어놓는 데서 출발한다. 경험의 반추(反芻)에서 의미를 캐내는 작업이 수필 쓰기이다. 시는 자신의 감성을 기도하듯이 눈 감고 외치기 때문에 남을 크게 거들떠보지 않는다. 그런데 소설은 남의 이야기를 하면서 그게 자신에게 되돌아오도록 허구를 꾸미는 작업을 한 결과이다. 자기 삶에 대한 반추라기보다는 자기 삶의 다른 영역을 현실의 삶과 동시적으로 구축하는 작업이 소설 쓰기이다. 이는 독자들에게 전이되어 독자의 삶을 이중으로 조직하게 만들어준다.

우리가 살아가면서 갖게 되는 대개의 직업에서는 남을 위해 일을 한다. 물론 그 직업을 수행하는 과정이 삶의 의미로 전환된다는 점은 되물을 여지가 없다. 요리하고, 옷을 만들고, 집을 짓는 일들은 그 결과를 남들이 향유한다. 그런데 소설가가 만들어내는 이야기는, 남들이 읽어주어야 살아나기는 하지만, 소설가 자신의 삶의 과정으로 되돌아온다. 되돌아온다기보다 이야기를 만들어가는 과정과 결과가 소설가 자신의 인간적 성숙과 성취로 전환된다고 해야 옳을 것이다. 소설은 소설가 자신을 향해 던지는 질문으로 존재한다고 해도 틀림이 없다. 독자는 소설가가 자신을 향해 던지는 물음을 자기 것으로 전환하여 자아에 투사하는 과정을 경험한다.

부단한 자기탐구를 지속하는 사람이라야 남들이 공감하는 소설을 쓸 수 있다. 부단한 자기탐구란 쉼 없는, 정체(停滯)를 모르는 자기 성장이다. 소설 쓰기는 소설가의 죽음 직전까지 지속되는 작업이다. 반복이 아니라 새로운 세계를 계속 만들어나가야 한다. 나는 이만큼 썼다고 원고지에서 손을 놓는 그 시점이 작가로서 소설가의 죽음이다. 또는 이것은 내가 새롭게 구축한 세계이니 반복해서 다시 한 번 소설로 꾸며 내놓는다면 허깨비를 낳는 격이다. 그렇기 때문에 소설가의 소설 쓰기는 가히 운명적 속성을 띤다. 독자의 소설 읽기 또한 그런 운명적 속성을 지니기도 한다.

그러면 소설가가 운명적으로 추구한다는 자기탐구는 무엇인가? 비유컨대 그것은 시간의 때를 벗겨내는 작업이다. 시간과 더불어 습관 혹은 관습이 생기면서 그게 각질화되어 생의 촉각을 무디게 한다. 편한 말로 하자면, 어느 정도 살다 보면 인생에 달관하는 경지에 이른다. 이는 말이 좋아 달관이지 고정관념의 각질(角質)을 둘러쓰고 달팽이처럼 그 안에 몸을 숨기는 짓을 미화한 말인지도 모른다. 세상사 다 그렇고 그렇다고 도사연하는 이가 있다면 달관과는 거리가 멀다. 의식이 자동화되어 새로움을 잃은 지겨운 인간이다. 독자는 스스로 이런 지겨운 인간에서 벗어나기 위해 소설을 읽는다.

아무튼, 작가는 자기 자신에게, 그리고 독자들에게 삶의 본질과 연관된 질문을 구체적으로 한다. 우리가 소설을 사서 읽는 까닭은, 내가 문 걸어잠그고 몰라라 하던 순수의 고갱이 같은 그 질문을 소설가가 해주기 때문이다. 소설가는 질문의 전문가이다. 그러나, 거듭하거니와, 소설가는 결코 문제의 해결사는 아니다. 독자는 소설가를 통해 세상에 대한 하고많은 질문들을 하게 된다. 그 질문들은 대개 이런 것들이다.

우선, 감각에 대한 질문. 나의 감각은 낡아빠지지 않았나? 사람이 살아있다는 가장 확실한 증거는 감각이 싱싱하다는 데 있다. 오관을 통해 감지하는 감각이 살아 있어야 생명의 중심에 자리 잡은 삶이 된다. 해돋이를 바라보면서 호흡이 가빠지는가, 새들이 지저귀는 소리를 듣고 가슴이 끓어오르는가, 어시장에서 생선 비린내를 맡고 그게 삶의 냄새라는 걸 간파하는가, 나아가 그 생선들을 만져보고 싶고 맛보고 싶은가. 더 나아가 내가 아는 그 도시의 분위기를 여실하게 그려냈는가. 삶에 대한 감각은 어떻게 획득되고 어떻게 성장하는가. 소설은 잠자고 있는 우리들의 감각을 불러와 짜릿짜릿한 그 느낌을 일궈낸다. 그래서 우리는 소설을 사서 읽는다.

다음, 슬픔과 공감에 대한 질문. 나에게 혹은 당신에게 어떤 울 일이 있는가? 울음만큼 순수한 정서의 표현이 달리 없다. 깊은 밤 잠들지 못하고 울어본 적이 있는가? 지금 내 곁에 벌어지는 일들이 울음을 자아내는 것들인데 나는 울 줄 모르는 인간이 되어 멍하니 바라보고 있는 것은 아닌가? 비탄에 잠긴 인간들을 다독여준 적이 있던가? 그들은 슬픔을 어떻게 딛고 일어나는가? 남의 눈물을 받아다가 장사하는 인간은 없는가? 운명과 맞서서 투쟁하다가 처참하게 망가진 인간의 눈에 어떤 눈물이 맺히는가를 본 적이 있는가? 그런 질문 때문에 우리는 소설가에게 책값을 지불한다.

그다음, 기쁨에 대한 질문. 나에게 혹은 당신에게 어떤 웃을 일이 있는가? 배꼽을 잡고, 땅을 치면서 웃어본 적이 있는가? 어떤 인간을 만나 일을 도모하면서 흐뭇하게 웃어본 적이 있는가? 웃는 중에 시간이 뭉청 달아나 허무에 빠진 적은 없는가? 나를 비웃던 어떤 작자 때문에 내 인생이 꼬이고 외돌아간 적은 없는가? 내 웃음의 기관이 잘 돌아가는지 챙겨본 적은 있는가? 소설가가 같이 웃자고 하는 이 꼬임을 거절하지 못하고 받아들이면서, 우리는 넉넉치 않은 행하를 소설가에게 지불한다.

끝으로, 깨달음에 대한 질문. 나는 혹은 당신은 어떤 깨달음을 얻으며 살아가는가? 그런 깨달음이 있다면 그것은 어떤 영상으로 떠오르는가? 당신이 얻은 깨달음은 실천으로 옮겨지는가? 당신이 얻은 깨달음을 남과 공감하고 소통하는가? 소통된 깨달음이 사회적 가치로 승화하는가? 깨달음 없는 인생이 얼마나 허무한지를 겪어본 적이 있는가? 남이 깨달음을 얻는 과정에 공감하고 그 깨달음을 나의 문제로 바꿔놓고 볼 수 있게 해주기 때문에 소설가에게 감사의 뜻을 표하는 것이다.

여기서 하나 덧붙일 것은 소설에서 깨달음은 진리의 획득이 아니라 '그럴듯함'에 대한 공감이라는 점이다. 사실 진리는 위험하다. 진리는 유일신처럼 다른 존재를, 혹은 다른 진리를 인정하지 않기 때문이다. 그래서 소설가들은 자기 소설의 결론을 적극적으로 내세우지 않는다. 소설가들은 극단적으로 멀리 떨어진 사태를 하나의 이야기 가운데 엮어넣고 그것이 어떻게 가능한지를 집요하게 묻는다. 모순의 통합이라고 할 수 있는 이 과업은 명확하게 규정되지는 않는다. 일종의 감각으로 혹은 이미지로 포착되고, 인물의 행동으로 그려진다. 선과 악이 공존하고, 미와 추가 맞물려 있으며, 신과 야수가 같이 노니는 공원을 그리되 그 모습이 그럴듯해야 한다.

소설가들의 욕심은 유다른 데가 있다. 일상의 욕심과 달리 작품에서 그 추동력이 되는 욕심이 있는데, 인간 변화에 대한 욕심이 그것이다. 나의 인생과 남의 인생을 확 바꿔놓는 그런 소설을 쓰고 싶은 것이다. 오르한 파묵의 『새로운 인생』이라는 소설의 첫머리는 이렇게 되어 있다. "어느 날 한 권의 책을 읽었다. 그리고 나의 모든 인생은 바뀌었다." 자기를 포함한 어느 인생을 바꿔놓을 수 있는 그런 소설을 쓰고 싶은 게 소설가의 근원적인 욕망이다. 소설가가 그런 도도한 꿈도 없이 독자들하고 음담패설이나 지껄이며 시간을 죽인다면, 소설가 간판을 내려야 한다. 불가능한 것을 꿈꾸는 데 소설의 예술성이 자리 잡는다. 가능한 것만 추구한다면 운명론자로 전락한다.

좀 거친 어투를 용서하시라. 어느 장르라도 진정 문학을 하는 이들이라면, 어느 인간의 인생 전체를 바꾸고 싶은 꿈을 꾸어야 한다. 그리고 그러한 꿈을 이루기 위해서는 몸을 찢고 영혼을 파괴해서라도 자기변화를 지속해가야 한다. 그러한 이들에만 작가라는 이름이

합당하고, 또 책값을 지불할 가치가 있다. 독자는 작가의 이러한 결기를 판단하는 비평가이기도 하다.

돈을 내고 이 책을 산 독자들에게, 어떻게 본전을 돌려줄 수 있을까를 생각하면 나는 등에 소름이 끼친다. 이 몸서리쳐지는 느낌 때문에 나는 또 다른 작품을 구상하기 시작한다. 독자는 다른 본전을 찾기 위해 또 소설을 살 것이다. 그러한 기대가 작가의 작품에 대한 열정으로 전환됨은 물론이다. 성숙한 독자는 이전에 읽었던 모든 소설보다 나은 소설에 값을 지불하고 싶어한다. *

작가의 소설론 본전 건지는 소설 읽기에 대하여